知音动漫图书·漫客小说绘
ZHI YIN COMIC BOOK 以梦想之名 点燃阅读

知音动漫图书 · 漫客小说绘出品

向你借一颗太阳,承诺付给你一千年的时光。

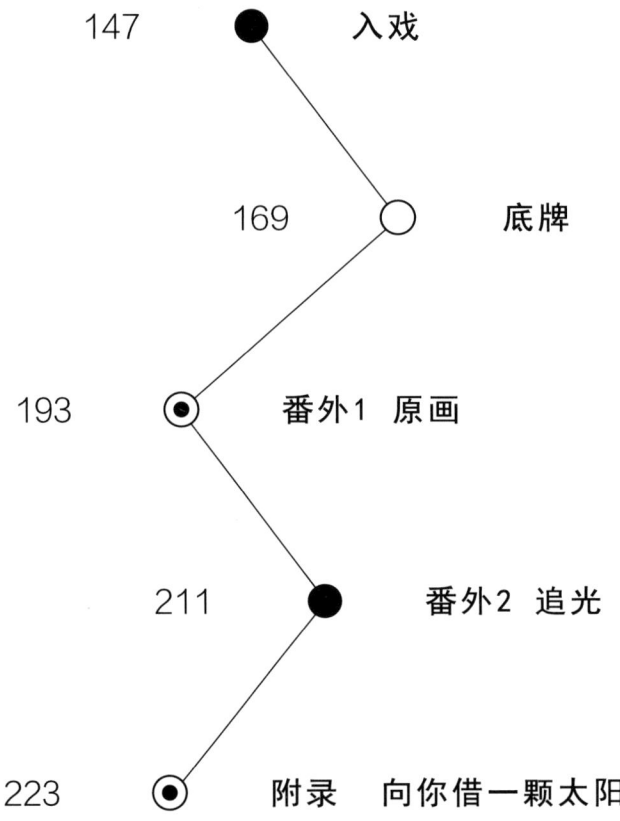

147　入戏

169　底牌

193　番外1　原画

211　番外2　追光

223　附录　向你借一颗太阳

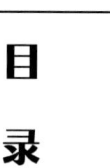

目录

001　● 共生

023　○ 寄居

049　◉ 蚕食

075　● 剧透

105　◉ 时差

GONG SHENG

共生

01

人是与自己的敌人共生的。
那些最可怕的敌人，你无法消灭它，无法离开它，甚至依赖它而生存。

一

"现在播报早间新闻,一起死亡案件在本市发生……"

社会新闻中的死者名叫顾岐,是一家微生物医药公司总裁。从照片上看,男人年轻英俊,颇有魅力。记者的报道中还提到,很多同行用高薪聘请不到的科研人才都被顾岐通过各种方法收归麾下。

和其他功成名就的商人一样,顾岐也涉足一些热门投资领域,比如拍电影。传闻他为了追求女明星一掷千金,压根儿不计较赚或赔。

"法医初步鉴定是延髓麻痹引起的窒息死亡,案情还在进一步调查之中……"

初醒的城市笼罩在一片薄雾里。

摩天大厦的落地窗折射着清晨的阳光,顶楼办公室门外传来礼貌的敲门声,助理拿着文件走进来:"云小姐,一位姓花的女士来访。"

宽大的乌木办公桌后,肤白如雪的少女抬起头,身后清浅的阳光衬显得她的眼眸更加冷淡。

女助理一向有很高的职业素养,这次竟然罕见地多说了一句:"如果我没有认错,她是最近的热播剧《长生殿》的女主角,当红女明星花青蕊。"

"哦？"少女抬起手腕上的计时器，看了看时间。

她的计时器上装饰着一只栩栩如生的螳螂，金属螳螂昂首而立，强有力的前肢落在计时器上，像杀手冷酷的双刃，随时准备将时间宰割成碎片。

"请她进来。"

一袭黑裙的女子走进来时，整间办公室仿佛都亮了一瞬。客人美丽、优雅，如同一只浮水的黑天鹅，所有的风情都带着细小的钩子，挠到人心的最深处，却绝不显得轻佻。她坐在待客的椅子上，从小皮包里夹起一支烟，连这样的小动作也清丽妩媚，毫不令人反感："不介意吧？"

"请便。"少女说。

"云小姐，"花青蕊将指间的烟点燃，烟雾缭绕中，她的脸如同古典的画布，"顾岐的遗嘱中说他有一样东西在你这里，让我来取。"

二

花青蕊是个艺名，她的本名叫冯春花。

这个名字已经很少有人提起，连花青蕊自己也快要忘记了，或者说她本能地不愿意再提及那段被叫作"冯春花"的人生。

冯春花跟着养父母长大，比起那些在孤儿院长大的孩子，她已经算幸运儿了。养父母是最早一批参与邻星开采的工人，那颗星星距离人类居住的行星2000万公里，布满坑坑洼洼的陨石坑。在那颗荒芜的新星从事体力劳动能得到相对高的收入，但遥远的距离和昂贵的星际旅费让归乡成为一件很奢侈的事。很多父母错过了孩子的童年，冯春花也一样，她记忆中与养父母见面的次数屈指可数。为了努力改变命运，也为了向养父母证明自己，她尽量在学校的各项考核中名列前茅，除了语言课。

她患有口吃。

平时她说话就磕磕绊绊，紧张的时候更加语不成句，甚至会张口结舌、满脸通红地说不出话来。这份可笑的笨拙很快成了她被嘲笑的理由，那些半大少年大声模仿她结结巴巴的说话方式，向她投来不怀好意的嘲讽的目光。返校节舞会上，没有男生愿意邀请她，也没有女生愿意跟她亲近，她像一只浑身湿透的可怜小狗，徘徊在冬日的校园里。

这天，冯春花独自在校园的小树林里看书，一个声音在她头顶响起："你在看什么？"

她抬起头来，只见一个英俊的少年站在她面前，像是雨后枝干笔直的白杨树。

"汉密尔顿函数。"

"你看得懂？"

一段偶然的相识就此开始。少年是高年级的学生，叫顾岐，哪怕在所有男生都穿着校服的场合，他也总是能被人一眼认出。

那时的顾岐还没有后来花花公子的名声，却已经是很多学弟学妹心中的男神了。

那年夏天，受陨石雨的影响，一条连接地表与邻星的航道被损坏，通讯卫星也发生了故障，民航飞船被迫停航一个月，在邻星劳动的养父母无法与冯春花取得联系，也无法及时给她提供生活费。

虽然冯春花一直没有觉得生活容易过，但之前她就像跋涉在沙漠中的人，身边始终有一根细得可怜的水管会断断续续地滴下水来。

现在水彻底断了，一片荒漠中，她不知道该怎样求生。

她看着日历，计算养父母可能重新与她联系的时间，把每天的三顿饭缩减成了一顿，另外两顿在食堂领取免费汤。

在最难熬的时候，冯春花也曾经想过向同学借钱，但每当她想要开口时，口吃就会变得格外严重，以至于她无法完整成句，最终不得不放弃。也许她身体里所有的细胞都在本能地、努力地与饥饿对抗，以维持她那仅剩的可怜的自尊心，不愿低头乞求。

时间就这样过去了二十多天。

这一天，冯春花像往常一样低着头领好了汤，准备找一处角落快速地喝掉。因为饥饿，她走得很快，一不小心撞到了一个人，汤顿时洒在对方身上！

"对……对不……"冯春花在紧张的时候口吃总是会更加严重，以至于她说不出完整的"对不起"。就在她涨红脸努力想要说出那个"起"字时，突然愣了一下。

顾岐穿着一身笔挺的制服站在她面前。

走在顾岐旁边的那个人似乎是他的朋友，也是高年级的，笑了笑："这个女生我见过，每天来食堂领免费汤的。"

对方微妙的表情和语气像热辣的耳光一样扇在冯春花脸上，令她难堪而绝望。

顾岐没有说什么，掏出手帕皱眉擦掉身上的汤渍，从冯春花身边走了过去，没有看她一眼。

冯春花僵立在原地，她很难说出流畅完整的句子，可这并不表示她的感觉是残缺零碎的，恰恰因为她在语言上的障碍，她的感觉很少会随着语言挥发，而是深藏发酵，那一点点的恶意、一点点的轻蔑，以及……一点点的好。

曾经，她相信有那么一个人或许是不同的。

阳光扎在身上生疼，她想自己的样子一定狼狈如同一个瘟神，以致食堂里的其他人都离她远远的。

"走吧。"

片刻之后，一个声音在冯春花耳边响起，只见顾岐两手端着两碗汤过来，毫不在意地把其中一碗放在自己的餐盘里，神色中既没有怜悯，也没有别的什么，只是自然而然地把另一碗递给她："喏，你的。"

就像朋友间最为自然的拍肩。

那天少年和她一起在食堂喝汤，没有坐她平时坐的角落，而是在明亮靠窗的位置。

那碗飘着豆腐和咸菜的汤里滚落了阳光，冯春花的眼泪也被搅拌了进去。直到很久之后，冯春花想起那个中午，仍然能感觉到玻璃窗外透进来的阳光。

"在搅拌什么？"顾岐看着她用勺子缓缓搅汤的手。

"苦。"冯春花在汤里尝到了自己的眼泪，她擦了擦眼睛，"不过，苦的东西也可以成为养分吧。"

就像她所经历的苦难那样。

顾岐的脸上露出和年龄不相称的神色，他淡淡地说："不要去嘲笑苦难，也不要把它当作养分。苦难是生之滋味的一种，就像四季中的隆冬，如果没有冻死，那么就该发芽，仅此而已。"

荒原的野草，或者古枝上的梅花，人生其实没有那么浪漫，一场生，不过是所有时光堆砌而成的当下。

他似乎比所有人都更懂得。

"我在校外有一份数学家教的兼职，但最近准备数学竞赛，我没办法继续了。家长让我找一位同学，你要是愿意，可以试一试。"

顾岐把地址和联系方法留给她，冯春花找到那份家教的兼职，对方家庭气氛很好，家长不介意她的口吃，孩子也欣然接纳了她这名小家教。凭着这份兼职，她度过了与养父母失联的艰难时光。

不过，她想向少年道谢时，对方已经出发去外校参加竞赛了。

四十天后，卫星通信恢复，飞船复航，养父母终于与她取得联系，面对他们略带愧疚的询问，冯春花只说了一句："没事，我找了份兼职，不累，以后你们也不用每月给我寄那么多钱了。"

还有一句她没有说出口的话：爸爸妈妈，你们可以不要在邻星务工，回来陪我吗？

她知道答案一定是否定的。

在她身边有太多相似的男孩女孩，有的比她年龄还小，父母都在邻星务工，以赚取孩子的学费。陨石造成通讯故障时，很多人都暂时和2000万公里外的父母失联了，她也只是其中之一。

她或许是不幸的一个，却绝不是唯一的一个。

她与顾岐见面不多，几乎每次都会交换书籍。

以前她也会在书上做笔记，但此后她的笔记写得格外认真，每一道笔画都一丝不苟，所有的书写都尽善尽美。

有一次少年借了一本画册给她，是格兰维尔的《喷泉的寓言》，里面的图画充满奇思妙想，也充斥着荒诞不经的想象与隐喻，她很喜欢这本画册。

当时她没有意识到，这本画册本身也像某种隐喻，预示着她的生活会滑向未知的方向。

三

期末考试之前，学校图书馆丢失了一幅画，是格兰维尔的《扑克牌之战》的复制品。

虽然是复制品，但也是星际迁移之前的一位了不起的艺术家临摹的，价值不菲，一直挂在图书馆的墙上。很多新生报到时都会到图书馆来与这幅有趣的名画合影。

盗窃事件发生之后，警方立刻介入。监控显示，名画失踪的那晚，冯春花是图书馆里最后离开的那名学生。

"我不……不知……道……"

冯春花一紧张就会口吃，面对警察的询问，她磕磕绊绊地说，她虽然走得很晚，但绝没有碰过那幅画。

当晚的门禁已经关闭，所有出入学校大门的人都不可避免地会触响警报，并留下人脸识别记录，所以侦查的初步判断是内部人员作案。也就是说，学校的老师和学生们嫌疑最大。

警察在征得冯春花的同意之后，检查了她的书包和抽屉。

令所有人包括冯春花自己意外的是，在她的书包里，发现了被折叠的纳米材料画框。

经过专业设备检测，这正是丢失的复制名画《扑克牌之战》的画框。

画框上留有冯春花清晰的指纹。

在进一步的搜查中，冯春花被带到警察局询问，她整个人都是蒙的。

"你因为喜欢格兰维尔的画，盗取了图书馆的复制画，并且躲过了监控摄像，是这样吗？"教导主任问。这似乎是最合理的推测。

"不……是……"冯春花结结巴巴地涨红脸辩解。

不是这样的。

那晚她在图书馆遇到了顾岐，对方往她的书包里塞了一样东西，然后递给她一本书，指着一道高阶函数说："等解出了这道题，你就可以看礼物了。"

看着鼓鼓的书包，不知为何，她心中泛起一点儿悸动，介于友谊和心动之间的某种东西，带着一星雀跃的快乐。

她没有提前去偷看那件礼物，就像松鼠藏着最珍惜的松果，要留到冬天落雪的时候才掰开。

那天，她一直解到晚上图书馆闭馆，也没有解出那道函数题。

直到警察在她的书包里搜出纳米材料画框，她才知道他送给她的"礼物"是什么。

她无论如何也想不明白，他为何要这样对待她。

警察不相信她的话，校方的管理者也明显地怀疑她，但冯春花一口咬定画框是被别人塞进她书包的，他们找不到逮捕起诉她的证据。

四十八小时之后，冯春花回到了学校。

身边的一切都不一样了。以前她是不起眼的，没有人注意到她，现在她走到哪里都有扎人的目光落在她身上，还有窃窃私语的议论跟随。她没有被定罪，却好像已经是一个贼。

她去找顾岐,在他上课的必经之路等待,却没有见到他。

那天下着大雨,冯春花在雨里等了几个小时,后来顾岐的一个室友看她可怜,告诉了她一句:"顾岐转学了,两天前刚走的。"

冯春花不知道自己是怎么走回寝室的,她心里坍塌成了废墟,所有的疑惑和绝望堆成灰烬。

那晚冯春花开始发烧,烧得昏昏沉沉。

半夜她突然被烟雾呛醒,睁开眼睛,发现寝室着火了。

冯春花挣扎着下床,这时屋子里已经没有其他人,楼道里火焰狂舞。她拼命想要逃出去,但是火势太大,她推开门没跑几步就跌倒在楼梯上,脸砸在地上,滚烫生疼。她吸入了太多的浓烟,失去了意识。

几天后在医院醒来,冯春花发现自己的脸上缠着厚厚的纱布。

根据调查,那晚火灾的原因是宿舍楼里有一个寝室违规使用大功率电器,造成线路着火,其他同学都奔走相告逃出去了,没有人理会吃过退烧药后昏睡在屋子里的她。

或许在那些同学心里,她就是一个盗贼,根本不需要被叫起。

拆开纱布的那一天,冯春花如坠冰窖。镜子里的那张脸布满狰狞的疤痕,连属于少女的那一点儿稚嫩的羞涩也变得十分恐怖。冯春花发出可怕的尖叫声,疯狂地砸着镜子,用尽全力挣扎,直到最后被几个护士按住注射镇定剂……

那段时间,她不知道自己是怎么熬过来的,就像死过一次又一次。

学校提出了一点儿象征性的赔偿。冯春花有严重的口吃,受到刺激之后交流障碍更加严重,甚至无法讲述清楚自己的遭遇。

路人对她的同情有限。人的情感是很微妙的,受害者的道德瑕疵并不会影响法律的裁决,但它会使人心的天平倾斜。冯春花原本就是人们眼中的问题少女,盗窃的嫌疑人,人们虽然同情她,却也只是怜悯而已,甚至有凉薄的人会说一句"可怜之人必有可恨之处"。

学校董事会为了股价稳定,选择冷处理这件事,大事化小。

冯春花恨他们,恨那些不叫醒她一起逃命的同学,恨冷漠的校董和老师,更恨骗取她的信任又利用她的顾岐。

恨意在她绝望的心中蓬勃疯长,却又夹杂着一丝悲哀:如果她恨全世界,那她还剩下些什么?

养父母直到三个月后才得知消息，匆匆从邻星赶回来，他们抱着冯春花号啕大哭，四处去找说法。

可是他们的影响力太有限了，他们的愤怒不过是蝼蚁的愤怒，他们的悲哀不过是尘土的悲哀。

四

冯春花跟着养父母回到破败的家中，把自己关在狭小潮湿的房间里，整整一年没有开口说一句话。

她想过无数种结束生命的方法，却没有成功。最终支撑她活下来的与其说是留恋或别的什么，不如说是恨意，是日夜炙烤她身心的仇恨的业火。她不甘心就这样死去。

学校给的赔偿很少，住院花掉了冯春花的养父母多年的积蓄，他们生活窘迫，根本无力承担后续昂贵的康复费用。

养父母几乎放弃了希望，直到他们看到了一则贴在菜场里的小广告。

那天，冯春花的母亲出门买菜时，在菜场看到了一则"志愿者招募"的广告，一家不知名的医疗美容公司招募十名志愿者，去免费享受他们的整容新技术。冯妈妈迟疑了一下，小心翼翼地把广告纸揭下来，带回了家。

那天晚上，冯妈妈往门缝里递饭菜时，把广告纸一起递给了冯春花："春花，妈今天在外面看到的，这儿有个整容志愿者招募……"

冯妈妈觉得，有这样天上掉馅饼的好事，应该让冯春花试试。

冯春花关上门，读完了广告纸上的内容。

和没念过书的养父母不同，她立刻明白了，这所谓的"志愿者招募"其实就是招募实验品，在他们身上使用一些根本没有安全保障的新产品。否则，这份广告就不会刻意贴在贫民区。

只有那些没有机会接受教育、人生毫无希望的女孩，才会为了一点儿渺茫的机会甘愿铤而走险。

这晚冯春花整夜睁着眼睛，不能入眠。在天亮时，她做出了决定。

时隔一年之后，她第一次出了门。

阳光刺目，令她的眼睛难受得快要流泪。她用高高竖起的衣领遮住了脸，按照广告上的地址去了那家不知名的整形机构。

她在那里签署了一份"自愿协议"，承诺无论整容成功与否，无论有怎样的后果，都与对方无关。

冯春花已经没有什么东西可以失去的了，所以她将自己的全部，包括生命，一起交给了命运掷出的硬币。

这一次，她赌赢了。

整形手术出乎意料地成功，四十天后拆开纱布，冯春花在镜子里看到了一张陌生而美丽的脸。

她搬离了原来居住的城市，来到陌生的地方生活，开始打工并找到专业的康复机构，进行口吃矫正训练。

七年后，冯春花成了花青蕊，在一档面向大众海选的选秀节目中脱颖而出。

少女长相甜美，头脑聪颖，情商出众。

那场大火烧毁了她的人生，将她脸上的骨骼敲碎了重塑，她的人生为复仇而来。

她曾经的世界是狭窄的，她像是躲在泥潭里的鱼虾，不知道天有多高，山有多远，如今她出入各种名流云集的场合，才知道世界可以被无限放大，也可以被无限缩小。

在这个小小的世界里，她再一次遇到了顾岐。

此时，顾岐已经是顾总，经营着一家声名显赫的公司，也常上商业杂志的封面。很显然，顾岐已经不认识她了。

她面带微笑，款款地朝他走近。

如今的她正处在花开最盛的年华，耀眼的美貌在哪里都是焦点。顾岐很快注意到了她，露出略带一点儿坏的迷人笑意："花小姐比在电影银幕上更漂亮。"

这是一句庸俗的恭维，她已经听过很多遍，但从他口中说出来，格外动听。少年时那些青涩的气息都褪去了，他的举止毫无拘谨，周身优雅舒展地透露着游戏花丛的风流气息，但眉宇间偏偏有一丝倦意和忧郁，让女孩想要探究他的心事。

他们互留了联系方式，像所有一见钟情的男女那样。

那晚回剧组时，一个年龄稍大的女演员悄悄提醒她说："你呀，最好不要招惹顾岐。"

花青蕊对着小镜子涂口红，没有说话。

"这位顾总是出了名的花花公子，他仗着自己有钱投拍了好几部剧，每次都亏得血本无归，却还是一派玩世不恭的作风。他与女明星传绯闻可不是一次两次，那个谁和谁谁可是为他以泪洗面，还扬言寻死呢。"女演员压低声音说了几个名字，都是颇有名气的女明星。

"哦，原来是个人渣？"花青蕊漫不经心地说。

"渣透了。"女演员肯定地回答。

"巧了，我年少的时候偏偏也喜欢过一个人渣。"花青蕊收起镜子，顺便收起了嘴角幽微的冷笑。

顾岐很快打电话来约她。

约会中，他极尽绅士风度，体贴周到。多情的名声丝毫无损他本人的魅力，他像一个完美情人的范本，英俊多金，教养良好，知情识趣。

花青蕊第一次到他家中时，在玄关处的一幅挂画前停驻良久。

"这是格兰维尔的名画《扑克牌之战》？"

"花小姐好眼力，网上买的复制品，二十块钱一幅。"

"顾先生真会说笑。"花青蕊嫣然一笑，从玄关走了进去，没有再提那幅画。

她频繁出入顾岐的私宅，俨然成了他的新任女友。

因为顾岐花花公子的名声，更因为花青蕊自带的流量和话题，各种娱乐八卦号像疯了一样追踪他们的感情进展。就连在机场拍到他们同行的照片，或顾岐前往片场探班的消息，都一定会占据娱乐头条。

半年之后，人们发现，这段感情比顾岐以往的恋情持续得久一点儿，于是有八卦号惊奇预测：花青蕊不会成为花花公子的终结者吧？

看到报道的花青蕊冷笑了一下，将报纸扔在身旁。她的确立志成为花花公子顾岐的终结者——他事业和人生的终结者。

五

九个月后，顾岐发现公司股价突然被抬高。

二级市场流通的散股被人大量收购，一个不知名的投资基金在短短时间内聚集了公司百分之二十的股份，发出重组董事会的提议。

在顾岐疲于应付之时，给他致命一击的是他授权的股权转让协议。存放在私宅保险柜中的股权证明文件被盗取，保险箱密码被破译，而那份顾岐本人从未签署过的转让协议上，居然有他的虹膜授权。

——在两人感情最为浓郁的时候，花青蕊让顾岐对着镜头来了一张双人自拍，记录下他们的甜蜜瞬间。

那并不是普通的摄像镜头，而是将顾岐引向地狱的通道。

当狮子受伤时，血腥气立刻吸引来无数捕猎者。顾岐对他的公司不再拥有控制权，他成了猎物。竞争对手趁虚而入，贪婪的资本也涌入分食。

事业受挫的顾岐样子颓废了许多，下巴也长出了青色的胡碴儿，借酒浇愁几天后，他才发现另一个更坏的状况——

他丧失了对自己身体的控制权。

这一晚他回到家里洗澡，浴缸的热水打开了，他突然感到全身麻痹，整个人跌坐在地上，无法动弹。

那是一种比昏迷更为难熬的体验，因为意识还是清醒的。他倒在浴缸旁，手脚仿佛都变成了毫无知觉的石块，只有头脑在绝望地命令：站起来……却没有一个细胞理睬他。身体成了囚笼，残存的意识是无助的囚徒。

头顶传来熟悉的脚步声，一双手轻柔地把他扶了起来，花青蕊俯视着他，笑盈盈的眼波里闪动着复仇的冷光。

她深深凝视着他，一字一字地说："怎么这么不小心？"

顾岐目光愕然，脸色苍白而狼狈。

在花青蕊的记忆里，从来都是他从容地掌控一切，看着她狼狈窘迫的模样。如今终于风水轮流转，轮到他了。

"你知道我是谁吗？"花青蕊猝然一松手，顾岐顿时重重跌在浴室冰冷的地砖上，发出吃痛的闷哼，她居高临下地问，"你还记得那个叫冯春花的女孩吗？"

顾岐的神色明显僵硬了一下。

弱肉强食的世界就是如此，被欺辱者无法反抗，除非他们拥有更强的力量。花青蕊的眼眶难以忍耐地发涨，长久的恨意在这一刻爆发出来："当初我的人生被推进地狱，如今轮到你了。

"这九个多月来，我在你每天喝的茶水里放了微量的神经毒素，日积月累，会造成运动神经元损伤，让你渐渐失去对自己身体的控制，而且这种损伤是不可逆的。以后你的身体会越来越差，而且很有可能突然在某一个时刻全身麻痹，倒地不起——就像现在这样。"

"你是怎么得到保险箱密码的？"顾岐虚弱地问。

"算出来的。"花青蕊轻笑。

包括顾岐在内的所有人都不过把她看成一个胸大无脑的美女。她曾经的数学天赋早已被那个叫冯春花的名字掩埋在了时间的尘土之中。

她拨开尘土，看到了一把寒光闪烁的复仇之剑。

她取出那张自拍照，在顾岐眼前晃了晃："看，多么完美的自拍。"

顾岐叹了口气："我那天不该和你自拍的。"

"现在后悔已经晚了。"花青蕊冷冷地说。

"那天我有黑眼圈，不帅。"

"……"

花青蕊冷冷看着他。他曾经亲手将她扔进地狱，而她对他的感情仍然很复杂，不仅仅是恨那么简单。

那种复杂并非是假戏真做的留恋，而是一种深深的疑惑。这个男人与其说像被困的狮子，不如说像囚笼中的狐狸，充满诱惑。那双忧郁动人的眼睛总在算计着什么，似乎只要他活着，就可以再次翻盘。

花青蕊突然觉得愤怒，她恶意地将红色的高跟鞋贴在他的脸旁："你现在一无所有，你的公司已经被蚕食得千疮百孔，你的身体也破败不堪，如今只剩下这张脸了吧？你的余生或许可以凭借取悦女人活下去。"

"我一直在取悦你。"顾岐回答。

他的头发湿答答地往下滴水，苍白的嘴角泛起一丝玩世不恭的坏笑，让人分不清哪句是真，哪句是假。身体麻痹的症状似乎终于得到了缓解，他吃力地活动了一下手指，艰难地用手撑住地面，摇摇晃晃地站起来。

"一直演很累吧？"顾岐走出浴室时突然问了一句。

"无所谓。"花青蕊竭力维持高傲，但复仇的快感不知为何在这句话里淡去了，她只觉得乏力和空虚。人生逢场作戏，没有人在意她的真实感受是什么，但所有人都很在意演技。

"表演并不是我人生的一部分，"花青蕊冷冷地说，"是全部。"

顾岐的麻烦还远远没有结束。

公司的股权被夺走之后，他被赶出管理层，不仅一无所有，还面临巨额的债务。医药新产品的研发是一个周期很长的过程，他与银行签有长达二十年的借贷协议，如今则面临着断贷和催讨。

在商场摸爬滚打这些年，顾岐也不是没有一些朋友，但花青蕊很清楚，他那些"朋友"绝不会雪中送炭、伸出援手。

再一次来到顾岐的私宅时，花青蕊是来看他的笑话的。

他越狼狈悲惨，她才越快活。

不知道出于什么考虑，顾岐的别墅没有更换门禁，她仍然拥有出入这里的权力。

金色的阳光饱满，她缓步走进去，却意外地一眼看到顾岐在修剪草坪。阳光洒在他身上充满力量与美感，就像他根本没有被运动神经元损伤的病痛所困扰，也没有遭遇过事业的打击一样。

顾岐抬头看到她，朝她露出微笑："来了？"

花青蕊脸上的震惊来不及收起。

"我没有去做牛郎，找到了另一份活儿干，修剪草坪。"顾岐推着割草机说。

他行走时，右腿不自然的动作还是泄露了他的病痛，但他的脊背仍然挺拔而好看。

花青蕊觉得迷惑，这个站在阳光下的青年，和那个狠心利用她的信任甚至毁掉她的人生的少年，是如何放置在同一个躯壳之中的？

六

再一次见到顾岐，是在一次字画拍卖会上。顾岐是真的缺钱了，把自己的不少藏品都拿出来拍卖。听说他又办了一家小公司，在一栋廉价的写字楼里租了个小隔间，和那些朝不保夕的创业者一样，宵衣旰食，从头开始。

拍卖大厅富丽堂皇，迎面看到顾岐走过来，花青蕊立刻温柔地笑着挽住了身边人的胳膊。被她挽住的是一位姓贺的商人,也是抢走顾岐股权的竞争对手。

她笑意吟吟,表演是她的天赋。

"顾总,真巧啊,好久不见。"贺姓商人得意地说。

"贺总,好久不见。"顾岐颔首。

"听说你最近手头拮据,藏品都拿出来拍卖了,唉唉,要不是最近公司刚重组,资金链紧张,我一定借钱给你渡过难关。"

"不仅是资金链紧张吧?"顾岐微笑,"听说你以前的合作伙伴宁可付违约金也要提前中止合作。"

对方的脸色一变,似乎被戳中了痛处。

"顾总,这就是你的不对了!"对方的神色不禁有些忿忿,"管理层调整是董事会的决定,你临走的时候却阴我一把,把偌大的研发部门给我掏空了一半!我们的产品做不出来,合作方当然要跳脚!"

"研发部门的人离职与我无关,或许是他们不习惯被外行指挥。"顾岐磁性的声音带着微凉的质感,"况且,即便你把他们都叫回来也没有用,产品更新仍然无法实现。"

他轻描淡写地说:"因为研发团队里最核心的技术人员,是我。"

直到这时,花青蕊才终于明白了他的底气从哪里来。

他真正有力量的东西是他自己。

在这天的拍卖会上,顾岐所有的藏品都被同一个买家高价买走,对方是云起投资公司指派的专员。

云起投资公司是一家低调神秘的投资机构,传说靠着时间交易起家,财富不可计数。他们不仅买走了顾岐的所有藏品,而且大手笔地投资顾岐的银河草履虫公司,注入充沛的资金,很快推动他的新公司步入正轨。

花青蕊听说,不少之前跳槽的研发人员又被顾岐招募到新公司里,眼看着他竟然从绝境中又走出了一条路来。

花青蕊很久没有再去打听顾岐的消息,直到有一天,之前提醒过她的女演员无意中说:"哎,你听说了吗?那个花花公子顾岐今天在一次发布会上突然昏倒了,不会是太风流了,得了那什么病吧……"

花青蕊正在画眉的笔突然一顿，笔尖断在了眉毛上。

她给顾岐投的毒果然给他的身体造成了不可逆的伤害。这是他应得的，也是他欠她的，她不需要感到愧疚。

可那晚花青蕊还是整夜地失眠，她梦到了小时候。那时她还是一个叫冯春花的小女孩。

她和少年在校园的小径上邂逅。

夜空挂着星，他刚刚跑步归来，大冬天的穿得很少，身上还有热气腾腾的汗水。他看到她时停住脚步："是你？真巧。"

"今……今天星星很亮，我……我出来看……看星星。"她磕磕绊绊地说。冯春花从没有这样感谢过自己的口吃，让她撒谎时的吞吞吐吐显得那样自然。

其实，每天下晚自习之后，她都会在他跑步必经的小路上徘徊。她已经看了一个月的星星，才终于再次"偶遇"了他。

那晚他们一起往回走，聊星星，聊那些像星星一样闪亮的梦想。

冯春花低着头说："不是所有人都配有梦想，很多卑微者根本不会做梦。"

"恐怕你对梦想这件事有什么误解。"顾岐不赞同地说，"有梦想，就可能会跌倒，会输得一无所有，并不因为有了梦想这个借口，步子就能够变得轻松。汗水总是咸的、苦的，不会变甜。甜的是希望本身。梦想在，就是命运对平凡者最大的犒赏。"

那时他望着夜空中的星星，冯春花望着他。

那时，在她眼中，他就是那颗最亮的星星。

花青蕊又一次去见了顾岐，她没有想到这也是她最后一次见到他。

她被工作人员领进去的时候，顾岐正穿着蓝色无菌服做实验，那双原本风流多情的眼睛，倒像被洗净铅华似的，黑得极为专注。

直到做完了手头的事情，他才注意到她来了。

工作人员给她消毒，让她穿上无菌服，戴上口罩，随后打开门让她进去。

花青蕊看着他微微不自然的右腿，唇齿微张想问什么，却终究没有问出口。

"这是什么？"她指了指试管中绿色的液体。

"原绿球藻，来自深海的菌种，能通过光合作用产生氧气。"

花青蕊知道他的公司在微生物医药领域有顶尖的研发实力，却没有想到他真的亲力亲为至此，更没有想到，他竟然毫无芥蒂地将自己的实验成果展示给她看。

"早期的海洋生命是在无氧环境中诞生的,氧气对它们来说是剧毒。"顾岐取下口罩,"后来氧气出现了,生命们大多潜到更深的水底,寻找水中的真空以延续繁衍,而少数生命,或者说一些具有超强直觉的幸运儿,则开始寻求进化,寻找能与氧气共生的进化路径。

"如果没有这些幸运的进化者,就不会有丰富的海洋生命,更不会有以后的陆地生命。原绿球藻这种古老的超微型菌种中,或许隐藏了生命进化的秘密,其羊毛硫氨酸类多肽基因,在某种程度上被证明能够突破传统的遗传谱系,令其中的一些独特的个体实现基因跃迁。"

"基因跃迁?"花青蕊觉得有些震撼,甚至忘了自己的来意,被他的话语所吸引,"在未来的某一天,人类会进化成一种完全不同的'东西'吗?"

"这个问题我无法回答,但生命与它最初的样子已经完全不同。"顾岐说,"从生物进化的角度来看,人类是与自己的敌人共生的。那些最可怕的敌人,我们无法消灭它,无法离开它,甚至一生都在依赖它。没有它我们将无法生存。"

"比如,细菌?"花青蕊边走边问。

"你很聪明。"

"难以想象,那些小东西拥挤在我的身体里。"

"你的身体中寄居着无数的菌群,你不会在意浩瀚的宇宙里多出一颗小小行星的。"

他们像朋友一样地交谈,在实验室的墙上,她又看到了那幅熟悉的《扑克牌之战》。尺寸大小,却与顾岐家中悬挂的又不相同。

她不由得困惑,之前顾岐缺钱时卖了很多藏品,却没有卖掉那幅《扑克牌之战》。究竟是因为偷窃来的东西不能公之于众,还是因为那幅画真的如他所说,只是在网上用二十块钱购买的复制品?

花青蕊没有找到答案。

还有,当初顾岐为何一定要得到那幅画?画的价值虽然不菲,但顾岐绝不是一个会为了钱铤而走险的人。

那幅画对顾岐来说,到底有什么特殊的意义?

所有没来得及说出口的疑问都永远成谜了。

半个月后,顾岐去世了。

他在一次晚宴中突然失去知觉倒地,送医后抢救无效。法医给出的初步结论是他患有运动神经元损伤症，由于延髓麻痹引起窒息死亡。

花青蕊坐在孤寂的夜里，红肿着眼眶一根接一根地抽烟，她突然意识到，在最后的那一场谈话里，她得到了某种微妙的共鸣。

人是与自己的敌人共生的。那些最可怕的敌人，你无法消灭它，无法离开它，甚至依赖它而生存。曾经她恨他入骨，发誓要报复，她依赖这份恨意生存于世，在他死去之后，她的世界只剩困惑和空虚。

几天后，律师敲开了她的家门："这是顾先生留下的财产清单与文件。"

顾岐留下了一份遗嘱，上面写着：我所有的财产交由花青蕊女士继承。

花青蕊呆呆地看着那些文件。从始至终，从最初的相识到死亡的诀别，她发现自己从来没有真正看懂过这个男人。

在清理顾岐名下的产业时，花青蕊意外地看到了一个熟悉的地址，那是一家毫不起眼的医疗整形机构，开在离她养父母的老家不远的地方，那里穷乡僻壤，毫无投资价值。

花青蕊打电话过去，问起八年前的那个"志愿者招募"活动，对方接线员说，自家机构从来没有做过志愿者招募。

如今她已是这家机构的主人，可以调取一切内部资料。很快，当年的所有案例资料都通过邮件传了过来，花青蕊一条条地查看，终于看到了自己的名字。

那是一场昂贵的整形手术，用了最先进的整形技术与药物，主刀医生是业界翘楚，所有的手术细节与保密协议都有顾岐的亲笔签名。

香烟燃到了指尖，花青蕊突然开始在黑夜里发抖。

她眼前浮现出顾岐笑起来的样子，想起初次相见他站在她面前，像是雨后枝干笔直的白杨树，他问她："你在看什么？"

想起那个温暖的午后，他说："苦难是生之滋味的一种，就像四季中的隆冬，如果没有冻死，那么就该发芽，仅此而已。"

想起他平静地问她："一直演很累吧？"

想起他的头发湿答答地往下滴水，苍白的嘴角泛起一丝玩世不恭的坏笑："我一直在取悦你。"

顾岐没有留下只言片语给她，却把一切都留给了她。

七

"你从没有怀疑过,当初他放在你书包里的东西不是纳米材料画框,而是别的什么吗?"

听完对方的故事,少女云未暖露出惋惜的神色,她拉开抽屉取出一样东西:"云起公司不会给人渣投资。作为合作伙伴,我认为顾先生是一个有原则的人。"

云未暖把那样东西递给花青蕊:"三天前,他把这件东西交托给我。我想,这应该是给你的。"

那是一件过时的工艺品,盒子已经有些旧了,花青蕊打开来,黑色的丝绒上放置着一颗蓝色的星星,明亮璀璨得就像梦想本身。

花青蕊用夹着香烟的手捂住脸,泪水从指缝间滚落下来。

她突然想起,那本练习册上的函数她最终解了出来,解出来的是一条动态曲线,就像一只卡通小手在认真挥手再见。

原来,他已经向她道别过了,在八年前。

可是,她却来不及向他道别。

"当初你书包里的东西被掉包了,栽赃嫁祸你的另有其人。那场大火也没有那么简单,"云未暖说,"大功率电器造成的宿舍楼着火太过巧合,或许真正的盗画者是打算用那场大火让这件事彻底湮没无踪。"

窗外的夕阳黯淡成晓星,花青蕊指间的香烟也已经燃尽。

原来,他没有偷窃那幅画,当时他微笑着说"花小姐好眼力,网上买的复制品,二十块钱一幅"并不是在骗她。

花青蕊站起身来,拿着那件过时的工艺品:"多谢你,云小姐。"

"你去哪里?"云未暖问。

"去警察局自首。"花青蕊平静地说,"我杀了人。"

"恐怕你想错了。"云未暖说,"顾岐的运动神经元损伤症已经近乎痊愈,这一次的意外与你无关。"

花青蕊愕然抬起头:"你说什么?"

"他本人就是生物医学专家,在公司研制的疑难杂症新型药物中,有一种针对运动神经元损伤症的特效药,他已经在自己身上进行了实验,实验效果很成功,可惜……"

她话音未落，电话铃突然响了。云未暖拿起电话来接听："喂？"

"警察局传来消息，在死者顾岐的衣物上发现了沈沐宸的血液和皮屑样本。"

听到"沈沐宸"三个字时，云未暖的脸色微微一变，立刻站了起来。

八

云未暖赶到警察局时，只见一个青年正独自坐着，等待询问和笔录。

很难相信，眼前这个安静秀美的青年就是本世纪最伟大的物理学家，时间交易理论的提出者——沈沐宸博士。

这时正好办案警察来问话了，云未暖就站在一旁，警察也没驱赶她，看来只是常规询问。

"沈博士，那晚你和顾岐有过接触吗？"警察坐下来，神色很客气。

"有过几句交谈。"沈沐宸回答。他颈脖白皙，睫毛长而孤独。

"谈话的内容是？"警察边问边记录。

"那晚在宴会上，顾先生与我聊了时间交易理论，我们找到了一些共同话题。"

当时两人的对话被宴会厅的摄像头记录下来，不少与会者也都能证明这一点。

"你们之间有过肢体接触吗？"

"没有。"沈沐宸摇了摇头，"我有洁癖，从不与人肢体接触，那晚我们仅仅有过几句交谈。"

云未暖看着他的侧脸，回想起那个意外发生的夜晚，衣香鬓影交错，月光朦胧如谜。

富丽堂皇的宴会厅里，人们举杯谈笑。

沈沐宸穿着深蓝色塔士多礼服，配着风格清冷的黑色玛瑙袖扣，身形笔直得近乎拘谨，神色腼腆地站在往来的人群中，不自然地应付着那些热情的攀谈者。

从云未暖的角度，恰能看到他的礼服口袋中露出一角雪白的方巾，有种禁欲之感。

隔着几个人的距离，她都能感觉到他脊背紧绷到想要逃离。

看得出来，这位年轻的天才不适应社交场合，就像误闯晨光的柔和的星星，努力地想要隐藏自己，人们热切的目光是炙烤他的烈日，让他感到虚弱。

"沈博士，"云未暖走到他身边，"到外面聊几句？"

沈沐宸诧异地看着她，顿时露出如释重负的神色："好。"

两人来到阳台上,夜色清凉如缎,覆盖了觥筹交错。云未暖侧头看他:"早就想逃出来了吧?"

沈沐宸彬彬有礼地握着酒杯站在月下,算是默认了。

"人们都在盛赞时间交易理论的奇妙,即使他们根本不懂物理学。"云未暖举杯,"如今我继承了我叔叔的财富,他所得到的一切都受惠于你的理论。"

沈沐宸望着她,神色倒不像在人群中那样疏离。

"看得出你不喜欢这样的社交场合,为什么会来参加这次宴会?是有什么特别的原因吗?"

沈沐宸终于开口:"你。"

云未暖手中的酒杯微微一顿。月光如洗,青年的目光清澈,如星垂平野般广阔坦然,专注而毫无冒犯地凝视着她:"我曾做过一个梦,梦中我们共度此生。"

"难得听到这种话,这可不太像你的风格。"云未暖轻轻晃动酒杯中的星光。

"我在想,人类是怎样对他人的悲喜产生共情的?必然有什么东西,如丝线一样连接着我们彼此。古人讲,白发如新,倾盖如故,也许就是如此。"

沈沐宸话音刚落,只听宴会厅里突然传来尖叫声,两人诧异地对视一眼,快步返回大厅,只见里面已经乱成一团。

"快叫救护车!"

"快!"

"没有呼吸了……"

九

顾岐之死打断了他们的交谈。

那晚的月色和今夜一样,温柔如谜。

问话结束之后,云未暖和沈沐宸一起走出警察局。夜风微凉,云未暖侧头问:"你最近受过外伤吗?例如,擦伤之类的。"

"没有。"沈沐宸停住脚步,露出困惑的神色,"怎么这么问?"

"顾岐正在做微生物医药研发项目。"云未暖的目光清冷地穿透夜雾,"既然你和他没有过肢体接触或冲突,他的衣物上却有你的血液样本,那只有一种解释:他或许通过某种非常规的途径特意采集过你的血液，才会留下痕迹。"

夜色有些惊心的味道，云未暖淡淡地说："我一直觉得，顾岐出事，是因为他的研究成果被黑暗中的某股势力所觊觎。"

"是竞争对手？"

"没有竞争对手，他的研究是超前的。"云未暖说，"顾岐一直在寻找一种微生物，一种关乎人类进化密码的细菌。

"生命是如何进化的？天才是如何产生的？很多科学家都渴望知道这个谜底。他们致力于研究天才的大脑，试图从中发现其细胞结构与神经运行的秘密，医学家们也一直对天才的基因编码解析充满热情，在这一点上，顾岐的能力远远超出同时代的其他研究者。"

路上车流如织，沈沐宸抬起头来："虽然我近期没有受过伤，但我做过一次体检。"

"在哪家医院做的？"

沈沐宸说了一家医院的名字，那是一家声名卓著的医疗机构。云未暖立刻拿出电话，朝那边吩咐了几句："对，立刻去查。"

突然间，一辆车朝他们斜冲过来！云未暖瞬间扑倒还没反应过来的沈沐宸，两人一起滚到路边。

远光灯笼罩了他们全身，车窗徐徐摇下，一个熟悉的声音从车上传来："看来我太粗鲁了。云小姐，别来无恙？"

寄居

02

无辜的男孩误闯了古老的桃花源,看见了死神的脸。

一

顾岐十九岁时,从原本熟悉的学校转到国外读书。转学手续办得十分仓促,他只携带了简单的行李。

坐在飞机上,看着窗外厚重的云海渐渐变为一片深蓝的静谧,他知道自己离故乡越来越远。并没有多少离愁别绪,他已经习惯了生活中的变化,如同候鸟一样辗转于不同的地方。随身携带的行李里有一张写有联系方式的卡片,是海外同乡会给的联系人,叫熊彼得。

熊彼得是一名从小生活在国外的华裔,会说一点儿简单的汉语,一见面他立刻热情地拥抱顾岐,并大声赞美:"你的名字取得太棒了,他乡遇故知!顾支你好!"

顾岐被热情的胖子搂得动弹不得,不得不更正:"我叫顾岐,不叫顾支。"

熊彼得在国外长大,对与他一样黑发黑瞳的俊美少年充满好奇,两人坐在前往学校的大巴车上时,他一边认真地翻着手里的字典,一边问:"我的中文字典显示,'岐'在汉语里是偏差和错误的意思,为什么会取这个名字呢?是因为你小时候太顽皮,经常犯错吗?"

顾岐坐了十几个小时的飞机,此刻半闭着眼睛昏昏欲睡:"'岐'这个字,是大路上分出的一条方向不同的小路,原意是指与寻常不一样。"

熊彼得沉思良久,终于高兴地大声说:"明白了!就是出类拔萃的意思!"他似乎为自己的中文造诣感到非常自豪。

顾岐被对方的嗓门吵得瞌睡全无:"是拔萃,不是拔草。"

熊彼得把顾岐带到双人宿舍,房间宽敞明亮,阳光丰沛,窗前摆放着香气浓郁的百合花。

也许是因为花粉过敏吧,"出类拔草"的顾岐皮肤上冒出了红疹,原本英俊的脸无法见人。熊彼得只好带他去诊所,找医生开了一些止痒和消炎的药。

那时正值一年一度的返校节,各种比赛、舞会、社团活动使得校园里十分热闹,其中有一个项目聚焦了全校所有男孩和女孩的目光,那就是每年一度的"返校节国王"与"返校节皇后"竞逐。

返校节国王与皇后的选拔活动,是一场美貌、智慧与才华的综合比拼,在开学之前已经有了几位热门的人选,返校节舞会将是他们大放异彩的舞台。熊彼得趴在沙发上跟顾岐诉苦:"我找不到舞会女伴。"

"现在还有两周时间,你还可以去邀请。"顾岐回答。

"邀请过了,没有女生愿意跟我跳舞。"

顾岐看了他一眼,表示同情:"那你只能去邀请男生了。"

"……"

幸运的是,最终熊彼得还是成功混进了校园舞会。虽然他没有舞伴,但是学生会招募现场工作人员,可以免票入场,熊彼得立刻报名了。返校节舞会那天,他拉上顾岐一起提前到了现场,到处都是五彩缤纷的气球、热情活泼的男孩和女孩。因为脸上起红疹而戴着口罩的顾岐在人群中穿行,突然间,一个微冷好听的声音说:"借过。"

顾岐抬头,只见一个少年侧身而过。那少年也是东方人,深黑的眼睛猝然回眸,凝视着他。

那一瞬间,顾岐的心头仿佛被什么击打了一下。

但气质出众的少年很快回过头,身形笔直地走入人群,迅速被人潮淹没。

"你认识他吗?那可是位校园名人!"熊彼得拿着几只彩色气球过来,"他叫马修,是今年返校节国王最热门的人选。"

"他身上似乎有种味道。"顾岐回过神来,摸了摸鼻子。

"古龙水味吗?"

"氯气消毒水的味道。"顾岐说,"他可能是刚游过泳,游泳池里用来杀菌的氯放多了吧。"

没有人注意这个细节，那晚返校节舞会在悠扬的华尔兹中开始，男孩女孩们携手进入舞池。

"唉，"熊彼得一边忙前忙后地服务，一边羡慕地感叹，"那些有舞伴的男生真幸运啊！"

"看！快看！"熊彼得指着舞池的一个方向，"那是薇薇安，上一届的返校节皇后！"

舞池中最引人注目的一对正在翩翩起舞。

少女有着一头栗色卷曲的长发和湖水般的蓝眼睛，唇角缀着一颗美人痣，笑容优雅迷人。而少年正是马修，他的每一个动作都充满吸引力，仿佛能将舞步踩在人的心上，让音乐的节奏与他的舞姿共鸣。

"她真美啊！"熊彼得发出感叹，"如果薇薇安能邀请我与她共舞一曲，我就算死也情愿了……"

几乎所有的男生都目不转睛地看着薇薇安，薇薇安的蓝眼睛却只追随着马修，从来没有挪开过。

舞池成了欢乐的海洋，灯光起伏如海浪，女孩们的裙子是船帆，舞步如游鱼，穿梭其中。

到下半场时，休息区里跳舞跳累了的少年们三五成群，推杯换盏，香槟酒的味道几乎能治愈所有年轻的乡愁。

气氛最热烈的时候，一声尖叫突兀地在人群中响起。

"不好了！薇……薇薇安她……她……"从洗手间冲出来的女孩脸色惨白，几乎无法说出完整的句子。

薇薇安出事了。

她倒在洗手间，被发现时已经停止了呼吸。

据与她在一起的同学说，因为舞伴马修提前离开，薇薇安在和她们几个一起喝酒，似乎心情不太好。

后来她说要去洗手间补妆，却很久都没有出来。女孩们去找她，推开门竟然发现她一动不动地倒在地上。

薇薇安的身上没有任何外伤，衣衫整洁。洗手间门口有摄像头，拍摄到从她进入洗手间之后，没有其他人进入。

原本热闹的返校节因为薇薇安之死而蒙上了一层悲伤的阴影。

法医鉴定的结论在几天后公布，薇薇安是心脏骤停而死的，警察没有找到他杀的痕迹与证据。

熊彼得因为校园女神的陨落而唉声叹气，顾岐的花粉过敏也终于好了一点儿，不用成天戴着口罩了。两人在房间里休息时，顾岐突然想起了什么，问熊彼得："你了解马修吗？"

"啊？"熊彼得诧异地抬头，"他也是东方人，成绩很好，似乎很富有……其他的我不太清楚。"

顾岐站起身来："我想了解这个人更多。"

熊彼得有个好哥们儿叫安德烈，是校园"百事通"，擅长打听各种小道消息和八卦。

"马修？他很聪明，几乎十项全能。"被一大瓶可乐贿赂的安德烈举起瓶子边喝边说，"呵呵，我打赌他在吃药。"

"什么药？"

"聪明药。"安德烈故作神秘地压低声音，"不是莫达菲尼那种老套的东西，而是真正的聪明药，可以在很短的时间内起效，让你简直变成另一个人。它唯一的缺点就是药效太短，最多八小时后就会恢复原样。"

"变成另一个人是什么意思？"顾岐眉心一跳。

"怎么说呢，"安德烈比画着，"如果只是简单地提升记忆力和专注力，一个人的外表看上去是不会有太大变化的，最多样子更专注一点儿，对吧？但吃过聪明药之后，人会散发出由内至外的魅力，不仅气质会提升，学识变得渊博，连五官也仿佛更好看了！你记得我们班的欧文吗？就是那个长着满脸雀斑、被称为'邋遢鬼'的男孩，他吃过聪明药之后，我简直认不出他了。那双在我印象中从来没睡醒过的眼睛就像太阳一样明亮有神，他彬彬有礼地向我问好，主动问起我的姑妈朱迪的风湿病，还推荐了几种并不常见但很有效的药给我。要知道，以前他可是连'对乙酰氨基酚'这个单词都拼不对的学渣！可到了第二天，他又恢复成了那种邋遢和懒惰的样子，眼睛仍然像是没睡醒一样眯着，路上我遇到他，他毫无礼貌地走开了。"

"服过药的人都这样吗？"顾岐问。

"我见过几个，大致都差不多。"

"在哪里能弄到这种药？"

"一些专售药店有卖，但货源很少，经常缺货。"安德烈说，"对了，聪明药的生产厂商就是薇薇安的父亲科赫,他是石油商人,大概一年前开始做医药生意,学校里有人在跟着他干这行,我知道的就这么多。"

顾岐谢过了安德烈,和熊彼得一起往回走。

"你怀疑马修?"熊彼得问,"那天没有其他人进入洗手间,法医也公布了薇薇安是死于心脏骤停。"

"心跳骤停未必是病亡。"顾岐若有所思,"一些毒素可以给心脏造成负担,使之前一直很健康的人突然心脏病发作。马修身上有氯气消毒水的味道,那是制药者身上常见的味道。"

"你怀疑马修……可能跟着科赫医药在干?"

"我在想,既然药厂是属于薇薇安的父亲科赫的,那薇薇安自己有没有吃过那种'聪明药'?"

熊彼得怔了一下:"可是薇薇安既漂亮又聪明,一直都是这个样子,没有变过啊,从我入学以来她就是光彩照人的校园女神……"

说到这里他打住了,似乎意识到了什么。

"你是说,薇薇安有可能一直在服用聪明药?"熊彼得愕然地脱口而出。

按照安德烈的描述,聪明药是一种药效很短、价格十分昂贵的药物,很多学生都只能偶尔服用,因为用一次药就需要花费他们近乎整年的学费,所以他们只把"好药用在刀刃上",在关键的考试或者面试时使用。但对薇薇安来说,价格并不是问题,而且既然聪明药的生产厂商就是薇薇安的父亲科赫,那么货源也有保证。

日光惊心,校园道路两旁的大树投下浓重的阴影,将两个少年的身形吞没其中。

"目前学校里用过药的人只是短暂地偶尔服用,他们用药时的血液检查没有任何异样,也没有后续报告显示出副作用。但如果有人长期地、持续地服用这种昂贵的药物会怎么样?"

二

学生们自发组织了纪念薇薇安的烛光追思会。

校园内的树木都沉浸在悲痛的凉风中,烛光如同手掌,托起了一点点哀思的星光。

这一晚，马修也来了，他的脸上看不出任何悲痛的神色，面无表情地点燃一支蜡烛，弯腰放下花束。

顾岐戴着口罩走过来，也放下一束纯白的百合花。

马修突然侧头看了他一眼，仍然是如光如电的眼神，仿佛要在瞬间烫穿人的灵魂。他声音冷漠地问："你在查科赫的医药公司？"

顾岐目视前方："死者应当得到安息，而生者，应当得到一个真相。"

这晚从操场往回走时，顾岐经过一条没有路灯的昏暗小路，四周只有零星的月华，显得黑魆魆的。

身后传来一阵脚步声，顾岐心中微微警觉。

脚步声不紧不慢，却始终如同影子一样紧跟着他。终于，顾岐猛地停住脚步，回过头来："谁？"

一道暗影缓缓走到他面前，月下露出皎洁俊美的面孔。

跟踪他的人正是马修。

少年眼神复杂地看着他，嘴唇红如蔷薇，将启未启之间噙着危险的沉默。

他们之间大概有三步的距离，马修缓步朝他逼近："你知道了多少？"

"薇薇安之死并非纯然的意外，而是另有隐情。"顾岐的目光没有退缩，"我调查到，在出事的两周前，薇薇安注射过肉毒杆菌素，就是俗称的美容针。

"肉毒梭状芽孢杆菌属于致命剧毒，但使用剂量极小的肉毒杆菌进行肌肉注射，一般来说是安全的，美容用的剂量往往不超过50IU，而致死量需要数千IU。但很不巧的是，四天之前，薇薇安患上了感冒。"

马修仍然用那种复杂的眼神看着顾岐，似乎完全没有听他在说什么，却也没有一丝不耐烦的神色。

"也许她长期服用的某种药物，恰好能让感冒病毒与肉毒杆菌相结合成嵌合病毒，从而抑制神经递质乙酰胆碱引起麻痹，诱发心脏骤停，恐怕这就是造成薇薇安之死的真正原因。

"学校里有一名学生在为科赫的医药公司服务，并且长期为薇薇安提供药物，间接造成了她的死亡。因为药物的货源是受控制的，所以只要调查到学校里是谁在为科赫的医药公司服务，谁就是最大的嫌疑人。"

马修原本安静地听着,听到最后一句时,他的气质和表情突然变了,像一名冷酷的杀手,又像一头盛怒时蓄势待发的狮子。

他毫无预兆地掏出左轮手枪,突然朝顾岐举枪射击!

"砰"的一声闷响,夜色顿时沾染了鲜血。

三

马修很小的时候就摸过枪。

他出生在战争年代,第一声啼哭响起在狭窄的太空舱里。那时星际之战进行正酣,母亲生他的时候,一颗数光年外超新星爆炸的电磁辐射将夜空染成白昼,数千战舰列队之处,星际尘埃瑰丽的遗迹盘旋不散。那颗爆炸的超新星曾是人类赖以生存的恒星,它在漫长的时光中渐渐衰老,终于轰轰烈烈地死去。

马修的出生见证了这颗恒星的葬礼。

他的父母都是参加了星际迁移之战的军人,他还有一个大他四岁的哥哥。哥哥从小跟着父母在太空舰队里长大,一直接受严格的军事化训练,每天起床、用餐、学习,甚至上厕所都会遵循严格的时间表。

马修原本也会这样长大,但战争在他三岁时结束了。

他们的父母在太空战中阵亡,人类军事联盟承诺抚养他们,像抚养其他战争孤儿一样。但是哥哥没有和其他孩子一样去孤儿院。他申领好每月的抚恤金,开始带着马修生活。

马修成长时不算衣食宽裕,但是被保护得无忧无虑。八岁时,他就像一只精力充沛的兔子,总不肯安分地待在家里。离家不远的地方有一处建筑工地,白天机器轰鸣,人声鼎沸,傍晚时才会安静下来。

一次,马修偷溜到那里去玩。四周残阳凌乱,他用随身携带的小铲子挖沙子玩,突然挖到了一个硬硬的东西。他拨开沙子把那东西拖出来,只见那是一个金属圆筒,大概有他的手臂那么长,筒身锈迹斑斑。

几个建筑工人走过来,问他:"嗨,小孩,挖到什么宝了?"

马修天真地摇了摇头:"不知道是什么东西。"

有一个壮实的建筑工人用粗糙的手掌摸了摸他的头。他的脸庞布满黑灰,但笑起来牙很白。其他几个人的表情都轻松惬意,看来是刚结束了一天的辛苦工作,准备收工休息。

"打开看看是什么？"另一个建筑工人说。

马修迟疑了一下，也许是出于本能的直觉或别的什么原因，他对那个金属圆筒有点排斥，可好奇心还是让他把圆筒打开了。

外面是锈迹斑斑的金属，里面却是木质的精美内壁，马修拔掉一个檀木塞后，把小手伸到里面，竟意外地摸出了一幅画。

他把卷起来的画纸在沙地上展开来，只见上面的图案很有趣：很多张扑克牌分成了两个阵营，双方在一本正经地打仗，像童话故事插图。

画纸看上去有些旧了，却散发着木质的清香，几个工人互相使了使眼色，其中一个拦住他说："小孩，这是工地里的东西，我们得交给工头儿。"

"哦。"马修倒并没有特别失望，嘟着嘴把画递给他们。

对方赶紧接过画，旁边那个笑起来牙齿雪白的工人弯下腰，把锈迹斑斑的金属圆筒也捡了起来："这个也带着吧。"

他们在暮色里走远，拿着画的人压低声音说："说不定是什么古董画呢，可值钱了！"

马修当然没有听到他们的悄声议论，他的小脑袋里并没有成年人的金钱概念，他又玩了一会儿沙子，直到天黑。

那天回家之后，马修突然发现自己的眼睛酸涩流泪，肿到睁不开。哥哥发现他的异样时，马修已经有些呼吸困难了，他流着眼泪发出粗重惊心的喘息声："哥哥，我的眼睛好难受，嗓子也是……"

那晚下着大雨，全城停电，所有的自动驾驶车都无法开启。哥哥背起马修冲进雨幕，雨水打在马修身上，如同能够腐蚀皮肤的酸水一样令人痛苦。马修不知道自己到底怎么了，耳边除了雨声，还有哥哥在雨中狂奔的脚步声，如同激越的鼓点。

后来马修才知道，那段路程是四十公里。

由于送医及时，马修捡回了性命，可是预后却很不乐观。

"二氯乙基硫中毒。"哥哥嗓音沙哑地告诉马修，他身上有种军人般的古板，不爱笑，喜怒不形于色，但深陷的眼窝和干裂苍白的嘴唇仍然泄露了这一刻他的焦灼。

这种化学毒气没有对应的解毒特效药。

"我……会死吗？"马修躺在病床上问。他的视力渐渐变得模糊，四周的一切都仿佛沉浸在暮色中，甚至连输液管滴下来的药水也像是黑色的。他努力地睁大眼睛，近乎贪婪地想要捕捉所有的光线，以及哥哥脸上的表情。

"不会的。"哥哥斩钉截铁地说，"你绝不会有事的。"

马修不想死。

那晚除了他，还有数十个建筑工人被紧急送医，都是二氯乙基硫中毒，当晚就有三个人抢救无效去世了。

毒气来自那个装画的金属筒，是多年前被埋藏在地下的，画筒里装的是名画《扑克牌之战》的复制品，被建筑工地里的挖掘机不小心挖了出来，又被马修和工人们偶然发现。数十人因此而感染并留下严重的后遗症：皮肤溃烂、呼吸道感染、免疫系统受损……没有特效药来解除他们的痛苦。

他们都会缓慢地走向死亡。

马修是最小的受害者，他的双眼几近失明，而且看不到痊愈的希望。

躺在医院病床上的马修很痛苦，他无法保持清醒，也无法安睡，身体里像有无数锋利的兽牙在啃咬他的骨骼和肌肉，反复地折磨他的神经与感官，蚕食他的意志力。

一周之后，马修的眼睛已经完全看不见了。

在黑暗中他只能听到哥哥的声音，就像溺水的人抓住唯一的稻草。哥哥的声音里没有任何绝望的情绪，他一直陪在他身边，读书给他听。

当读到那本古老的小说《西线无战事》时，哥哥用少年冷冽的声音说："战争中，死者的遗言不是复仇，而是永不再有。"

马修没有关于战争的记忆，但哥哥有。在他读给马修听的故事里，战争的创伤始终都在。那是一张张血肉模糊的脸庞，撕心裂肺的哭喊，以及沉默平静的绝望。

战争摧毁了无数良田、城市、行星，毁灭了无数家庭，也毁掉了无数的艺术、科技以及人类共同的记忆。

那幅《扑克牌之战》是幸存的艺术遗迹，画筒却被填充了毒气，战争时期留下的阴影蔓延至今——人们无法信任彼此，在心灵最后的家园周围设下致命的毒瘴，以互相防备。

无辜的男孩误闯了古老的桃花源，看见了死神的脸。

马修以为自己会就此死去，可是，一次意外的转机发生了。

那天清晨，哥哥没有像往常一样读书给马修听，而是带来了一位医生。

"我们有一套新的治疗方案,已经征求过监护人的意见。"医生对马修说,"现在需要根据你本人的意见,来做最终的决定。"

马修还远没有到法定成年的年龄,但哥哥仍然尊重他的意见。

"目前我们有一种新的细菌疗法,有望修复受损的基因和免疫系统,治愈二氯乙基硫中毒的创伤,你的眼睛也有希望复明。不过,这种细菌疗法是初次在临床上使用,有未知的风险。"

主治医生介绍了治疗过程中可能出现的各种意外,马修睁着那双看不见的眼睛专注地听着。

"你是这一次的中毒者里年龄最小的,从临床指标上判断,是最有可能治愈的一位。"

"有多大可能?"

"这不好说。"医生摇了摇头,"我们没有任何把握。"

马修的身体微微发抖,他嗓音艰涩地问:"如果不接受这套新的治疗方案,我还能撑多久?"

"多则六个月,短则三天。"医生回答,"你的免疫系统受损严重,目前幸运的是还没有产生严重感染和器官衰竭,但是血液中各项指标已经到临界值了。你可以想象,自己的身体是一个吹到最大的气球,大到不能再大了。"

马修决定接受新的治疗方案。痛苦太漫长了,看不到希望,却能看到终点。他想把握住唯一的机会。

治疗是在封闭的室内水池中进行的。

据医生讲,这种名叫泰姆菌的细菌是一种来自深海的球菌,在干燥环境中很难存活,所以需要进入水池接受治疗。

马修被哥哥领到水池边,医生没有跟进来。他会游泳,但在眼睛看不见的情况下,他对水还是有些恐惧。

"怕吗?"哥哥熟悉的声音问。

马修紧张地点了点头,然后他感觉自己脚下一轻,哥哥将他整个扛了起来,带着他走入水池中。

池水偏凉,但还没有到刺骨的程度,适应之后甚至感觉很舒服,微微的凉意缓解了他皮肤溃烂的疼痛。马修心头突然泛起久违的希望,或许他的决定是对的,这种新疗法真的能治愈他。

疗程是一个月，前几天马修并没有特别的感觉，他的身体状况没有恶化，也没有好转。

到第六天时，马修和往常一样被哥哥领到治疗的水池边，听到哥哥咳嗽了几声。他这才发现，最近哥哥的声音似乎格外沙哑疲惫，他问："哥，你是不是太累了？"

"没事，有点儿感冒。"哥哥回答。

马修也就没有多想，因为哥哥的手臂仍然有力，稳稳地将他放进了水池中。

这是极其漫长的一个月，马修在生死边缘接受考验，哥哥的感冒也一直没有好，马修在夜里醒来时，能听到他断断续续地咳嗽。

每次马修问他，他都说找医生看过了，吃过药了。

意外发生在疗程的第二十七天。

那天马修和往常一样被哥哥领入水池，感觉身边的人身体一顿，突然毫无预兆地朝水中倒了下去。

"哥哥！"马修慌乱地在黑暗中摸索，水花溅在他脸上，他本能地朝池边大喊："救命！"

封闭治疗池里有应急呼叫器，按理说救援人员应该很快赶来，可是封闭的大门没有打开。马修喊着哥哥的名字，慌乱地想抓住哥哥的手，可是他看不见，只能在黑暗里绝望地摸索……

马修用尽气力游着，就在这时，腿上传来一阵剧痛，他的腿抽筋了。马修朝池底沉去，水迅速涌入了他的口鼻，他在水中徒劳地挣扎，意识渐渐模糊。

他想过死亡，却从没有想过自己会溺死。在黑暗的尽头，他似乎看到了一束白光。

那是濒死的幻觉吗？

光刺目地亮起来，马修眼前出现了他一生从未见过的神奇而壮阔的景象。

该怎样形容那种壮阔呢？所有的水滴都纤毫毕现，就像终年被困于洞穴的人第一次爬出洞口看到了广袤的天地，就像只能凭借触觉摸象的盲人突然睁开了眼睛。世界太大了，大到他无法想象，那种开阔本身就是极致的美，他的心跳得很快，几乎有流泪的冲动。

原来这才是世界的模样。在他身上似乎有一根无形捆绑的绳索松开了，他不知道那是什么，但他的头脑比任何时候都要清醒，比那些安睡之后清晨睁眼时的清醒还要深刻千万倍。他可以调动自己身体里每一块肌肉、每一个细胞的力量，他所有的思维与情感、所有的骨骼与血管都同时醒来，成为它们原本就应该有的模样。

他不觉得这是幻觉。

如果一定存在幻觉，那么他相信在这一刹那之前，他所见到的那个平庸的世界才是幻觉。

"电击！"

"再电击！"

……

医生的吼声和嘈杂的脚步声在耳边传来，马修缓缓睁开眼睛，看到了医生的脸，他意识到自己获救了。

"我哥哥呢？"马修猛地坐起来，抓住医生的衣袖。

"他……"医生似乎欲言又止，"他离开了。"

"什么？"马修脑中嗡地一响，几乎昏厥过去，巨大的悲痛和难以置信的感觉如潮水没顶。七彩的世界重新回到了他的眼前，手背上的溃烂都已经奇迹般地消失，他的身体里蕴藏着健康的活力，病痛都离他远去，可是他无法接受，和死神一起离开的还有他唯一的亲人。

"哥哥怎么会死的？我按了应急呼叫，为什么没有人及时来救他？"马修声音嘶哑地问。

"不不，你误解了，他还活着！"医生赶紧说，"他只是离开这里，到其他的地方疗养。"像是怕马修不相信似的，他摸出一封信来："这是他留给你的信。"

小琮，我会离开一阵子，我不在的时候，你要照顾好自己。

信只有一句话，的确是哥哥的笔迹。

"到底是怎么回事？"马修愕然地盯着医生的脸，手仍然抓着对方的袖子没有松开。

"泰姆菌是经过脱水干燥的细菌芽孢——当初星际迁移时带到新行星的。那场迁移中，很多的科技与医学成果都遗失了，所幸这些珍贵的芽孢保存了下来，经过脱水干燥的细菌芽孢可以保存几个世纪，它们作为休眠体并没有失去生命，遇到合适的条件，就可以结束休眠复活。"医生解释，"要使泰姆菌恢复活性，需要一个培养的器皿，也就是宿主。"

马修明白了对方的意思，只有健康的人自愿作为宿主，才能唤醒泰姆菌芽孢。

他也终于明白了，为什么从治疗开始，哥哥的声音就一直沙哑疲惫；为什么医生从来不进入封闭的治疗池；为什么他启动了应急呼叫之后，救援人员没有马上赶来。

——因为那个封闭的治疗池同时也是一间危险的细菌实验室。

医生和救护人员必须在杀菌程序启动并做好所有的防护之后，才能进入。

从星际迁移前带过来的细菌芽孢可以产生医学奇迹，但对健康的人来说，这种细菌很可能会危害身体。

那些日子以来，哥哥根本不是患上了感冒，而是以自己的身体作为细菌实验场，铤而走险。

"你骗我。"眼泪突然从马修的眼睛里流了出来，"你骗我……"

四

马修的恢复比医生们预想的更快，不仅仅是恢复，他的身体似乎爆发出了一些不同寻常的活力。

他觉得体内仿佛有种力量在奔涌。东方古老的武术里有"打通任督二脉"的说法，只有这个比喻能稍稍描述他的感觉，但也并不完全贴切。

马修始终忘不了自己在生死之际看到的奇景。

自从看到那一幕，他的视线变得更加清晰。以前他有点儿近视，如今却可以看到很远处的东西，远到医院对面的树林里，每一片树叶都清晰可见。

一次护士来给他量血压，他突然说："护士姐姐，我见过你。"

"小小年纪，学会跟女生搭讪了？"小护士被男孩逗笑了，一边调试仪器一边说，"我两个月前才毕业，第一次来这座城市工作，你怎么会见过我？"

"两年前，7月18号我跟哥哥暑假旅游时，在B市海滨公园的游乐场见过你。那天你坐在摩天轮的蓝色车厢里，从我右手数第三个，和一个卷发、戴眼镜、穿黄条纹运动衣的少年一起。"

护士惊讶地愣在原地，半晌才回过神来："……你这么一说，我记起来是跟男朋友在海滨公园坐过摩天轮。可是那么久远的事情，你怎么会记得清这些细节的？"

"我也不知道。"马修回答。

他的确不知道发生了什么，世界在他眼前仿佛一帧帧拍摄好的照片般纤毫毕现，过去、现在，所有的一切都变得不同。

马修的状况引起了医生的注意，对方提出对他进行一些测试。

"泰姆菌治疗可能对你的身体造成了一些改变，我希望能进一步了解你的身体状况。"医生对马修说。

马修同意了。

"我们来做一些测试。"医生调出一张城市交通航拍图。无数道路、桥梁在屏幕上纵横交错，如同密布的蛛网。他让马修看了画面几秒钟，然后将图画关上，"现在请回答我，你记得6441号路口的第五辆车什么颜色吗？"

城市交通的海量信息在马修头脑中闪过，画面上有六千多条道路，数万辆车在其间川行。

"银色特斯拉SUV复古车型，车牌号'星F77757Y41904'。"马修准确地说出车辆信息。

"很惊人！"医生露出错愕而惊喜的神色，"接下来我们还需要一些体能测试。"

屏幕再次亮了起来，AR机器人拳击手的影像出现了，它用滑稽的电子音说："嗨，你可以先看一下比赛和记分规则。"

就在对方话音刚落下时，马修说："来吧。"

他此前并没有专门学习过拳击，但他必须承认，这种诞生于古希腊时代的对抗性运动有其迷人之处。对此刻的马修来说，头脑中那种清醒的感觉直接传递给了他的运动神经与肌肉，马修的出拳速度快如闪电，角度不算刁钻，但AR机器人仍然没能躲过。比赛开始后十分钟，AR机器人倒地认输。

"你的神经递质分泌量大增，化学神经突触数量已经显著高于人类的平均水平。"医生盯着他的脸说，"也就是说，你已经成了俗称的天才！"

马修在对方的表情里读到了跃跃欲试的渴望。

对常人来说，别人脸部的微表情就像打着马赛克的画面，只能惊鸿一瞥地窥见，再凭借细致敏锐的观察来揣度其含义。所有高明的交流者无一例外地都善于捕捉那些转瞬即逝的微表情。

而对马修来说，不存在转瞬即逝。所有的瞬间都被存储了，所有的细节都被放大。

对方的微表情无所遁形，而其中所投射的内心的真实想法，就这样袒露在他面前。

马修终于明白，所谓的"智力提升"是一种什么样的体验——那不仅仅是变聪明，而是在脑力和体力上，全方位地变成一个强大而陌生的自己。

很难相信，这种惊人的变化是由一些微不足道的细菌引起的。

"目前泰姆菌的副作用还没有显现出来。硬币从来不会只有一面，泰姆菌能提升人的智力，那么它们或许还会对你的身体做一些别的什么？"医生的神色十分复杂，"我想，你应该继续接受观察。"

这一次，马修没有接受他的建议。

他能够看出对方以"观察"为名的真正用意。

对医生来说，这是一个扬名立万的机会，无论是将马修作为案例公诸于众，还是找到马修提升智力的秘密，都对医生具有极大的诱惑力。但他还没有做出决定。

以常人的智力，总是难以排除各种干扰，做出真正果断而明智的决定。他们的成功更像是赌博，那些所谓的"成功者"更像是在一次次人生的决策游戏中侥幸获胜的赌徒。

但马修和他们不同。

"我的身体恢复得很好，我要出院了。"马修不慌不忙地回答，整了整自己的衣领，"你还记得四年前接诊的那个急性心肌炎的病人吗？你不希望自己的妻子知道整个诊疗过程的所有细节吧？"

医生的脸色顿时变了变。他的妻子是院长女儿，他们十分恩爱，还有两个可爱的孩子。四年前，当他追求现在的妻子时，其实还有一位有力的竞争对手，对方医术与他不相上下，甚至比他更加聪明、果敢。那时，一位急性心肌炎的病人送到医院之后已经有了心力衰竭的症状，意识仍然清醒，但病人家属不懂急救方法，在候诊时让病人躺在候诊椅上。他那天下班时碰巧路过候诊厅看到了这一幕，却没有上前提醒家属让病人垂腿端坐，使心脏负荷得以减轻。因为他知道，如果症状加重，接诊的医生就会更倾向于激进治疗。他很了解对手，知道对方急于表现自己。果然，那次他的竞争对手选择了激进的治疗方案，却在手术过程中犯了一个原本不该犯的小错误，职业形象顿时一落千丈。他则幸运地赢得了爱情和事业的双重胜利。

严格来讲，他并没有做错什么，永远不会留下线索，也不会有人记得。

但是，他遇到了马修。

多年之前，量子物理学家们说："如果你知晓关于过去和现在的一切，你就能知晓未来。"

的确如此。人与人之间如蛛网般互相连接，他们的微妙互动包含着海量的信息——过去、现在、未来，他们人生中的一切。

如今，马修能准确而微妙地洞悉人们的表情中隐藏的欲望，以及人们眼神里的秘密。人的活动也可以看作一个力学系统，他知道原始动力在哪里，也知道它如何运动，如何优化，以及如何毁灭。

马修顺利地出院了。

那家医疗研究机构没有放弃，悄然跟踪他。

尤其是几个月之后，随着医院后续治疗实验的失败和几名受试者接连死亡，马修的存在就显得更加珍贵，甚至独一无二。

泰姆菌是怎样让人在短时间内获得非凡智力的？这一道谜题扑朔迷离，马修身上藏着唯一的线索。

他不在意，那些跟踪伤害不了他。

他辗转了许多地方寻找哥哥的消息，却始终一无所获。他不再是那个在病床上孤注一掷做出选择的无能为力的男孩，可在孤寂的星夜，他常会睁着眼睛整夜无法入眠。

哥哥真的还活着吗？

马修无法回答这个问题，或者他不敢去想。

之后很长一段时间，马修都过着正常人的生活，久到他以为细菌治疗的副作用不会出现了。

直到那个晚上，马修脱掉外套正准备睡觉，突然，下腹部一阵剧痛猛烈地袭来，仿佛有人朝着他的腹部开了一枪。

他倒在床上，同时眼前出现了幻觉。他看到一条幽深的走廊，长得仿佛没有尽头。他沿着走廊往前走，来到一个房间，推开门，映入眼帘的是绿色的窗帘和几把旧扶椅，窗外是大片的麦田与柏树。柏树扭曲着，像绿色的火焰伸向天空。突然，"砰"的一声枪响在耳边传来。那一瞬间，他确信自己被子弹击中了，他脸色苍白地剧烈喘息，甚至能感觉到腹部的血液濡湿了衣衫……

马修捂住腹部，来不及呼救就在剧痛中昏了过去。

等他醒来时，发现自己仍然在卧室里。他劫后余生般地喘着气，摸向自己的腹部，那里完好无损，没有伤口，也没有血迹。

之前的痛感和幻觉都太真实了，扭曲的天空如此清晰地映在他的头脑中。麦田与柏树……马修突然意识到了什么，冷汗从他的后背渗了出来。

梵高。

文森特·梵高有一幅名作《麦田与柏树》，马修立刻打开计算机，输入那个如雷贯耳的名字，搜索梵高的生平。

结果很快就出来了，梵高在给弟弟的信中描述过他在圣雷米疗养院住的房间，那个房间有绿色的窗帘，窗外是大片的麦田……在梵高生命的最后时刻，他因精神错乱而自杀时，子弹击中了他的腹部。

是幻觉，幻视伴随着身临其境的痛苦。在昏迷前那个瞬间他看到的，是数千年前的天才画家的眼中所见、身体所感。

这些幻觉是如何产生的？

——来自他体内感染的泰姆菌吗？

突然间，一个惊悚的念头在马修脑中一闪而过：像细菌这样简单结构的微生物能拥有记忆吗？

这些寿命远远长于人类的细菌，能携带着已故人类的记忆，从一个感染者身上来到另一个感染者身上吗？

五

马修终于厌倦了被盯梢者暗中观察，他想到了一个摆脱他们的办法。

——他制造了自己的死亡。

那天，马修在新闻中看到一则航班失事的消息，他知道自己的机会来了。他迅速侵入航空公司的网络系统，伪造了自己登上那趟航班的信息，让自己的名字和那场令人悲痛的航空事故一起终结。

他舍弃了原来的名字和人生——那个名叫"顾云琮"的少年。

在星球孤儿抚恤与保障系统的名单里，一个微不足道的姓名消失了。

与此同时，一个叫马修的华裔少年来到时差十三个小时的大洋彼岸，办理了入学。

在学生们眼里，这个黑发的东方少年身上有一种独特的魅力。他的成绩出类拔萃，行事却丝毫谈不上循规蹈矩。在返校节戏剧《哈姆雷特》中，他反串饰演奥菲利亚。

当那个穿着古老的欧洲贵族长裙的美丽"少女"出现在舞台上时，观众席上顿时爆发出海浪般的欢呼与尖叫。奥菲利亚戴着卷曲的及腰棕色假发与柳枝折成的花环，羞涩而大胆，绝望而疯狂。马修所拥有的超凡的艺术表达力令他在舞台上成了角色本身。

数学、语言、体能、艺术……似乎没有什么能难倒马修。

他隐藏在新的名字和身份之下，恣意地生活。他可以轻松拥有一切，却对一切都感觉索然无味。

半年之后一次偶然的机会，他去参加女同学薇薇安·科赫的生日会。

薇薇安是石油商人的女儿，她家的别墅在离学校二十公里的山上，布置得富丽堂皇。马修经过大厅墙壁的一幅挂画时，不由得停住了脚步。

熟悉的画面映入眼帘，竟是格兰维尔的名画《扑克牌之战》——当初将他拽入地狱又令他获得新生的楔子！

画上，一枚黑桃举着长矛刺向红桃，还有一枚黑桃将自己的尖角化作武器与对手搏斗，梅花牌被画成了贵妇的裙摆与宽檐帽，红桃牌是低头祈祷的天使正收敛翅膀。

这场战争激烈而风趣，所有的图案都从纸牌上活了过来，像是一场游戏，又像某种隐喻。

如今的马修，突然在这幅画上发现了一个当初他没能发现的秘密。

"喜欢这幅画吗？"一个柔美的声音在马修耳边响起，"这是我父亲不久前花大价钱买来的。"薇薇安不知何时来到他身边，蓝眼睛与其说在看那幅画，不如说在好奇地看他。

关于马修的传闻太多了，女生们多少都对他有些好奇，校园女神也不例外。

"令尊是从哪里购得这幅画的？"马修问。

"黑市上。"薇薇安回答。

黑市大多使用现金进行交易，当场钱货两清，压根儿不用了解交易对象的隐私信息，也不用管货品的来源，不少富商喜欢这种干脆利落的买卖。

"一幅复制品。"马修毫不留情地说，在气氛陷入尴尬之前，他却自然地将话锋一转，"令尊很有眼光。这恐怕是世界上唯一一幅仿制品比原画更加昂贵的画作了。"

"我不明白……"薇薇安湖蓝色的眼睛中流露出困惑，"如果它是复制品，那它就是假的。"

寄居

"世界上的'真'与'假'并非肉眼所见的那样简单。"马修说,"柏拉图在他的'洞穴之喻'中,认为人类所看见的世界不过是洞壁之中的皮影戏,他们把影子当成真实。当有人扭头看见火把,发现在'世界'的背后还有火把时,绝大多数人认为火把是丑陋、古怪和危险的,就像人类初次看到的杂乱无章的量子宇宙。而当有一天,他们穿过那灼热的火焰,穿过粒子无序的诡异的运动,找到宇宙真正的规律,他们才真正走出洞穴,看到阳光、山川与世界本来的模样。那时他们才发现,之前以为的'真实'不过是坐井观天时被别人施与的,或者说,他们自己的眼睛愿意相信的假象。

　　"《扑克牌之战》也是如此,画面上所有的纸牌如同假的皮影戏,但那些古怪的趣味是皮影后的火把,真正了不起的复制者在临摹这幅画时,试图穿过火把,寻找真实,比原画更接近真实的真实。这,就是复制画的价值所在。"

　　"真令人惊讶。"薇薇安的眼神里多了些不同的东西,那是令所有男生都难以抗拒的光彩,"听卖画给我父亲的人说,这幅画里用到了一种古老的东方技法,你知道那是什么技法吗?"

　　"恕我不能现在告诉你,"马修俯身吻了吻她的手,"除非你与我共舞一曲。"

　　薇薇安微红了脸,她轻声回答:"我很期待,无论那个古老的东方技法,还是与你共舞。"

　　音乐声起,在华尔兹曼妙舒展的舞曲中,马修的舞步完美地与薇薇安的节奏配合。薇薇安在马修手臂间转出一个优美的回旋,仰头在他的臂弯之中,湖蓝色的眼睛深情地凝望着他。

　　"这幅《扑克牌之战》表面上是十八世纪法国版画,但使用了中国画纸。"马修回以注视,"揭画师使用'揭画'的技艺,最多可以将一张画纸揭开七层,除了墨迹的浓淡有区别,每层都完好无损。"

六

　　"科赫先生。"

　　三天后,一个黑发黑眸的年轻人出现在石油商人科赫的办公室里,与对方洽谈一个全新的研发项目:"在这幅《扑克牌之战》画面的红桃图案处,藏匿了泰姆菌样本的生物密码,七层画纸,每层一重密码。所以,这幅画的艺术价值固然不菲,但与它的生物学价值相比,图画本身或许根本不值一提。"

年轻人继续介绍:"如果能掌握泰姆菌的全部密码,就能用这些'天才细菌'生产出特效药。"

"这些特效药能做什么?"老科赫的蓝眼睛里闪动着狡黠而锐利的光。

"赚钱。"年轻人说,"虽然药效可能很短暂,但我们的利润会很长久。"

年轻人显然深谙人心,知道如何用一个天方夜谭般的故事打动一个老练的商人,以及获取信任。

"你的意思是——"科赫问出了他的疑问,"这张画纸里有能让人变聪明的细菌?"

"不,这些细菌太灵活了,它们早已经悄然离开。画纸里只有一些'巢穴',就像人类居住的房屋。但是,想了解一个人,最好的办法是走进他的家,细菌也一样。这里有泰姆菌曾经居住过的房屋,一共七栋,旧房子已经人去楼空,但是这里能找到它们的秘密——只要给我足够的资金和时间。"

科赫的新药研发工厂从那时开始启动,那个东方年轻人成了研究的核心成员。

第一批药在半年后通过了动物实验与临床测试,获得了本州的批准药号,开始小规模销售。药品的价格昂贵,但效果很好,能在短时期内提升人的智力和魅力,并且没有任何副作用。

科赫很快发现,如那个年轻人所说,聪明药带来的利润甚至比石油生意更惊人。

不过出于商业直觉,科赫始终牢牢地控制销售规模,没有把生意做得太大。影响力太大会引起联邦政府的注意,他所在的州以法律宽松和犯罪肆虐而闻名,他很享受这种法外之地的感觉。

唯一让科赫没有料到的是,他的女儿薇薇安开始背着他悄悄服用聪明药。

情窦初开的薇薇安爱上了一个东方年轻人,对方拥有近乎完美的魅力,甚至让一向骄傲的她自惭形秽。

薇薇安是闻名遐迩的校园美人,但她的功课并没有达到全A,她还有几样不擅长的乐器,她不是完美的。那位被她爱慕的少年对她若即若离,让她渴望成为完美的自己。

在她尝试过一次聪明药之后,她停不下来了。

她有很多钱,昂贵的药物被源源不断地提供给她,可以随时供她取用,大半年时间就这样过去了。

在返校节舞会前不久,薇薇安和女伴一起去打了美容针之后,似乎感觉身体不适。

最后，这位美少女因为一次感冒猝死在返校节舞会上，死于嵌合病毒发作。

七

"科赫无论如何也想不到，自己的女儿会成为第一个真正意义上的'实验牺牲品'吧。"马修对着黑暗中的人说。

顾岐猛地回头，只见一个男人捂着腿倒在地上，鲜血从裤腿内渗出来，一把柯尔特蟒蛇左轮手枪掉落在身旁。

就在几秒钟之前，马修朝顾岐身侧打了一枪，打中了真正隐藏在黑暗中朝顾岐举枪的人——熊彼得。

"你跟科赫合作的项目已经赚了大钱，但你似乎并不满足。"马修面带杀气地走上前，用枪指着地上的熊彼得，"是你杀了薇薇安。"

当初与石油商人科赫合作研发聪明药的东方少年，长期售卖聪明药给薇薇安而致死少女的人，不是马修，而是熊彼得！

熊彼得知晓内情，利用了科赫的财力。为了获得额外的药量，他将一些简易制药工具和提取原液放在房间里，那些香味浓郁的百合花只是用于掩盖除味剂的异味。那些天来，顾岐身上冒出的红疹并非是源于水土不服，而是对药剂挥发物过敏。

"我的目标是得到真正的秘密……"熊彼得脸色煞白地说，"那个藏在你身上的秘密！"

"看来你们还没有放弃窥视我。"马修露出厌恶而冷酷的神色，"我不在乎你们的盯梢，也不在乎你杀人，但是你不该碰触我的底线。"

一股杀气在马修眼底骤然腾起："你该为你今夜的行为付出代价。"

就在马修准备扣动扳机时，顾岐伸手拦住了他。

被按住手的那一刻，星光落在漆黑的枪管上，马修望向顾岐，神色在瞬间软化了下来。他闭了闭眼睛，用没有握枪的修长左手抚上顾岐的脸庞，声音艰涩地仰望他："他们对你做了什么？"

少年睁开眼睛，深深凝视着顾岐，眼中如同落进星光暴雨："让你不记得我了？我亲爱的哥哥。"

那在雨中背着他狂奔了四十公里的脊背，那在他眼睛失明时读书给他听的嗓音，那在水池里陪他度过地狱般时光的人。

他唯一的亲人，顾岐。

对方的变化如此之大，当初那个有着与年龄不相称的军人气质的少年，如今完全被删除了那些关于战争、关于往事的记忆。

马修凝望顾岐良久，终究是收枪转身走开，扔下一句毫无波澜的话："凶手交给你了。"

"你会后悔的，你们都会后悔的！"狼狈倒地的熊彼得喘息着盯着他们，"人们都是挣扎的蚍蜉，所有人都是。只有我隶属的'纸牌人'俱乐部才是人类唯一的希望……"

"这种话未免太过狂妄。"顾岐叹了口气，"希望这种东西是很脆弱的，像瓷器和雪花，很容易就会碎掉。世事崎岖，让每个人都能捧好自己的希望，不会失掉那火种，已经不易。"

那晚熊彼得被送到警察局，他交代了自己长期售药给薇薇安的罪行，科赫的工厂也在两周后关闭。

八

顾岐再一次见到马修，是在七年之后。

那时他的身体已经很差，运动神经元损伤的病痛折磨着他，在一次发布会上他身体突然麻痹，倒地昏迷过去。

醒来时，他发现马修坐在他的床边，不知道已经专注地凝视了他多久："嗨，又见面了，我亲爱的哥哥。"

少年仍然叫他"亲爱的哥哥"。

马修，或者应该叫顾云琮，起身拉开窗帘，让温和的阳光照进室内："我会救你。"

马修开始照料顾岐的生活，并以助理的身份加入了他的研发团队，开始研究一种当时所有人都认为毫无成功希望的新药，一种针对运动神经元损伤的特效药。

少年很有天赋，像一只正在狩猎的野兽，布满血丝的眼睛极为专注。他工作时，仿佛身体里的每一块肌肉都在用尽全力与死神搏击。

顾岐有一次在做实验时看见他认真的背影，半是心疼半是好玩地上前揉了揉他的头发。

少年的身形明显僵了一下，良久才轻声问："你有没有想过，你的记忆受损，或许是因为当初的细菌实验。"

"也许吧。"顾岐耸了耸肩,"想不起来了。"

"你不怕我说的故事都是骗你的?"

"怕。"顾岐干脆继续用力把马修的头发揉得一团糟,"小鬼头,我怕你骗财还是骗色?"

马修任由对方把他的头发揉得滑稽可笑,站在原地没有动:"哥哥,你怎会选择做生物医药这行?"

顾岐想了想:"我也不知道。许多旧事我都不记得了,但我总觉得有一个很重要的人需要我的帮助。"

这一刻,马修转过头去,用力闭上眼睛阻止泪水流出来。

在那个绝望的雨夜,顾岐在暴雨中拼命奔跑,背上背负着唯一的希望。这么多年过去了,他还在那个雨夜奔跑。

记忆已经不在了,但那份希望始终在。

九

夜色如洗,车窗徐徐摇下,露出一张少年俊美傲慢的脸。

"云小姐,别来无恙?"马修朝云未暖打招呼,"无论怎样,在'何为真相'这道难题上,人们都有一种倾向,不愿意相信别人的嘴巴,只愿意相信自己的眼睛。虽然二者同样不可靠。上车吧。"

车在夜色中疾驰,最后停在一间实验室前。

屋子里亮着灯,一个青年正在等待着他们。他右腿有些不自然,除此之外一切看上去都很好,酒红色外套与雪白的领结穿戴在他身上,像一只捕猎归来的狐狸。

他竟然是顾岐!

云未暖深吸了一口气:"你没有死。"

"他不仅没死,甚至准备乔装出席自己的葬礼。"马修没好气地说。

"为了不走漏消息,我只能假装自己'死去'了。"顾岐风流的眼睛带着让人难以抗拒的微笑,他把两人带到显微镜前。两万多倍的放大之下,如同扭曲的小丑鱼一样的细菌模拟影像赫然出现,顾岐说,"看,这就是天才出现的奥秘,泰姆菌。"

"你的意思是,天才之所以成为天才,是被这种长着分叉尾巴的鱼形细菌所感染了?"云未暖诧异地问。

"确切地说,是被选择了。"顾岐点头。

"这些细菌会主动选择宿主?"

"是这样,但不仅仅如此。"顾岐回答,"直觉告诉我,它们或许拥有自主意识。"

云未暖愕然抬头:"这是违背常识的。"她努力让自己的神色镇定下来,"科学应该依赖于实验,而不是直觉。"

"这恐怕是一种误解,很多了不起的科学发现都得益于直觉。"顾岐微笑。

真理隐藏在无数浩瀚的信息之中,它从未离开,人们如果想要在海洋中找出一粒石子,除了直觉,还需要一点儿运气。

"斯蒂芬·霍金说,'人生一世总被教导很多常识,但常识往往只是偏见的代名词'。人类对泰姆菌的了解远远不如泰姆菌对人类的了解多。它的选择并非依靠低层次的生物本能,而是依靠周密的计算与思考,这种计算的信息处理量之大远超过人类目前所拥有计算能力之和。"

空气仿佛凝固了。

"云小姐,"顾岐接下来的一句话显然是深思熟虑过的,令所有人始料未及,"我建议,停止关于泰姆菌的一切研究。"

C A N　S H I

蚕食

03

遇到这个人,是他人生中最温暖的奇迹。

一

顾岐的葬礼在一个阳光灿烂的日子举行。

一位网红主播追拍到大明星花青蕊出现在举行葬礼的殡仪馆外,摘下墨镜的那一瞬间,眉眼悲戚。

"这个女明星喜欢你?"马修仰靠在沙发上问,但这其实并不是个问句,"她的眼神对你爱恨交织。"

"我人见人爱。"顾岐玩世不恭地将那页新闻翻过,如同翻过自己曾经的荒唐岁月。此刻他的葬礼正在举行,很多熟悉的故人出现在告别现场,他们的面孔令人唏嘘,花青蕊站在人群中,脸庞上精致的妆容藏不住悲伤。

"哥哥你要记得,你已经死了,连葬礼都举办过了。"马修突然凑近,"他们会忘了你,你也会忘了他们。"

"知道了。"顾岐叹了口气,"有的人明明活着,走在这世界上却像孤魂野鬼。"

马修深深地看了他一眼,手随意地搭在沙发上,眼神却深黑如利刃:"有我在,你不会是孤魂野鬼。"

阳光如水洗刷着他们脚下的地板,地上的影子彼此相依。

马修饶有兴味地看着新闻，指着一个长相普通的青年问："这个人哭得很衰啊！"

新闻图片上，一个青年正毫无形象地在人群中放声号啕，用袖子擦着鼻涕，几乎破坏了葬礼庄严肃穆的气氛。

"哭得像死了亲爹一样。"马修毒舌地吐槽，"你对他做过什么？"

顾岐从放遥控器的茶几上翻出来一副眼镜："戴上。"

"我不近视。"马修嘴上虽然说着，还是很听话地将眼镜戴上了。

"这是一副生物眼镜，你可以叫它粉丝滤镜。"顾岐笑吟吟地在自己胸前佩戴了一个胸针形状的微型装置，抬起头来，"现在你看我是不是顺眼多了？"

马修的瞳孔微微一缩，他保持着凝视的姿势："我的视觉被干扰了吗？"

"视觉研究学者认为，人眼所能清晰聚焦的范围不过一片指甲大小。你所'眼见为实'的图像都是大脑加工甚至推理的结果。眼镜就是一个接收器，"顾岐指了指自己胸前，"我这里有一枚生物信号干扰装置，可以调节视觉效果，它会让人看起来更有魅力。如果你把效果调到极限值，眼前的这个人甚至可能成为'他这么好看，他说什么都对'的状态。"

"有意思。"马修伸手扶了扶眼镜，"我试试？"

"随你。"顾岐将自己慵懒而舒服地陷入沙发里，"这个哭得很伤心的家伙是我公司的一名前员工，叫庄韶远。"

二

在十六岁之前，庄韶远都觉得人生是充满希望的。

他的学习成绩中等偏上，在班上人缘不错，虽然相貌和家境都普普通通，属于扔在人群里不会被注意到的男孩，但他也有玩得不错的朋友，生活中最大的烦恼就是游戏通关和期末考试。他始终相信，生活不止眼前的苟且，还有晚上的宵夜。没有什么烦恼是烤肉串和羊蝎子不能解决的，如果有，那就再加一瓶可乐。

庄韶远出生和读书都在一个小镇上，镇上很多人彼此都认识。他想高中毕业后自己可以到大城市去，运气好的话应该能考一所大学，运气不好也能考个职校，学画画和平面设计，养活自己没问题。

就在那年夏天，新闻上播报有个从外省流窜来的强奸犯到了镇上，一个女孩遇害了。从那之后，女孩们夜晚都不敢穿裙子出门，很多家里有女孩的父母都开始接送孩子。

身为男生的庄韶远没把这新闻当回事,半个月后,新闻报道强奸犯落入法网。那天是午饭时间,他和几个同学一起在食堂看到新闻,女播音员说:"犯罪嫌疑人姚大海,流窜多城作案,目前已被警方抓获……"

那天是再普通不过的一个中午,庄韶远低头正吃饭,不知道是谁指着电视,发出一声大惊小怪的叫声:"哈哈,你们看!庄韶远长得挺像那个罪犯的。"

"去你的!"庄韶远笑骂,推了说话的同学一把。

电视上的罪犯剃了光头,跟他长得根本不像,只不过因为那段时间他留了近乎光头的小平头,看上去发型有点儿像而已。

旁边的室友开玩笑地说:"别说还真有点儿像!还有你妈妈不是姓姚吗?这个姚大海不会是你舅舅吧?"

"滚!"

"哈哈哈哈!"

然而就在那天晚上,校内论坛上突然出现了一个帖子,标题极为狗血:落网的强奸犯是我校一名同学的舅舅。

这个帖子立刻蹿红网络,半个小时就垒起了几百层的"高楼",庄韶远的名字也被扒了出来。庄韶远那天上自习回来才看到热帖,顿时目瞪口呆。白天他们在食堂里开玩笑时说话的声音很大,旁边应该不少人都听到了,那时他根本没把这玩笑当事,更想不到会有人无聊到在论坛上制造这种谣言。

庄韶远根本不认识什么姚大海,八竿子打不着,他母亲也根本没有兄弟。

论坛里的发言都是匿名的,庄韶远忍不住上去辟谣,实名骂人:"造谣死全家,我不认识什么姚大海。"

点了发送键之后,庄韶远有一点儿后悔自己冲动之下的粗口,但他想,毕竟是对方先造谣的,这种事搁在谁身上谁都得炸毛。

在庄韶远回复之后,帖子顿时更加火爆,当晚还有人把他的入学登记照和姚大海的照片放在一起比较。可庄韶远一眼就能看出来,两张照片都被修过了!有人使用技术手段刻意使两张脸显得相似。

有一种说法称,"世界上最帅的人和最丑的人之间只有五张脸的距离"。在万能的"PS大法"之下,庄韶远看起来竟然真的跟姚大海挺像的……

庄韶远给管理员发了私信要求删帖，管理员不在。

这晚他彻夜未眠，第二天一早旷课去找教导主任，要求学校通知学生管理员删帖，并且由学校出面澄清谣言。毕竟他的个人档案在学校档案库里都有，查一查就能知道他压根儿没有什么叫姚大海的舅舅。

教导主任年纪大了，平时也不爱逛学生论坛，根本没有把庄韶远的事当一回事儿。听完之后，他一脸诧异，显然觉得庄韶远小题大做："你们小年轻在网上瞎说什么的都有，还曾经有帖子说我有痔疮，我要不要开医生证明给他们看？"

这不一样。庄韶远在心里默默地说，痔疮和强奸犯不一样。但他一向不太敢跟老师争执，所以他什么也没说，直到教导主任朝他摆摆手："走吧走吧！"

庄韶远低着头走到了办公室门口，出门时他突然停住脚步，鼓起勇气回过头来："谣言要是传到了校外，对学校的名声也不好吧？"

也许是这句话触动了教导主任，他满脸无奈地看着庄韶远，终于给校内网论坛的管理员打了个电话。

当天下午，"落网的强奸犯是我校一名同学的舅舅"的帖子被删掉了。

但是事情远远没有就此终结。

论坛上很快出现了新的爆料，说庄韶远家的背景很大，能打通学校管理层的关系控评删帖，还说他曾经进女厕所偷窥，也是因为他家有背景才没有人敢处理他，有他自己的空间日志为证。

论坛里的截图的确是庄韶远自己的空间日志。

当年还是新生的庄韶远刚上学时，一次内急冲得太快，一头撞在了女厕所的门上闹过笑话。那天他在自己的空间日志里写：开学第三天，离女厕所只有一步之遥。当时他根本不知道，这篇搞笑吐槽的日志会给他带来灭顶之灾。

在造谣者嘴里，他成了一个偷窥女生的变态。

一桩玩笑发展到这个程度，庄韶远明显发现班上同学看他的目光中也带着审视的意味，他受不了了。

当天放学的路上，庄韶远突然被一个不认识的男生拦住，对方不分青红皂白对着他的肚子就是一拳，然后狠狠揪住他的头发。他感到自己的后脑勺像是要燃烧起来，那里被一只大手紧紧地抓着，头皮被扯得生疼，而周围那些黑压压的目光仿佛也撕扯着他的头皮。

这一刻他感到血往头上涌，抬手朝着对方的脸重重打了一拳，男生的鼻子顿时被打出了血，两个人扭打在一起。庄韶远怒吼："你凭什么打我？"男生鄙视地痛骂："人渣！"

几个路过的同学对着他们议论纷纷，目光异样，迅速掏出手机来拍。

半个小时后，视频就在论坛里登上了热门位置。标题是"庄韶远殴打男同学，对方被打出鼻血"。

面对老师的询问，庄韶远只说了一句话："不是我先动手的。"老师叹了口气，对两个男生都批评了几句，就让他们回去了。

令人始料未及的是，先动手打人的男生在论坛上突然之间就成了一个英雄，一个挑战权贵人渣的英雄，而庄韶远的劣迹却又加上了"殴打同学"一条。

"强奸犯舅舅"事件的真假仿佛已经不重要了，它就像一根导火索，点火之后很快被燃尽。真正引发爆炸的是隐藏在人们想象中的那些炸药。

庄韶远一开始还试图在每个帖子里澄清自己根本没有什么背景，他的父亲、母亲都是普通的上班族，在小镇里拿着仅仅能度日的收入，但没有人愿意听。那些论坛上的狂欢者在脑海中制造出了一个敌人，敌人口中所讲出的一切在他们听来都是谎言。

没有人愿意再和庄韶远一起吃饭、打球。

那几个曾经和他玩得好的朋友都渐渐疏远了他，当初开玩笑的室友也在庄韶远约他去打球时，吞吞吐吐地推辞说有事情。

那天下着雨，庄韶远拦住了室友，用近乎恳求的眼神望着对方："你知道的，那只是个玩笑，当时你替我说过话的，我一直记得你替我说过话的！"

在帖子刚发出来时，室友回帖解释过那只是玩笑，但是没人在意那个不起眼的解释。

在帖子被删掉之后，那条解释作为回复也一起被删掉了，像是最后一点儿可怜的善意被嘲讽淹没不见。

"对不起，我不想被别人围观。"室友说完就匆匆打伞走了，留下庄韶远一个人孤独地呆在原地。

那天庄韶远没有打伞，失魂落魄地走在大雨里。

当晚就有另一个帖子出来了："今天放学时看到那个庄韶远了，表情看起来挺可怕的。"

有人回复说："我也看到了，他挺古怪的，雨那么大他竟然不打伞。"

同一楼层里立刻有回复："装。谁叫人家姓庄呢？"

还有人回复:"他的精神是不是不太正常?"

……

庄韶远把自己关在房间里,头痛欲裂,他关闭了网络,却仿佛仍然有无数视线在黑暗中如针般地扎着他。恐惧在他心里滋生了汹涌的愤怒、恨意和不甘,却终究被黑夜吞噬成沉默。

从那之后,庄韶远的成绩一落千丈。

他开始无法集中注意力学习,常常因为上课时神游而被老师批评。有一些从外校过来的好事者到他们班的教室外面看他,不论他是吃饭、上厕所还是上下学,随时都有人跟着他偷拍。

他的照片被做成了丑化版的表情包,甚至连他喜欢穿的衣服、球鞋也成了其他同学避之唯恐不及的款式。

那种毫无来由的、对一名陌生人的恶意,在人群中泛滥成真理。

庄韶远开始深夜失眠,还被神经衰弱症所困扰。在老师和同学眼里,庄韶远变成了一个问题少年,甚至被怀疑精神有问题。

有一次庄韶远从食堂出来,突然有人冲过来,拿出一个瓶子,打开来朝他泼了一身。庄韶远感到一阵刺鼻的恶臭传来,头发上湿答答、黏糊糊的。他呆立了半晌,才迟钝地意识到泼在他身上的是粪。

那一刻他崩溃地忘记了逃跑,也忘了反击,面色死灰地站在原地,任由无数手机对着他录视频。

当晚回家之后,庄韶远吞服安眠药自杀。

父母及时发现将他送到医院洗胃,他最终被救了回来。

生死一线的惊险之后,庄韶远的父母终于意识到了事情的严重性。他们到学校与老师交涉,但老师也表示无奈:该删的帖子也删了,该澄清的也澄清过了……老师顺便向父母反映,庄韶远的精神状态确实不太好,无法胜任目前的学习,建议他休学调整。

父母不同意休学,他们都是普通的上班族,觉得休学是一件丢人的事情。看看邻居家和亲戚家的小孩,不管成绩好不好,总是至少能把高中读完的。

庄韶远就这样继续读了下去，他只有在独处的空间才觉得安全，行走在人群中时，他瑟瑟发抖如同脚踩利刃，他总是担心，不知道从哪里就会冲出来一个人，朝他泼粪。

第一次吞服安眠药时他还有死的勇气，再后来，他发现一个人一旦被侮辱久了，甚至连死的勇气都失去了。

他精神的水域里漂浮着孤独的枯叶，周围的声音如有实体，像是无数春夜的蚕，不断蚕食着他这片树叶，蚕食着他的信心、勇气、希望、健康，他的一切。

世界是一张逃不开的网，他如同被粘在蛛网上的小虫子，卑微而绝望。

不敢抬头，不敢向人海中找寻，不敢奢求哪怕是一个友善的眼神。

夏益生就是在这个时候出现的。

他是隔壁班级的一个戴着厚瓶底眼镜的矮矮的男生。一次放学时庄韶远经过学校操场，看到那少年在独自练习投篮，夕阳下的背影很孤独。庄韶远想起不久前在两个班的联合体育课上，夏益生因为个子矮在篮球场上被人欺负，投篮也总是投不中……

当篮球又一次毫无悬念地没有投中，掉落在地上时，夏益生抱住自己的头蹲了下来，不知道是不是在哭。

庄韶远默默地走过去，把球捡了起来，迟疑了一下说："你投篮的手势可以这样。"

那天庄韶远教了夏益生几招投篮的技巧，其实对方很聪明，只是没有掌握方法。

几个星期之后，两个班再上联合体育课的时候，夏益生已经不再是被嘲笑的对象了，体育老师也表扬他有进步。

球场之上，夏益生虽然没有跟庄韶远说话，但是朝他点了点头，给了他一个感激而友好的眼神。

因为这个眼神，庄韶远觉得自己又活了过来。

放学时，庄韶远期待地朝球场上看去，希望看到夏益生在那里打球。果然，他一眼就看到了熟悉的身影。

那天，等到其他人都走了，庄韶远背着书包故作漫不经心地走过去。夏益生抬起头，也看到他了："那天，谢谢啊！"

庄韶远愣了一下："不用谢。"热气倏然间冲涌成眼泪在眼眶里打转，这么久以来，这还是在学校里第一次有人主动和他说话。

据夏益生自己说，他被酗酒的父亲养大，一直没有什么朋友，还因为个子矮被人嘲笑，在学校里也很孤独。

"我觉得你人不坏。"夏益生说,"而且你的篮球打得很好。"

这是庄韶远听到的最动听的话。夏益生那张普通的脸孔在庄韶远看来,比谁都要可爱、亲切。

从那之后,两个男生都特意在放学之后晚一点儿走,他们有时在操场上打一会儿球,有时聊几句天。

有一天放学后在球场见面时,夏益生突然问庄韶远:"你还在吃药吗?"

"吃抗抑郁和神经衰弱的药。"庄韶远如实回答,边走边说,"不过我最近吃得少了。"

"药带了吗?"

"带了。"

"能给我看看吗?"

当夏益生问出这个问题时,庄韶远没有多想,只以为对方是关心他。他从书包里摸出药瓶递给夏益生。夕阳照在夏益生脸上,让他的表情显得不大自然:"我有个表姐……也神经衰弱,我想推荐点儿有效的药给她,我拍个照行吗?"

当时的庄韶远根本没有任何怀疑,或者说,他本能地不允许自己朝任何会引向怀疑的方向想。

他迅速地点了点头。

庄韶远太渴望朋友了,孤独是这个世界上最可耻的事情,只要有一个人向他伸出手,他就可以为对方去死。

当天晚上,一个帖子在校园论坛里出现,标题叫:"庄韶远精神有问题实锤"。

庄韶远服用的那几种抗神经衰弱和抑郁的药品照片赫然出现在帖子的第一楼,发帖人的名字叫"夏天的无间道"。

……

发帖人在图片下方还附了一句话:无间道挺累的,为了找到这条实锤,我跟一个精神有问题的人一起打了三个月的篮球。跟帖纷纷惊叹楼主忍辱负重、了不起,还有的跟帖说"跟他在一起三分钟我都要吐,你竟然能忍三个月……"

那晚庄韶远把自己蒙在被子里,无声痛哭。

随后他大病了一场，因为抑郁厌食而胃穿孔住院，最后终于病休，提前结束了他的学生生涯。

三

休学后的庄韶远独自一人来到大城市。

听说学校的论坛还在讨论他的"传说"，甚至他的生死。他努力不去看那些，逼迫自己重新开始。他想，总有一天这些事的"热度"会过去，他会被遗忘，被时间冲刷成所有平凡的沙砾中的一颗，他最终会找到自己的生活。

他进了一家新成立不久的小医药公司，在那里做前台。工资收入勉强够温饱，工作虽然单调，却也不算太累。

每天下班之后，他最享受的时间是回到租来的小房间里打开电视新闻。那些新闻无论大小都和他无关，他是一个旁观者，可以轻松地看别人的喜怒哀乐，在沙发上的他很安全。

可惜好景不长。

半年后的一天，庄韶远像往常一样上班时，看到公司的同事们朝他投来格外关注的眼神。

那种眼神庄韶远太熟悉了。那是看新闻的眼神。

"昨天我们公司对外的公共邮箱里收到了一封邮件。"一个平时脾气很好的前台压低声音，神色复杂地说，"你自己去看看吧。"

庄韶远登录公共邮箱，只见里面赫然有一封"已阅"的邮件，标题是：你们公司隐藏着一个潜在的偷窥狂，你们知道吗？

邮件里有当年论坛上的各种截图，从庄韶远偷窥女厕所，到他吃的抗抑郁和神经衰弱的药物的照片，应有尽有……

庄韶远的手止不住地发抖，他知道，平静的生活终究只是一种奢望而已。

他收拾了自己简单的物品，向公司人力部门递交了辞职信。

世界和当年没有什么不同，唯一不同的是，他已经成年，可以自己主动选择离开了。

人事部经理很忙，看他的辞职信时还在接电话，庄韶远默默地站在对方的办公室里，等他打完电话。

"你就是庄韶远？"经理终于在百忙之中抬起头来，"你自己到七楼办公室去办手续。"

庄韶远点了点头。

连象征性的挽留也没有，他并不觉得多失望，大城市的这个优势是小镇所不能企及的，人们都很忙，节奏快到他们没有多少闲工夫去关心一个陌生人的事情。不管成为笑料或谈资，最多三天就会被忘记。在某种程度上，庄韶远喜欢这种冷漠，胜过在小镇上"享受"那些持久的恶意与热情。

他乘电梯到七楼，敲开那里的办公室。

"进来。"

办公室里的年轻人抬起头来，眉眼如春山，仿佛随时可以招蜂引蝶似的。庄韶远愣了一下："顾总？"

他这才后知后觉地反应过来，七楼根本没有什么部门，这个楼层只有一间办公室，属于这家生物医药公司的所有者，顾岐。

"刚才我打电话给人事部经理，让他叫你上来的。"顾岐递了份文件给他，"以后我想给你换岗到研发部做后勤，让你上来办个手续。"

"我……"我递交了辞职信啊，这句话庄韶远没有说出口。

他习惯了不反抗，或许还怀着一点儿可耻的奢望……渴望被挽留，被接纳，哪怕只有一次。

"你……看到那封信了吗？"庄韶远鼓起勇气问。

"看到了。"顾岐信手将一份资料在他面前展开，"最近我在考虑设计一种新的生物产品，针对视觉和认知偏见的。有时候，人莫名其妙地就会在人群中被讨厌，而他自己并没有做错什么。如果你有这样的经历，或许可以给我们的研发员一些体验上的建议。"

"我……我吗？"庄韶远错愕。

"你是最佳人选。"顾岐的手指修长，神色懒散，但谈到工作时他的眼睛里有种清淡的自信，可以在一瞬间感染人。

那些关于过去的谣言在顾岐眼里，仿佛就是一些荒谬而琐碎的影子，他既不表示同情，也不轻信。

庄韶远就这样留了下来。

接触到研发部之后，他才发现，这家公司远比他想象的还要厉害。

在这里工作的是真正的精英，他们中任何一个人的履历都能闪瞎庄韶远的"钛合金狗眼"。更要命的是，这群理工男是真的想要改变世界。他们的收入很高，但高收入更像是一种附产品。"创造"这件事本身似乎就是他们的乐趣所在，他们聚在一起讨论技术攻关或者做实验的时候，眼睛都会发光。

对这样一群人而言，那些鸡零狗碎的闲谈根本激发不了他们的兴趣。实验室的空间并不算大，但庄韶远在这里见识到了某种广阔。

因为专注和热爱而形成的广阔，聚水成海，积土成山。

当一个人的眼睛始终看着同一个方向时，那个方向就会成为他的远方，天地宽广，晴雨无挡。

庄韶远出于兴趣自学的设计制图竟然派上了用场，弥补了这群理工男在产品外观设计上的谜之审美。一直被队友们的"直男审美"折磨，不得不亲自操刀设计的顾岐对他刮目相看。几次图纸交付之后，顾岐竟然给他加薪了。

庄韶远觉得很神奇，原本他和这群人属于不同的世界，但在这里，他感到了前所未有的轻松和自在。回首过去，他突然意识到，那些曾经乐此不疲地在论坛上取笑、羞辱他，甚至在他休学之后仍然打听他的行踪，精心炮制造谣邮件的人，或许只因为他们自己的人生并不值得——不值得他们投入热诚、投入自我。

一年半后，公司研发的生物眼镜取得了突破。

这项技术通过了动物实验，证明其能显著提升特定白鼠对同类的吸引力。初步成型的眼镜样品被研发团队的同事们争先恐后地拿来试用。

庄韶远也终于抢到了一个机会，他戴上这副眼镜，好奇地望向一个其貌不扬的秃顶男同事时，不由得微微震撼……对方的脸还是那张脸，可又似乎有哪里不同了，熟悉的脸孔骤然被莫名的光环笼罩，散发着独特的气质，连那头头发稀疏的脑袋也显得格外可爱。

"被我迷住了吧？"男同事扬了扬自己手里的微型装置。

"不行不行，我得赶紧取下来，不然我会爱上你。"庄韶远笑嘻嘻地贫了一嘴，由衷地说，"这太神奇了，你们是怎么做到的？"

"眼镜不是重点，关键部分在这里——看到这个微型装置了吗？它可以干扰人的生物磁场。"对方展开胖乎乎的掌心，"生物电流会产生电荷，促成细胞的生成与分裂，特别是促进大脑神经递质多巴胺的分泌，让人在特定的人像视觉条件下产生愉悦和亲近感。"

"那眼镜的作用是？"庄韶远似懂非懂。

"眼镜是一个接收器。"男同事以右手比枪，故作潇洒地做了一个开枪射击的动作，"魅力定向投射。"

"如果没有接收器，会怎么样？"

"那可能有点麻烦了，"男同事想了想，"你的魅力会像泼出去的水一样洒得到处都是。这枚微型生物电流干扰装置可以干扰周围一定范围内所有人的生物磁场，让你成为人群中最受欢迎的那一个。

"如果你把生物干扰调整到极限状态，其他人可能就会像狂热的粉丝一样爱你。"他笑嘻嘻地补充了一句，"甚至可能连路过的流浪猫都会爱上你也说不定。"

人群中最受欢迎的那一个？

庄韶远微微一怔，可能吗……人群对他而言是深渊与利刃。就在庄韶远怔忡出神时，其他同事又拿着生物眼镜去试用把玩了。

"今天不加班。"顾岐朝他们招了招手，"吃饭，庆功。"

欢呼声和口哨声几乎要将研发部的屋顶掀翻。

那晚的庆功宴，庄韶远喝高了。

顾岐也喝了不少，他的酒量很好，经过众人轮番围攻也不见什么醉态，只是像被酒意涂了一抹桃花色的眼影，斜靠在椅子上，如同一只原形毕露的狐狸。

很奇怪，在实验室时，顾岐完全是他们中的一员；当他走出实验室，却成了另一个人，懒散地游戏人生。

庄韶远借酒壮胆地走过去，大着舌头说："我……我敬你。"

顾岐利落地举杯，将杯里的白酒一口喝完。

"我……我有个问题一直想问你。"庄韶远继续口齿不清地问，"你那时没……没有开除我，是慧眼识珠看出我的设计制图才能了吗？"

"什么慧眼？我近视眼。"顾岐仍然懒懒地斜靠在椅子上，"我那时候只是想给你安排点儿事情做，免得你自杀而已。"

庄韶远怔了一下。

他本来就醉得四肢不听使唤，吃惊之下脚下一晃，差点儿扑倒在顾岐身上，被对方嫌弃地推开："我听到了你在走廊里跟父母打的那通电话。"

不知道是酒意上头还是别的原因，庄韶远感觉到辣意直冲眼眶和鼻梁。

当时连他自己也不敢确定，或者不敢去承认，他心中所想的那个念头——"自己成年了，可以主动选择离开了"，其实是要离开这个世界。

那天收拾好东西之后，他给家里打了一个电话，那个电话就是诀别。他仅剩的勇气不多，不够承认自己的死志，毕竟自杀是一件"错的事"。他和其他的抑郁症患者一样，敏感善良的内心过于在乎别人的感受，却不敢正视自己的伤口。长久以来他都需要依靠安眠药入睡，看到那封邮件之后他的第一反应是，自己的人生完了。

看不见前方的浓雾之中，顾岐在悬崖边沿拉了他一把。

"谢谢……"庄韶远趴在顾岐身边，把头埋在桌上哭了起来。顾岐拍了拍他，什么也没有说。

"你不应该安慰我一下，告诉我过去的一切没有那么重要吗？"庄韶远抬起发红的眼睛，打了个酒嗝。

"过去很重要，对每一个人都是。"顾岐指着他杯子里的酒，"干。"

庄韶远仰头把酒灌进喉咙，把自己呛得咳嗽起来。

过去的经历是他血肉的一部分，如果有伤口，是没有办法视而不见的。人可以靠遗忘来治疗自己，也可以靠药物，但无论怎样，伤口在那里，它提醒着他曾经受过的痛苦。承认这种痛苦，才能接纳现在的自己，或许也能获得真正的幸福吧……

这晚庆功宴快结束的时候，庄韶远的手机响了。

他趴在桌上摸出手机，醉眼朦胧地看了一眼。

"各位同学，兹定于六月二十一日举行毕业五周年聚会，欢迎您届时返校参加。"

庄韶远的酒顿时醒了大半，手不由得微微发抖。本来他可以删掉短信继续喝酒，不去理会曾经的噩梦，但是鬼使神差，他想起公司刚刚研发的生物眼镜，以及那时他和同事的对话。

"如果没有接收器，会怎么样？"

"你的魅力会像泼出去的水一样洒得到处都是。这枚微型生物电流干扰装置可以干扰周围一定范围内所有人的生物磁场。也就是说，它可以让你成为人群中最受欢迎的那一个。"

成为人群中最受欢迎的那一个……

庄韶远打开了同学会活动召集帖的页面，只见发起人和最先的响应者里有好几个是当初在论坛上造谣他的ID,他们仍然在肆无忌惮地取笑他,一如当年。那条短信更多的是一种羞辱和示威。

恐怕他们没有一个人觉得,庄韶远会参加这次同学会。

四

当庄韶远穿着一身搭配不俗的商务休闲装,衣襟上别着那枚微型生物电流干扰装置,出现在聚会的餐厅里时,三五成群聊天的同学顿时都停住了交谈,望向他这边,室内骤然安静了。

很快,几个离他最近的女生露出花痴的神色:"几年不见,庄韶远怎么长得这么帅了?"

"天哪,你看!你看庄韶远!他怎么那么好看?"

"当初我竟然还嘲笑过他……"

……

庄韶远朝她们笑了笑,女生们忍不住红了脸。离他稍远的是那个出手打过他的男生,此刻诧异地望过来,似乎也受到了粉丝滤镜干扰装置的影响,一瞬间露出困惑的表情,但他仍然顽强地保持多年的习惯:"喂,你们别忘了,他可是试图闯进女厕所的偷窥狂……"

不等他的话说完,立刻有女生站起来反驳他:"用脚指头也能想出那是造谣啦,庄韶远这么好看的人怎么会去偷窥别人?别人来偷窥他还差不多!"

"就是就是!"

靠近庄韶远的女生们纷纷附和。离他越近,生物磁场所受的干扰越大。

打过他的男生气急败坏地还要说什么,这时庄韶远走到他身边,将襟前的微型装置电流调节到最大。

男生突然睁大眼睛,抬起头来怔怔地看着他,仿佛第一次认识庄韶远。然后,气势汹汹的大男人突然间痛哭流涕,猛地坐倒在地上:"我不是人!我竟然曾经打过你!我竟然能下得了手!我不是人……"

所有同学都用"星星眼"凝视着庄韶远,聚焦在他身上的眼神不再是审视、鄙夷、嘲讽,而是狂热的欣赏、喜爱。

庄韶远昂首阔步地走在人群中,旁若无人。

一个大胆的女生朝庄韶远挤了过来："让一让，让一让……"那个女生是班上的学霸，外表可爱如猫，眼睛睁得圆圆的，仿佛庄韶远是一片香气馥郁的猫薄荷。

学霸的举动仿佛惊醒了其他人，所有人都朝庄韶远挤过来，他被人群挤得东倒西歪，没有留意到自己衣襟上的微型装置"哐当"一声掉落在地上，很快，不知道多少双脚踩在它上面。

庄韶远正在努力想要挤出人群，突然察觉到哪里不对。

他一抬头，只见那些看着他的眼光变了，笑容就像突然被冻僵一样，从一张张脸上消失了。

热情友好的光芒熄灭了下去，取而代之的是冰冷的审视。

庄韶远心里一慌，低头看去，这才发现胸前的生物装置竟然不见了！他的额头上冒出冷汗，猛地弯下腰来，近乎疯狂地想在地上寻找那个小小的装置，可是没有人挪动脚……

人群像钢铁的森林般拦在他面前，密集得让他无法呼吸。

庄韶远惊恐地抬起头来，看到了一张张冷笑和窃窃私语的脸，那些脸竟然和五年前一模一样。

"啊！"

庄韶远大叫一声，冷汗淋漓地从噩梦中惊醒。

原来是一场梦……

他头痛欲裂地打开手机，发现才凌晨五点半。昨夜他将自己灌得烂醉如泥，是被同事背回来扔在公寓床上的。

同学会的短信仍然躺在手机里，就像他心底删不掉的噩梦。

这场噩梦太累了，比跑五公里还累……这些年来他曾经以为自己忘记了，但在梦里，他最害怕的事仍然会反复出现。

五

庄韶远睡不着，他干脆起来用凉水洗了一把脸。

寂静的清晨，他驱车来到公司楼下的二十四小时咖啡店，点了一杯黑咖啡。醉酒加上晚上没睡好，导致他哈欠连天，他有点儿恍惚地拿了饮料，正准备离开，突然被人在背后拍了一下："嗨。"

庄韶远诧异地回过头，只见柜台后面露出一张灼灼生动的小脸，像是春日的清晨，女咖啡师笑若春风："你拿错了。"

他低头一看，果然是拿错了。他不好意思地把饮料递给对方："不好意思。"

"给你，谢谢。"女咖啡师把另一杯递给他。

"谢什么？"

"我的名字啊。我姓谢，叫谢谢。"女咖啡师微笑着指着他的外套说，"你的外套扣子好像也扣错了。"

"……"

对方分明在笑他，但那笑容却莫名地治愈了他。

庄韶远突然觉得，自己根本不介意扣错扣子，这错误再值得不过。

爱情突如其来，就像突然撞进冷风里的早春。

庄韶远喜欢上了这位咖啡师。后来他才知道，她自报家门是逗他玩的，她根本不叫谢谢，叫谢恩。

"唉，真搞不懂爸妈怎么给我取这么个奇葩的名字，"谢恩苦恼地边做咖啡边吐槽，"还不如直接叫'谢主隆恩'来得干脆呢！"

庄韶远被她逗笑了，他想，或许她的父母和他一样感谢上天的恩赐，让他们遇到了她。

"加糖吗？"谢恩问。

"双份糖。"庄韶远回答。远远看到她的身影时，他就会觉得甜蜜，如果她朝他微笑，就是双份的甜蜜。他知道自己已经陷入了热恋，和所有情窦初开的少年一样，他在这份单相思的恋爱中患得患失。

恋爱是一场冒险，需要比攀登珠穆朗玛峰更多的勇气、决心和意志力。看到心爱的女孩时他经常紧张得无法流畅地言语，更无法吐露心声，向她表明心迹。

"顾总，我想借公司的生物眼镜用一下。"

终于，在一周后，庄韶远鼓起勇气对顾岐说。

"做什么？"顾岐那段时间似乎很忙，俊美的脸上带着黑眼圈和一丝难掩的疲惫。

"我想去……"去向女孩子表白。这句话到了嘴边，庄韶远却觉得羞涩、难以启齿，他将后半句吞了下去，仓促间狼狈地扯了一个谎言，"去参加同学会。"

顾岐抬头看了他一眼。

"不行。"对方的语气没有商量的余地。顾岐并不是一个难说话的人，但一旦他决定的事情，从不跟任何人讨价还价。

庄韶远张了张嘴，却终究不敢再说什么，沮丧地从办公室退了出来。

那天下班后他再次来到咖啡店，谢恩仍然微笑着为他调制双糖咖啡，旁边一个新来的男同事对她格外殷勤，不断地说各种趣事逗她笑。看着他们有说有笑，庄韶远心里莫名地泛起一阵酸涩，舌尖尝到的咖啡也格外苦，那句"我喜欢你"就在嘴边，他却无论如何也没有勇气说出口……

再不说的话，会错过她吧？

可是，真的会有人喜欢他、接纳他吗？

曾经那铺天盖地的恶意还在心底蚕食他的勇气。他不敢奢望自己能拥有爱情，遭遇过的阴影在阳光之下更显浓烈，所有心动的甜蜜和苦涩，都让他倍感彷徨。

那天庄韶远没有直接回家，再三犹豫之后他终于下定决心，返回了办公楼。楼里的人已经很稀少，灯也熄得差不多了。

他记得那个生物眼镜就放在实验室的样品柜里，位置他很清楚。

"庄韶远？"

一个声音自身后传来，庄韶远吓了一跳，回过头来才发现是一个加班的同事。对方跟他打招呼："回来加班？"

"不不……顾总让我做的一份设计，刚想起来图纸忘在实验室了。"庄韶远强作镇定地朝对方点了点头。

"那你快去拿吧，我先走了，拜拜。"

"拜拜。"

同事很快离开了，走廊变得安静，庄韶远的心跳得很快，他用颤抖的手打开实验室的门。

借着月光可以看到，那副让他日思夜想的生物电流干扰装置就躺在样品柜里，钥匙就在他手里。

庄韶远将柜子打开，迅速把东西揣进衣袋。这一刻，他在心中说，只用这一次！只要跟谢恩表白成功，他就立刻把它归还，不会有人发现的……

他怀着侥幸离开实验室时，没有注意到，身后的柜子正发出幽幽的红光。

庄韶远气喘吁吁地赶到了二十四小时咖啡店。

他四下张望，却没有看到谢恩的身影。口袋里握着装置的手被紧张的汗水打湿，他着急地问：“请问……那位叫谢恩的咖啡师呢？”

"她今天早班，已经下班了。"另一位咖啡师回答。

"你知道她家在哪里吗？"

"不知道啊。"对方也认得他是熟客，好心地说，"你找她有事？她在马路对面等车，你快点过去或许还能找到。"

"谢谢！"庄韶远扔下一句谢谢，立刻冲了出去。

不远处是一个公交车站，所有的无人驾驶车都在这里列队，庄韶远赶到的时候，正好有一趟车开走，他本能地抬头向车厢里找寻她的身影，一眼就看到人群里那件熟悉的大衣……她在这趟车上！

他立刻拿出自己随身的交通卡，可是公交车已经缓缓出站，智能系统拒绝感应他的乘车需求。庄韶远拼命朝前追赶："等一等……"

他追着车跑了老远，最终还是被无情地甩在了后面。庄韶远的后背全被汗水湿透了，他喘着粗气停下来，沮丧就像一场大雨淋在他身上。

他失望而疲倦地走在夜深的大街上，料峭春夜的风寒冷刺骨，不远处的奶茶店也打烊了，街道上的灯光都在一盏盏熄灭，就像他心里曾经燃起过的一簇簇火苗和希望，渐渐熄灭了。

这时，一只手拍在他的背上："嗨。"

庄韶远愕然回过头，就像初次见面那样，谢恩那张灼灼生动的小脸出现在他面前。

"你不是坐刚才那趟车走了吗？"庄韶远愕然问。

"我本来是准备坐的，但是去旁边买了杯奶茶，就错过了那趟车。"谢恩手里拿着一杯热气腾腾的奶茶，微笑地问，"你也错过车了吗？"

不，我没有错过车，更没有错过你。

"你今天好像特别帅。"谢恩饶有兴味地上下打量着他。

一只流浪猫路过，朝他们"喵"地叫了一声，在庄韶远腿上蹭了蹭。

干扰装置起作用了。那句话就在唇边，庄韶远凝视着她，终于声音微微发颤地说："我……我……"

他握紧汗湿的掌心，将那枚微型生物电流干扰装置调节到最大："我喜欢你。"

谢恩愣了一下，捧着那杯奶茶，脸突然微微地泛起红意。

庄韶远知道，此刻在对方眼里，他的脸庞一定英俊而充满魅力，他的话语一定磁性而动听，悄悄俘获少女的芳心。但他仍然感到紧张，她会如他所渴望的那样回应他吗？

那一刻对庄韶远来说仿佛有一整年那么长，终于，他听到谢恩小声说："我也喜欢你。"

庄韶远的世界骤然亮了起来，所有的星星都在黑暗中苏醒，在巨大的喜悦之中，他知道自己终于获得了最珍贵的爱情。

漫溢的幸福之中，他又有一丝彷徨不安：他用生物电流干扰装置让谢恩接受了他的表白，可如果没有这层滤镜，她还会喜欢他、接受他吗？

这一刻，他脑子里突然冒出一个转瞬即逝的念头：如果这副装置能永远不取下来该有多好！

夜深了，庄韶远心事重重地回到公司的办公楼，悄悄地把那枚微型生物电流干扰装置放回实验室的样品柜。

离开之前，他在走廊的监控里做了一点儿小小的手脚。不过是借用几个小时而已，不会有人发现他的行为吧？

这晚庄韶远睡得很不踏实，梦里一会儿出现谢恩的笑脸，一会儿出现研发部的同事们开心庆功的样子，一会儿又出现顾岐斜靠在椅子上半醉的桃花眼……

第二天他去上班时，发现自己的门卡打不开实验室的门禁了。

他到二楼的人力资源办公室找人帮忙："我的门卡坏了。"

"你的门卡已经被注销，你被解雇了。"人事部经理走出来，将一个纸箱重重地扔给他，"顾总不想再见到你。"

庄韶远的脸色一变，刷地惨白。

"公司的实验产品柜都有体温感应与DNA识别功能，你是有多蠢，才会相信自己可以神不知鬼不觉地把它拿走使用？"

"我只是……只是借用，我很快还回来了。"庄韶远颤声说，"对不起。"

"如果你没有主动还回来，公司就只能和你法庭上见了。"人事部经理面无表情地说，"你走吧，多给你算三个月的工资。"

庄韶远失魂落魄地收拾东西走人，他多领了三个月的工资，这是顾岐的仁慈，也是顾岐的绝情。

六

接下来的几个月对庄韶远来说很难挨。

失业了几个月，他只能靠着积蓄生活，虽然和谢恩开始了恋情，但他心里始终怀有一丝愧意和一份忐忑。

无论怎样，当初谢恩是因为粉丝滤镜才接受他的表白的，她是真的从内心愿意接受他吗？

期间他投递了无数求职信，都石沉大海。

三个月之后，他的运气终于来了，一家智能机器人公司为他提供了一份制图设计工作。

庄韶远怀着希望入职，开始了新的工作。有一天他闲下来刷新闻，突然看见一则消息：银河草履虫公司被人收购了。新闻里铺天盖地都是顾岐和女明星的桃色新闻，报道中说他绯闻缠身、被人陷害，失去了公司的股份，他的研发团队也纷纷被人挖走。

庄韶远立刻着急地打顾岐的电话，但电话一直关机。

他驱车来到顾岐家的别墅外，想亲口问一问他发生了什么，却很多天都不见他的踪迹。直到有一天，他又在门外等了两个多小时，准备离开时，突然看到一辆火红的跑车停在门口。

顾岐穿着精致的礼服下车，仍然是那副游戏花丛的模样，看到他时神色顿了一下，好看的眉毛抬了起来："你来干什么？"

"有……有什么我能做的？"庄韶远凝视着他的眼睛，一字一字清晰地说，"任何事，只要我能做到。"

他是救过他性命的人，也是第一个信任他的人。此刻他渴望自己能为他做点儿什么。

顾岐露出漫不经心的神色，拍了拍他的肩膀："你太高看自己了，还轮不到你来同情我。"说完越过他便走。

庄韶远站在原地急切地说："我知道，那份智能机器人公司制图的新工作是你向对方推荐我的！"

"我还知道，你赶我走，是因为你已经知道公司要出事……你的研发团队不是被人挖角的，是你主动把他们一个个送给竞争对手的。船要沉了，你给了所有人救生圈。你准备自己一个人留在船上和它一起沉没。"

"自大。"顾岐终于停住了脚步，转过身来，嘴角勾起一丝玩世不恭的笑意，"谁说船要沉了？有我在，船任何时候都不会沉。我不过是把你们这些碍事的人支走，才好全速前进而已。"

阳光下顾岐的身影那样自信，像是所有铿锵的诺言本身，永不让人失望。那一刻，庄韶远忍不住急切地问："你会把公司夺回来？"

顾岐傲然微笑："走着瞧吧。"

庄韶远张了张嘴，他还有千言万语，却什么都没有说出来。顾岐却斜睨了他一眼："哦，有件事我想我应该告诉你，当初你拿眼镜时拿错了。"

"什么？"庄韶远愣住了。

"那副生物电流干扰装置并没有放在原来的地方，我换了地方。你拿走的是另一副设备——真实过滤生物装置。"

顾岐的声音清醇而富有磁性："和粉丝滤镜的作用恰恰相反，真实过滤生物装置可以让佩戴者最真实的表情被对方看到和感知到——所有剔除了礼貌性的社交表情、言不由衷的虚假表情之后的真实感受与情绪，都会通过那副装置直接呈现。"

庄韶远愣在原地，他突然理解了那天晚上谢恩抬头看他时脸上泛起的甜蜜红晕，那并不是粉丝滤镜下的幻想……

能打动人的，除了外在的光环，还有真实的情感。

当庄韶远鼓起勇气站在她面前，当他说出"我喜欢你"时，他把自己所有的忐忑、热爱、渴望、嫉妒、恐惧，都毫无保留地告诉了对方，让她看到，让她听见。

一个人的话语最有力量的时刻，是他最真实的时刻。

如果说他借助那个装置做了什么，不过是借助它坦露了他的真心而已。

七

五周年同学聚会如期举行。

当庄韶远出现在聚会的地点时，会场突然安静了片刻。

恐怕没有一个人想到他会来。

当年还没有休学之前，庄韶远对所有同学避之唯恐不及。曾经对他来说这些面孔就是深渊，他不敢回头凝视，怕被吞噬。五年前的他无法想象，有一天他会再次回来这里。

"哟，这不是庄韶远吗？"曾经打过他一拳的男生阴阳怪气地说，"现在还上女厕所吗？"

周围爆发出零零星星的哄笑。

更多的同学露出尴尬的神情，庄韶远环顾四周，突然意识到这几年来大多数嘲笑他的人消失在论坛里了……或许他们有了更值得做的事情，或许他们长大了，觉得当初霸凌同学的举动很幼稚，也很无聊。

剩下的那些锲而不舍地嘲讽和抹黑他的不过是寥寥三五个人而已。

他曾以为全世界都与自己为敌，现在他发现自己错了，世界只是在中立而沉默地旁观每一个人，包括他，也包括欺辱他的那些人。

那个打他的男生看上去过得并不好，廉价的西装没有烫平，头发油腻，眼神暴戾而黯淡，只有在嘲笑庄韶远时，他的眼睛里才燃起了火苗，仿佛他的人生是一条狭窄的陋巷，只有靠践踏弱者才能获得快意。

庄韶远没有理他，来到当年的室友身边坐下："这些年还好？"

室友似乎愣了一下，扶了扶近视眼镜，似乎要掩饰眼里那一刹那流露出的真实歉意："挺好的。"

过去仍是深渊，仍在黑暗中凝望着他，但他长出了翅膀，不再惧怕那悬崖，只因曾经有人伸出援手拉过他一把。

庄韶远拿起桌上的一本聚会手册，翻看里面的照片，其中有一张体育课打篮球的合影，他意外地发现照片上的自己竟然在笑，不是强颜欢笑，而是开怀而笑。

庄韶远愣了一下，原来他有过这样开心的时刻啊……

这一刻，庄韶远突然想起了顾岐对他说的那句话："恶意总是会在我们的潜意识里被放大。当一片树叶被蚕食,哪怕只是最小的缺口,眼睛首先看到的也必然是那缺失的部分,而不是剩余的完整,这是视觉工作的原理,记忆也一样。"

他记住了所有缺憾的部分,因为伤口总是会因疼痛而昭显存在感,但他忽略了在缺憾之外,同样有美好的回忆。这何尝不是一种因痛苦和恐惧而产生的滤镜?

"那时候组队打怪,你老是拖我后腿啊!"

"怪你自己手速慢,好意思说我?哈哈!"

……

庄韶远想起了很多往事,也见到了很多故人,他和同学们叙旧,推杯换盏。他没有像梦中那样成为人群中最受欢迎的明星,或许永远不会。但他成为了更好的自己。

酒过三巡之后,一个人朝庄韶远走过来,是很久不曾联系的夏益生。

夏益生闷头干了整整一杯酒,在庄韶远身边坐下:"那时我是真的想和你做朋友,那些说你人很好的话也是真心的。后来他们看见我和你一起打篮球,就拦住我、嘲笑我、打我,说我是偷窥狂的帮凶,我受不了了,那种压力太大了……他们让我去拍下你的服药照片,我答应了。那时候我也怕被孤立、被嘲笑、被人群排斥,我的恐惧和你一样。我为了自保做了伤害你的事情,做了荒唐的举动,我想,我欠你一个道歉,对不起。"

"没关系——"庄韶远举着杯子没动,"虽然我想这么说,可惜这不是真的。那时比起被所有人孤立,我更害怕被唯一的朋友抛弃。虽然他们在校园里拦住我辱骂我、殴打我,但你才是伤害我最深的人。"

说完这些,庄韶远把杯中的酒饮尽,起身离开。

有些事,无法原谅,但他可以放下。

过去真的可以过去,只要他能找到现在的自己,看见前方的微光。

聚会结束了,庄韶远五年的噩梦也结束了。他是自己走出来的,朝着破晓的阳光,朝着春日的清晨信步走出来。

他深深地吸了一口新鲜空气,在路边拦住一辆车。人工智能司机用甜美的声音问他:"请问你要去哪里?"

"去西宝路,参加葬礼。"

"请节哀。"人工智能用遗憾的语调说。

"故人如青山。"庄韶远仰起脸,想要阻止眼泪流出来,"我见青山多妩媚,青山见我就像鬼。"

他后知后觉地想起，最后那一次见面时顾岐的气色并不好，但是他的眼睛那样自信明亮，高高在上，根本不让人有机会发现他被绝症缠身。他回想起酒桌上顾岐醉眼朦胧地笑骂"什么慧眼？我近视眼"，想起阳光下顾岐的身影，如同永不让人失望的诺言本身……

他突然发现，遇到这个人，是他人生中最温暖的奇迹。

他给了自己的过去一场葬礼，也扔掉了心中某个滤镜，但他这一生永远不会忘记顾岐。

八

"谁在想我？"顾岐懒在沙发上，突然打了个喷嚏。

马修将一双微凉的手从顾岐胸前的微型装置上收了回来，从自己鼻梁上摘下那副滤镜，露出深黑的眼眸："刚才我把干扰调到了最大，你猜，我看到了怎样的你？哥哥。"

"帅得惊天地泣鬼神？"

"不是。"马修笑了笑，"我看到的你啊……"

是和平时一样的你呢。

对马修来说，不管戴不戴滤镜，那个最好的顾岐早已经在他心里。

"哥哥，你研发两种截然相反的生物眼镜是为了呈现世界的荒诞与真实吗？我很好奇，人类到底如何才能看清自己内心的真实，不偏不倚？"

"除了医学用途，我研发滤镜或许只是因为它有趣。"顾岐不以为然地打了个哈欠，"其实我们看世界都有滤镜，从来没有所谓的'不偏不倚'。"

任何一种观点，只要形成见解，你都可以称为偏见。对于一个准备表白的少年来说，如果"我爱你"这件事正是偏爱，那又如何？真实在他心里，不在滤镜里。那个女孩的模样说不上最美，却是他想起来就觉得温暖的样子。如果是这样，那就是爱了吧。

顾岐的嘴角不由得微微上扬。

"哥哥，你为什么一定要假死呢？"

顾岐把手慵懒地搭在沙发上，阳光滑过他修长的手指，就像那些无声溜走的时间："是为了救一个人。"

门外传来敲门声，马修起身打开门，只见一个羞涩的青年站在门外。

来人是物理学家沈沐宸，他的身材清瘦挺拔，肤色苍白。

马修露出意外的神色，侧身请他进来："稀客。别人都去了葬礼，只有你亲眼来见死者。"

这个幽默有一点儿冷，沈沐宸并没有笑："顾先生，你投资过一部叫《长生殿》的季播剧？"

这个问题问得开门见山又没头没脑。顾岐和马修两人对视一眼，难得沈沐宸登门拜访，竟然不谈学术谈风月，今天怕不是来了一个假的沈博士？

"我投资拍影视、追求女明星的事情已经这么多人知道了吗？"顾岐厚着脸皮，微笑着摸了摸鼻子。

沈沐宸没有搭话。

"或者，沈博士也对拍电影有兴趣？"

"不是。"沈沐宸唇色微微发白，似乎用了很大的气力才说出口，"不是电影，是《长生殿》这个故事。在我十五岁那年，我曾读到过这个故事。"

JU TOU

剧透

04

每个人的人生都有至少两次机会，第一次活在别人写好的剧本里，第二次活在自己亲手写就的故事里。

一

"姓名。"

"沈沐宸。"

"年龄。"

"十五岁。"

"症状。"

"失眠、头晕和耳鸣。"

"多久了?"

"一个月。"

"你的精神状态看上去并没有什么问题,除了疲惫之外。"

"我没办法停止演算这些方程式。"脸色苍白的清俊少年递过来一张纸,上面密密麻麻地写着数学公式,"之前我对数学与物理学毫无兴趣,但现在我的头脑像上了发条一样,不断地思考这些方程式。"

年轻医生看了看稿纸,抬头询问:"能具体说说是怎么开始的吗?"

"那是三个月前……"

沈沐宸觉得自己一定是疯了。

十五岁的他是一所普通私立中学的学生。从很小的时候开始,他就发现自己与众不同,他需要忍耐一样无处不在的常见事物——其他人。

幼小的沈沐宸对人群怀有莫名的恐惧和焦虑,在人声鼎沸的地方,童年的他甚至无法分清声音的来源,即便最简单的社交对话也会让他精疲力竭。但是在安静的环境中,特别在独处时,他则显得聪明过人,所有读过的书、看过的路牌、见过的图案,他绝不会忘记——当然,人脸除外。

社交恐惧症使他的气质格外古板而羞涩,但是随着年岁渐长,他发现自己在一群少年中也并不扎眼。因为在星际迁移时代,许多十来岁的少年都习惯于独来独往,他们与父母感情疏离,与同学也不亲密,即便表面上热情或外向、搞怪,内心中也只住着一个特立独行的自己。

除了物理成绩不太好之外,沈沐宸的其他科目算得上优秀。他的语言课与逻辑课都是A,甚至音乐课与艺术鉴赏课也有亮眼的成绩。当然,他每天最轻松的时刻是独自一人安静地读小说,从中窥见人类的悲欢和他们对自身的想象。

奇怪的事情发生在三个月前。

那个周末学校举办了一场画展,沈沐宸正好有空,于是也去看展览了。展出的艺术作品大多是时间久远的抽象派画作,其中有一幅格兰维尔的《扑克牌之战》,有趣的画面吸引了许多学生驻足。

沈沐宸站在人群外,也忍不住多看了几眼。

那幅画上的纸牌图案栩栩如生,仿佛活的一样朝着他微笑眨眼,沈沐宸心中莫名有点儿不安,很快离开了展厅。

第二天清晨,沈沐宸上早自习时,路过高年级的教室,里面的老师正在讲普朗克黑体公式。

沈沐宸以前对物理学没有任何兴趣,但这天他不由自主地停住脚步听了一会儿。

看到黑板上的提示时,他的脑子里迅速出现了一个方程式推导,他意识到,讲台上的老师讲的知识点都是对的,但是速度太慢了——他几乎一眼就能看出答案的方程解,黑板上却板书了满满几十行。

所有的数字突然像是久违的老朋友一样,那样熟悉而亲切。他了解它们,就像了解自己的左手和右手。

世界在他眼前用数字展开来。沈沐宸来到图书馆，从书架上抽出一本《数学物理》，翻开来，那些以前令他倍感艰涩难懂的方程式突然之间变得如同幼儿注音绘本一样简单，他在难以置信的同时，甚至感觉到一种无聊。

太粗浅了，他失望地想，他需要看一些有意思的书。

一本本前沿的物理学理论著作被翻看，曾经如同海洋般难以泅渡的知识领域，骤然间变得像水滴一样清澈可见，他迅速用思维的线把所有水滴串联起来。

到底发生了什么？他是病了吗？沈沐宸觉得自己像是患上了某种强迫症，他开始想要推导某个定理，而且停不下来。

沈沐宸感到恐惧。

满屏在旁人看来毫无意义的数学符号，却让他饥渴向往，他怀疑自己患上了精神疾病，但他无法停止。

——就像有人每天都需要烟或者咖啡一样，他需要物理学。

除了极少的睡眠时间，只要他的头脑清醒着，他就不停地思考那些方程式。独自把自己关在寝室里演算的沈沐宸在同学们眼中更加孤僻和古怪，深夜的计算与推导让他常常整夜失眠。

在被自己逼疯之前，沈沐宸终于鼓起勇气来到医院，挂了一个神经科的专家号。

接待他的是一名年轻医生。

"有些人在中枢系统受损之后，会获得某项科学或艺术才能，医学至今无法解释这种现象。"医生扶了扶眼镜，"你的情况则更复杂一点儿，是毫无预兆的天赋获得，我们称之为'突发性学者综合征'。"

"……突发性学者综合征？"沈沐宸怔了怔，他第一次听说这种病症。

"是的。检查报告显示，你的神经系统运行与精神状态都是完全正常的，而你所说的'强迫症'严格来讲并不是疾病的一种——在那些同样具有天赋的科学家们看来，只是一种叫作'灵感'的东西。"

"你的意思是……我没有病？"

医生点了点头，话语里有一种专业的说服力："你的头颅的确在短时间内变得与众不同，即便如此，我认为其中有珍宝，而非病灶。"

沈沐宸感激地看了医生一眼。

他曾经以为自己病了，甚至怀疑自己会死。和所有十几岁的自尊又敏感的少年一样，他惧怕自己和"精神病"这三个字沾染上关系。多年来他虽然沉默而平凡，但还努力维持着作为一个正常人的尊严。

"我想问个问题，你说自己对物理学毫无兴趣，那你对什么有兴趣？"医生边写病历边问。

沈沐宸想了一下："我喜欢看小说。"

"这个兴趣很好。"医生点了点头，"它与物理学毫无关系，能让你的大脑得到休息，你可以尝试用这种方式去舒缓焦虑。"

二

这晚从医院回来，沈沐宸打开平时看小说的网站，只见收藏夹里跳出几十条更新提醒，最近几个月，他的确都没看小说了。

随手点开其中一本叫《长生殿》的小说，沈沐宸甚至不记得自己是什么时候收藏的。小说的点击量很少，作者叫红桃J，名不见经传，也没有任何与读者的互动。

看开头似乎是个科幻故事，这部小说背景设定在大坍缩前夕，主角是一名将军，他带领人类发现了一片奇妙的时空残骸，那里的时间像凝固的琥珀一样，人们都拥有永恒不变的青春。

"发射进入倒计时。"

"一切准备就绪，请指示。"

高大的人影站在战舰的舷窗边，战舰外是深蓝色的宇宙，星空像一双巨大的令人沉溺的眼睛，从四面八方拥抱着一座精致的、飘浮的城池。

这座城，是人类的长生殿。

长生殿之外的世界依然存在，却没有任何存在感，像是爆炸后留下的灰白的碎屑。那里的人们每天为着含混不清的目标在冷漠理智地计算，筋疲力尽地奔跑，声嘶力竭地抱怨。人人都很疲惫，但停不下来。

而长生殿里，每一座楼阁都有花朵。人心里也一样。

孩子们在溪水边捕鱼，淙淙流动的水底沉着漆黑的石头，渔网中肥美的鲜鱼就像是灵活的水滴。每一片金色的鱼鳞里，都藏着一个完整的、阳光温柔的清晨。情侣们也争吵哭泣，但一转身眼泪就会融化彼此；少年人也挥汗如雨，跌得头破血流，但总有人很快伸出手——长生殿里，握手并不是一种仪式，而是不设防的信任。

许多年前有个叫爱因斯坦的人说过，时间和空间不过是人们的错觉。即使宇宙是一场巨大的错觉，长生殿也是真实的。没有人知道它是怎样诞生、从何而来，但所有人都知道它将如何终结。

人类联盟军事委员会下达了指令，动用十七艘一级战舰和万吨级反物质武器。

二十五分钟之后，战舰就将摧毁这里。

"一切准备就绪，将军，请指示。"

仿佛没有听到身后的声音，男人仍然出神地望着舷窗外。他的侧脸年轻而温和，像是遥远的星辰，让人很难将这样的一张脸与掌握着人类军事力量的最高统帅的身份联系起来。

有人说他是独裁者，也有人说他是英雄；无数人想暗杀他，也有无数人甘愿为他挡子弹。无论如何，他带领的十七艘战舰所进行的每一场战役，都决定着人类的未来。

在高级将领们紧张而不解地望着他的背影等待指示时，他突然回过头来，说了一句让所有人大吃一惊的话："不，再等一等。"

看到这里就没有了，随即页面里跳出一只很萌的鲤鱼，举着牌子说"作者正在努力更新哟"。

沈沐宸有些意犹未尽，忍不住回头又看了一遍。

他觉得这部小说算得上好看，甚至有点儿惊艳，可是人气太低了，竟然一条评论也没有，作者应该很沮丧才会断更吧？

以前沈沐宸看小说很少留评论，但这晚他随手留了一条：写得不错，求更新。

夏夜寂静，清风撩人，沈沐宸又随意翻了几篇小说的更新，准备洗漱睡觉时，一条消息提示音突然响起。

他点开界面，消息的头像是一张红桃J纸牌。

"系统提示，您有一件来自红桃J的礼物。"

平台上偶尔会有系统赠送积分，一些作者也会给读者发阅读红包，沈沐宸随手点开，可就在这一瞬间，电脑突然黑屏了。

寝室里的灯也黑了，几滴光点掉落在他的键盘上，成了唯一的光源。

沈沐宸疑惑地低头看去，只见光芒如同融化在水中一般缓慢成型，摇摇晃晃地从键盘上竖立起来，像是一条纸片剪成的鱼，薄得像影子，活灵活现地扭动着尾巴。

是AR游戏？他看到"增强现实"了？沈沐宸诧异地伸出手，碰到了纸片鱼，对方恼怒地躲开："注意你的礼貌，人类！"

沈沐宸突然发现，它正是《长生殿》末尾处那条蠢萌蠢萌地举着"作者正在努力更新哟"牌子的鲤鱼。

难道它是小说网站开发的游戏萌宠？

"恭喜你，现在你可以查看自己人生的剧透了。"纸片鱼严肃地说。

"什么？"沈沐宸微微皱眉，以为对方在开玩笑。

"现在的三维宇宙，科技已经退步到这个程度了吗？"纸片鱼很不高兴地扭了扭头，"我的名字叫稳稳，运行稳定的稳。我旅行过亿万光年的距离，走过无数褶皱的超空间，看过无数星云与黑洞，知道你们宇宙的终极真理。人类，你对我还有什么疑问吗？"

这一刻四周寂静无声，黑暗流动得幽暗庄重，旷远的夜空充满令人敬畏的神秘，星子亘古遥远的闪烁仿佛某种仪式。

沈沐宸沉吟片刻，似乎陷入了深思，然后他抬起头问："你是清蒸好吃，还是红烧好吃？"

"再见！"稳稳愤然摆动尾巴，"啪"的一声将一本薄薄的书砸在桌上。

那看上去像是再普通不过的一本纸书。

沈沐宸的手疑惑地触摸到书封，感到一阵奇异的微凉，像是摸到命运深海的凉意。

"人类世世代代都喜欢故事。难道你们从来没有想过，你们也是另一种智慧生物笔下的人物？你们的故事都已经被设定过，每一次巨大的技术进步或灾难，都是书写者一时的心血来潮而已。"

稳稳居高临下地看着他，掷地有声地说："红桃J，就是你们宇宙的书写者。"

屋子里黑得如同一道深不见底的谜题，沈沐宸沉默了。

他意识到，或许这不是一场游戏。

"我不认识红桃J，只是看了一部幻想小说而已。"

"哈？"稳稳发出几声滑稽的怪笑，"那不是幻想的未来故事，那是被人类遗忘的历史。"

纸片鱼跳跃到书上，像一束光芒投入水中，令书册熠熠生辉："而你眼前的这一本，是红桃J送给你的礼物，它是你人生的剧透书——现在打开这本书，你读到的每一句话都会成为你自己的命运。"

三

月色荒谬，少年目光充满迟疑。

——世界真的能被一本书剧透？

从物理学的角度，如果知晓关于"现在"的一切细节，就可以计算出过去与未来。人类徜徉于时间的河流中，拥有无穷多的量子态，在信息足够充裕的算式里，他将既是一个婴儿，又是一位老者，他是自己人生的任何阶段，是此生所有经历的合集。

按照纸片鱼稳稳的说法，它们拥有与人类完全不同的高维度文明，能算出远超人类文明的真理算式。

"为什么还不打开？"稳稳好整以暇地瞅着他，"即便你不相信，只要打开看看就知道真假了。"

"你刚才说你可以拖动我人生的进度条。"沈沐宸突然抬起头，"这意味着我可以选择其中的章节打开？"

"当然可以，即使你想看五十岁的自己也没问题。"稳稳得意地用鱼鳍拍了拍肚皮。

"不需要那么远的剧透，我想先看其中的一章——"沈沐宸想了想，深吸一口气，"遇到爱情的那一章。"

话音刚落，沈沐宸眼前突然暗了下去。

有那么一瞬间，他以为自己失去意识了，但旋即呈现于黑暗中的画面却异常清晰——他看到自己走在校园里，经过图书馆的安检门时，另一个人匆匆迎面走来，两人擦肩而过时，自己的身形一个踉跄，手中的书掉落在地上。

对方关切地停住脚步，替他把书本捡起来。

"你没事吧？"

你没事吧？

沈沐宸猛地睁开眼睛，像从梦中惊醒一样，他难以置信地环顾四周，微凉的大理石地面，抱着书册来来去去的的男女同学，这里并不是他熟悉的中学校园，而是大学图书馆！

四目相对，等沈沐宸看清了眼前人的脸孔，不禁有些尴尬，那是一个圆脸的老大爷，看样子是图书馆的管理员。

不是吧？沈沐宸的嘴角抽搐了一下，如果人生剧透书是真的，那么现在就是他遇到爱情的时刻？

"身体好多了吧？"大爷似乎和他挺熟。

"好多了。"沈沐宸只好随口敷衍。

"咖啡和熬夜要戒掉，胃病不能长期依靠药物，主要靠养。"笑眯眯的大爷慈祥地说，"那次你胃病发作送到校医院急诊，你的女朋友可是急得差点儿打人。"

女朋友？沈沐宸愣住了，许多画面在脑海里轻快地闪过……

"我叫云未暖，白云的云，未来的未，温暖的暖，是新来的实习编辑。"

"我想问个问题，你是处女座吗？写文之前键盘要消毒这种事情，只有处女座才做得出来……"

"你的文优缺点都很明显，故事里悬念很强，那些人物似乎都有一种赴死的慷慨孤勇，可感情仍然有些薄弱，或许因为……为死亡而生的感情总是不如为生存的挣扎来得打动人心吧。"

"我们一起努力吧，加油！"

"每一个角色都灌注了作者自己的灵魂，哪怕是再小的龙套。不要让龙套只是龙套，至少在某个场景中，他是主角。"

"很多时候坏故事的产生，恰恰是因为你太想写一个好故事。"

"反复改也不行，一开始就糟糕的故事，改一千遍也不行。能改好的故事，是因为它本身就不坏，只是存在一些结构上的缺陷。而最好看的情节肯定不是你写得最纠结的那部分，因为充分的灵感会让故事表现出某种令人激动的流畅。就像现在这样！"

沈沐宸的心头微微一动，与他讨论稿子的少女神色那样认真，眼睛像是雾遮云深之处，有天光与潭水。

原来这些年过去，他竟然真的成了一名作家。

回忆如电影画面般闪过，他记起来自己在大学里用课余时间写小说，一开始没有什么人看，但他遇到了她。他们在人海中看见彼此，携手走过了冷峭的春日，迎来阳光丰沛的盛夏。几年后，沈沐宸的作品开始畅销，他的名字频频出现在新闻头条中，作品被翻译成多国语言，流行于世界各地。

不过，在他头脑中，那种推导某个物理公式的冲动已经完全消失了。

也就是说，不知在何时，他的突发性学者综合征已经痊愈了。

时间真的可以治愈一切，甚至连从童年时就开始困扰他的社交恐惧症也仿佛被某只手柔和地治愈。如今他在人群中很舒适，再没有那种不自在的感觉，他甚至能够理解人们丰富的表情所包含的情绪，理解他们的幽默、嘲讽与社交话语的弦外之音。他成为他们中的一员了。

发现这一点时，沈沐宸心中仿佛轻轻放下了一块大石头，不知为何，又有一丝莫名的怅然。

"她来了。"图书馆大爷朝出口说。

一个背双肩包的少女走过来，她剪着清秀的短发，衣着干练，神色似乎有些若即若离的冷意，就像她身上柑橘味的香水，被月光调过一般。

"交稿。"少女面无表情地朝他伸出手。

"那个，我还要到图书馆借几本书。"沈沐宸忍不住"咳"了一声，"我先走了……"

"等等。"云未暖毫不客气地拦在他面前，"书我帮你借，你去写稿，不会又想拖稿吧？"

午后日光慵懒，坐在图书馆里，沈沐宸忍不住苦恼，刚才怎么会认为当作家轻松的？他对一些重要的人和事都有印象，不过，毕竟是因为拖动了人生剧透书的进度条，他才会从中学一跃而来到大学，不少细节他都错过了。

更要命的是，云未暖催他赶紧更新的那部小说，他也只记得大致情节和人物而已。沈沐宸想了想，登录他连载小说的网站。在他的专栏里，正在连载的是一部名叫《书写者》的小说。

小说背景设定在烽烟四起的乱世，一对双胞胎兄弟在战争中加入了敌对的阵营。弟弟心地善良，误入哥哥设下的圈套，身受重伤成了阶下囚。

女主角是一位训练有素的美艳卧底，也是弟弟的恋人。她假意接近哥哥，暗中利用哥哥的势力布局营救弟弟。哥哥以反派的身份出现，经常给她和弟弟制造麻烦，几次差点儿置弟弟于死地。其实哥哥对女主设的局心知肚明，最后关头，哥哥为了救弟弟和女主，自己在一场爆炸中死去。这个时候女主才发现，一直以来自己遇到的所有的埋伏、狙杀都是掩人耳目的幌子而已，哥哥做的一切都是为了保护她不受真正大反派的伤害。

更要命的是，她终于发现其实自己一直喜欢的是哥哥，小说迎来虐心大结局……才怪。女主不甘心受命运的摆布，于是历尽千难万险去找这个故事的作者，要求修改结局。终于，她跨越次元壁见到了作者，竟然发现作者的脸和哥哥一样！

和哥哥长得一模一样的作者正在写真正的大结局：当所有人都以为哥哥死于一场巡航舰爆炸事故时，镜头回放到三天前：在巡航舰上，哥哥冒充士兵登舰查看，竟然通过某种方式意外地看到了自己三天后被困火海的那一幕。当爆炸真正发生时，他因为预先看到过所有的埋伏和危险，所以在千钧一发的时刻顺利出逃。

他逃出来之后占据了作者的身体，像寄居生物控制宿主一样，开始指挥作者来书写自己的命运，他改变了女主不爱他的事实，也改变了自己的结局。

这时，女主角开始困惑：如果哥哥"死后"的情节都不是原来的作者书写的，而是由哥哥执笔捉刀的，那么她"发现"自己的心意是真实的吗？她究竟爱的是谁？

文下的评论十分热闹，读者一片哀鸿遍野，不少留言都是"求剧透"的，沈沐宸一条条认真地翻看，心中涌起奇怪的感觉。

这个故事虽然是他写的，但正如书中的人物没有答案一样，他也没有。

他甚至无法确定，自己是书写者，还是被书写的那一个。

不一会儿，抱着书的云未暖来到他身边坐下，沈沐宸侧头问她："你想知道这个故事的剧透吗？"

云未暖将借来的书放在桌上，她的五官虽然天然高冷，但眼底有阳光的温度："剧透这件事太无趣了。"

"怎么说？"

"即便是作者，心中藏着这个故事的走向，但在真正落笔之前，一切皆有可能。

"最美的星海与银河，都来自你头脑和眼睛的创造。当你创作出一个故事，那个世界就诞生了，它不是虚无的。你穷尽所有想象力所能抵达的边界，就是你所拥有的宇宙。"

沈沐宸心中怦然一动。

"还记得你的处女作《未来已来》吧？在一座未来城市里，每个人出生之后都有三次机会去领取自己人生的剧透。一开始剧透很受欢迎，后来越来越多的'剧透'却让人们失去了生活的热情。大街上几乎看不到人了，年轻人都躺在家里，等着人生中那些痛苦与幸运的时刻到来。只有一个少年无法被剧透，神秘的黑衣人开始抓捕他，他开始了寻找自己身世之谜的冒险之旅。

"当时我就觉得，这个故事太惊艳了。"午后的阳光落在少女的脸庞上，泛着诗意的光泽，"人类对于未知的好奇如此浓烈，亿万年前第一次抬眼望见星辰，亿万年来一次次望见自己内心的星辰，正因为那种未知，他们才能凭借一种叫'希望'的东西撑过很多难熬的岁月。无论故事还是人生，最精彩的都是那些还没有被剧透的部分吧。"

四

这一段剧透的人生太温柔了，沈沐宸想。

他在图书馆借了好几本书，跟云未暖一起回到公寓，她贴心地将一杯温热的红茶递给他。

"如果人生是一个故事，"沈沐宸用手握住茶杯，"有没有这种可能，一个人在读一本书，而他发现自己恰好是书中的人，他读到的每一句话，都会成为他自己的命运？"

云未暖的眼睛可爱地弯了起来："如果人生是一个故事，在抵达人生终点之前，这个故事是不会被剧透的。"

不会吗？沈沐宸露出些微迷惘的神色。

"差点儿忘了，今天要把屋子收拾一下。"云未暖起身抱起一个纸盒，里面装着旧书报和其他凌乱的杂物，"这都是前房东留下的一些杂物，我拿去扔掉。"

"我去吧。"沈沐宸接过她手中的纸盒，这时，一张发黄的旧报纸不小心从盒子里掉了出来。

他俯身去捡时，目光不由得被报纸的内容所吸引。

旧报纸头条是轰动一时的学术造假丑闻，一位名叫陈牧深的物理学教授在《科学》杂志上发表了一篇关于反物质的论文，被发现实验结果不可重复，数据造假，陈教授随后被实验室开除。

在公众和学界的声讨声中，陈教授始终不肯承认造假，不肯道歉，并强硬地表示自己的所有实验数据都是真实的。但随后，世界各地数十名科学家用同样的方法做出的实验数据，都不支持他的自辩。

陈牧深因此而臭名昭彰。激烈的攻击与谩骂持续了一段时间，陈教授本人也渐渐消失在公众的视野中。半年之后，传来了他自杀的消息。

在物理学家的遗物中，除了一些研究手稿，还有一幅奇怪的图画。画面上一个半人半鱼的形象站在月亮下，影子上长着斑点。画上还有几句令人费解的话：

"我们被困在镜子中。"

"你的影子长成了实体，它要吞噬你。"

"昨天和明天都是存在的，只有今天不存在。"

最后一句话来自童话《爱丽丝镜中奇遇记》。没有人知道这位物理学家临终想要表达什么，诡异的画面与毫无逻辑的文字让人们认为他应该是在人生的最后阶段因为压力过大而精神失常了。

"你去把杂物扔掉，我去泡一杯柠檬水。"云未暖哼着小调朝厨房走去，没有注意到身后沈沐宸的异样。

沈沐宸拿着报纸站起身来，手竟然止不住地发抖。他不明白，为何那条多年前的新闻会给他如此大的惊悚与震撼。

"柠檬片放在哪里？"云未暖的声音从厨房传来，"我找不到柠檬了……"

沈沐宸扶了扶眩晕的头，脸色苍白地来到厨房，云未暖背对着他一声欢呼："找到了！"

她神色轻松地打开水槽的龙头，仔细冲洗过柠檬，然后拿起水果刀开始切柠檬片。也许是冰冻的柠檬表面太过光滑，云未暖切的时候一不小心，"唔"了一声，血珠顿时从指间渗出来。

闻到血腥味的刹那，沈沐宸感到心脏在胸腔里剧烈地跳动，听到自己急促的呼吸，柠檬味混合着一缕血腥味充盈在鼻端，他眼前骤然一片血红，突然失去了所有力气。

"当心！"

耳边传来一声惊呼，沈沐宸双眸紧闭，那种夹杂着柠檬味与血腥味的难闻气味瞬间要将他拉扯下无底的深渊……

那种味道，就像一段黑暗的记忆本身。

他曾经在什么时候闻过这可怕的味道？为何他想不起来？

"沈沐宸！"云未暖焦急的声音在耳边传来，将他的意识从短暂的模糊中拉了回来。他睁开眼睛，只见云未暖半跪在他身边，眼神中带着紧张和关切，"你是晕血吗？"

沈沐宸虚弱地摇了摇头："手没事吧？"

"小伤而已。"云未暖伸展修长的手指，似乎松了口气，"冻柠檬表皮太滑了，划了一道小口子。"

"我……不习惯柠檬的味道。"沈沐宸迟疑了一下，才艰难地说。

从小到大，他都惧怕一个很寻常的地方，那就是厨房。

在这个烹饪食物的空间里，他会压抑到喘不过气来。如果具体问他害怕厨房里的什么，他却说不上来。不是锋利的刀具，也不是加热食物的明火，如果一定要说，可能是水槽……那种滴滴答答的水声令他难受，还有柠檬。

沈沐宸会对一切柠檬味的饮料与食物反胃，但医院的免疫检查结果显示，他对柠檬并不过敏，也就是说，是心理原因引起的不适。

"你把手指先处理好。"沈沐宸脸色苍白地说。

云未暖不放心地一边在抽屉里找创可贴，一边回头看他，把自己的手指包扎好，然后把沈沐宸半扶半推到沙发上坐好，解下围裙，抱起那个纸盒："你休息一下，我去扔杂物。"

"那张报纸……"沈沐宸忍不住叫住他，"报纸头条上提到的陈教授，你听说过吗？"

"陈教授？"云未暖回过头来，认真地想了想，"是一位去世的物理学家吧？我小时候听我叔叔提起过他，说他学术造假。"

报纸上报道，陈教授的研究论文很有天赋，在反物质领域也有突破，但是其他物理学家用同样的实验方法，都无法得出他的实验结果。那个实验本身太美了，很多人经过千百次计算，都无法找到比它更好的模型。

太可惜了，那惊人完美的实验是伪造的。

"也许是一时糊涂才做出造假的事吧？毕竟基础理论研究是一条太孤独的路，在那条路上，太难看到光了。"云未暖摊了摊手。

真的是这样吗？沈沐宸只觉得胸口堵得慌，悲伤满溢，几乎要落泪。

"咦，"云未暖也看到那张报纸了，"昨天和明天都是存在的，只有今天不存在。报纸上这句话，是童话故事里的句子吧？"

"出自《爱丽丝镜中奇遇记》，数学家卡罗尔的作品。"沈沐宸回答。

"其实我一直觉得，我们的宇宙巧合得像一个童话。"云未暖调皮地吐了吐舌头，"恰到好处的液态水、温度，符合生命诞生条件的所有的一切，都太像一则童话本身了。"

"童话未必都是美好的。"沈沐宸抬起眼眸，脸色苍白如雪，"在《爱丽丝镜中奇遇记》中，红皇后还有一句台词：你必须不停地奔跑，才能使你保持在原地。对于生命和宇宙而言，停滞就意味着灭亡。不，比不停地奔跑更残酷，只要一种生物无法实现物种跃迁，无法在漫长的进化过程中鱼跃龙门，变成另一种完全不同的更强大的'自己'，就意味着它的灭亡。生存的进化，也意味着失去自己。"

我们被困在镜子中。

你的影子长成了实体，它要吞噬你。

陈牧深的遗言究竟是想告诉这个世界什么？为何自己的耳边反复响起那近乎疯癫的呓语？沈沐宸用双手扶住剧痛的头，只觉得阳光照在身上冰冷。

"把那张报纸留给我。"

"嗯，好。"

云未暖出去扔杂物了，屋子里只剩下沈沐宸一个人，他心事重重地盯着那张旧报纸，目光落在最后几段上，那里写着陈教授自杀的细节。

报道上写，陈教授是割腕自杀的，在自己家的厨房里。

厨房？

沈沐宸突然间心神恍惚，那种紧拽心口无法呼吸的痛楚再次袭来，他突然意识到，纸片鱼给他剧透的人生之书里一定省略了某个重要的情节！

"看来你不太喜欢这一段的剧透？"纸片鱼稳稳出现在沈沐宸眼前，一脸幸灾乐祸地看着他，"你看上去可不太好。"

"把剧透书给我，"沈沐宸突然凝视着它，"我想看自己过往的人生。"

他想要重新翻阅所有回忆的章节，确认自己没有遗漏某处重要的情节。或许这样，他就能知晓那不知名的痛苦、恐惧、疑惑从何而来。

"那可不行。"稳稳狡黠地眨了眨眼睛，拒绝了他，"既然是剧透之书，当然只写着所有还未发生的情节。那些发生过的事情都记录在你的脑海里，如果你需要重温，问你自己的记忆就可以了。"

沈沐宸沉默了。

"你所有的记忆搭建成了一座意识的阁楼，在某种意义上，正是记忆构成了现在的你。"稳稳笑嘻嘻地说，"遗忘是很正常的，也是必需的，就和睡眠一样。"

"和睡眠一样？"沈沐宸微微愕然。

"是的，没有遗忘，就没有记忆。"稳稳打了个比方，"再小的场景，它的细节都是无穷大的，比如在一间普通的餐厅，你不可能记住每个人身上衣服的纹理与皱褶的细节，不可能记住酒柜里每瓶红酒的产地和年份。人类大脑的存储空间是有限的，它能保持逻辑记忆的秘诀就在于无视与遗忘掉无关紧要的细节。"

沈沐宸明白了对方的意思。即便是一只纸杯，它在粒子量级的信息也可以大到无穷，太多的信息就像无限增大的熵值一样，无法实现存储。

所有的记忆都伴随着遗忘，就像光和影子相伴相生。过往的经历在每个人的脑海里都是一幅宏大的透视画，总有些远景是模糊的，他知道它存在，但是看不清，也记不起来。

"如果是很重要的事情呢？"沈沐宸深吸一口气，"重要到我觉得非想起不可的事情。"

即便只是碰触到任何细小线索，也能让他战栗的事情。

"那极有可能是'选择性遗忘'。"稳稳沉吟片刻，"或者说，是大脑刻意的保护行为，被遗忘的往往是难以面对的记忆。"

"怎样能想起来？"

"或许你永远无法想起来。如果那段回忆本身是大脑所拒绝的，遗忘正是人的自我保护与防御。"

五

那晚沈沐宸搜遍了网络上所有能找到的关于陈牧深事件的信息，可除了学术造假丑闻和自杀报道之外，没有任何其他新的线索。警方也没有把这起自杀事件作为刑事案件立案。

只在一个很小的科普论坛灌水帖里，有人问："陈牧深怎么会自杀的？"下面有一条不起眼的回复："陈教授不是自杀，是被谋杀的。"

帖子是匿名回复的。除了这句话之外，再没有其他任何信息。

从那之后，纸片鱼很久都没有再出现。

天渐渐冷了起来，冬日黄昏下着薄雪。这天回家时，沈沐宸与云未暖的脚步都很慢，似乎都不急于结束雪中同行的时光。

灯光温暖地铺展，他们没有对视，但能感觉到彼此。沈沐宸的喉咙动了动："我……"

云未暖的脚步停住了。

"希望你能……"沈沐宸几乎用尽了全部的气力，才将一个小小的盒子打开，钻石的光芒倒映在云未暖的眼里，如同冬夜的星星。

他下定决心求婚了。

在他即将开口说出那句话时，一个戴礼帽的少年突然经过他们身边，停住脚步似笑非笑地看着他："沈沐宸？我找你很久了。"

风倏然转向了，雪花在这一刻朝着相反的方向飘去。灯光坠落在少年的黑色大衣上，如落花吻夜。

少年唇红齿白，像是油画中走出来的中世纪贵族："其实我平时不大看小说的，但你对未来的幻想让我很有兴趣了解。"

沈沐宸怔了一下，觉得这个少年似曾相识。

"在想象力上，科学与艺术是共通的，艺术家眼中的未来与科学家眼中的未来，本质上是同一个故事。"少年凝视着沈沐宸，"宇宙中，所有的粒子都有与它截然相反的粒子，就像我们在镜子中一定会看到左右相反的自己。恰因如此，在你的故事里，主角才可以透过心灵蒙尘的表象，去寻找那个真正的自己。"

少年将一只信封递过来："看看这个吧。"

"这是？"沈沐宸心中泛起一种奇异的感觉，他疑惑地将信封打开，只见里面有一份影印件，是一封录取通知书。

沈沐宸同学：

你的申请材料与论文我们都已收到，非常荣幸地通知你，你已被我校物理实验班录取。

落款是一所声名卓著的学府，那里的少年实验班被称为"天才基地"，汇集了全球最顶尖的高智商少年们。

"四年前,你曾经被世界上最好的物理系录取,但你拒绝了他们。为什么?"少年问。

沈沐宸难以置信地看着手中的影印件,这应该是他人生中的大事,但他却毫无印象——这只有一种解释,有人代替他做了决定,并让他忘记了这段往事。

"我不知道……"沈沐宸脸色苍白,"我不记得了。"

曾经他想逃离那种强迫症一样的灵感,如今他却因为失去那种冲动而更感空虚和恐惧。

没有冲动,没有回忆,他在往事的迷宫中迷失了自己。

他看到那些物理学方程式时,心中不再有强迫症一样的冲动,只剩一些薄雾般的惘然。像是大雨过后地上留下的一滩水,痕迹寡淡。

四目相对,沈沐宸心中奇异的感觉更浓。他突然意识到,他在哪里看过少年的脸……

六

"我叫崔顿。"

多年前的那个周末,沈沐宸在学校的画展上看到了《扑克牌之战》,那时,少年从身后拍了拍他的肩膀:"很有趣的一幅画,不是吗?"

对方的眼眸漂亮,如同纸牌上的桃心重叠了夜色,带着一丝促狭的热切笑了笑,吹着口哨转身走入了人流。

沈沐宸站在原地,看着少年越走越远。

《扑克牌之战》上的纸牌图案栩栩如生,仿佛活物一样朝着他微笑眨眼。

他终于记了起来,自己命运的转折点,正是从那个时候开始的。

时隔四年,崔顿再次出现在他面前:"你十五岁时写出的物理学论文已经展现出惊人的天赋——你是否想过,那时在自己身上究竟发生了什么?"

沈沐宸微微茫然:"那是'突发性学者综合征',医生说,那是毫无来由获得的天赋。"

"世界上没有毫无来由的事。"崔顿站在雪景里,笑意微妙,"天赋也从不是别人赋予的,它原本就属于你。如果有命运之手,命运不过是恰好激活了它而已。"

少年的语气有种傲慢,眼神充满掌控力。

冬日的树木像一座座沉默的雕像般迅速后退,沈沐宸心中的时光也一帧帧倒退,光影模糊。

"我对物理学只是短暂地热爱了一会儿,"沈沐宸茫然地看着对方,"如今,我只是个小说作者。隔行如隔山。"

"隔行如隔山,那是对普通人而言的。对天才来说,天赋之梯直达山巅,高山与高山绵延相通,学科之间并没有不可逾越的壁垒。所以达·芬奇既是医学家,也是画家;卡罗尔既是数学家,又是文学家……你听说过纸牌人俱乐部吗?"

沈沐宸当然听说过。

纸牌人俱乐部太有名了,据说在星际迁移之前就存在了。

俱乐部里的成员都用纸牌代号为自己命名,虽然它只是一个科学爱好者俱乐部,但能通过注册流程的都是非凡人物,甚至有人说,世界上最好的基础物理学者都在这个二次元俱乐部里拥有一张纸牌。

"你在纸牌人俱乐部拥有一席之地。"崔顿说。

沈沐宸愣了一下,他的第一反应是对方在开玩笑:"不可能……"

"跟我来。"崔顿朝他伸出手。

仿佛被一股莫名强大的力量与好奇推动着,沈沐宸将自己的手伸出来,交给了少年。

刹那间,增强现实的 AR 场景迅速笼罩了沈沐宸的周围,改变了他的视野。

沈沐宸愕然环顾四周:"我们在哪里?"

"在游戏里。"

崔顿牵着他的手往前走,静谧的湖边,一个无脸小人儿和他在水中的倒影清晰可见。那个无脸小人儿慢慢转过身来,耳边同时跳出提示音:欢迎归来。

归来?

他一时间没有明白这句话的意思,游戏界面迅速而清晰地展示在他眼前,他的姓"沈"的拼写"SHEN"与对应的基因编码序列号赫然出现在右上角。

游戏界面太奇异了,看上去毫无逻辑,场景却极为逼真,几个 19 世纪打扮的年轻贵族在激烈地争吵。

一个傲慢的年轻人大声说:"卡罗尔,你简直在浪费时间!写一堆无聊透顶的低劣情书,乱七八糟的都是什么东西?不要再写那些无聊的东西了!"

被质问的棕发少年耸耸肩,毫不客气地回敬:"生命就是一封低劣的情书,来自宇宙的馈赠。甜言蜜语都是虚假,但你仍然要选择相信,这就是人生。如果不信,你会发现自己根本什么都不是。"

　　沈沐宸心中一震。

　　眼前这个一头棕色卷发的年轻人就是《爱丽丝镜中奇遇记》的作者,数学家刘易斯·卡罗尔?

　　"你在写的故事叫什么名字?"沈沐宸走过去问。

　　"《爱丽丝镜中奇遇记》。"卡罗尔回答。

　　一扇未知的大门轰然打开。

　　金碧辉煌的宫殿里,盛装的王后坐在宝座之上,阶下是少女、兔子与巨大的时钟。

　　沈沐宸意识到,这是《爱丽丝镜中奇遇记》中的场景!

　　"那是很好的果酱。"王后说。

　　"至少我今天不想吃。"爱丽丝摇头。

　　"你就是想今天吃也吃不到。"王后说,"我定的规则是明天有果酱,昨天有果酱,但是今天绝不会有果酱。"

　　"那么一定会有'今天有果酱'的日子啊!"爱丽丝反驳说。

　　"那不可能,"王后说,"规则是每隔一天吃果酱;今天可不是吃果酱的日子,昨天和明天才是。"

　　"我弄不懂,"爱丽丝说,"这简直叫人莫名其妙。"

　　"这就是逆向生活的效果,"王后和气地说,"但一开始总叫人有点晕头转向。"

　　"逆向生活!"爱丽丝惊奇地重复了一句,"我从来没听说过这样的事。"

　　"可是这样做有个很大的好处,它使一个人的记忆有两个方向。"

　　"我知道我的记忆只有一个方向,"爱丽丝说,"我不能记住还没有发生过的事。"

　　"仅仅能够向过去追索,那真是一种可怜的记忆。"王后说。

　　"那么哪一类事你记得最清楚呢?"爱丽丝冒昧地问。

　　"下个星期要发生的事[①]。"王后随随便便地回答。

[①] 本段引自刘易斯·卡罗尔《爱丽丝镜中奇遇记》,南海出版公司2015年版,引用时部分译文有所调整。

王后和爱丽丝开始激烈地争吵，崔顿牵着沈沐宸的手，径自从她们面前走过，头也不回地说："走吧，我们的目的地在前面。"

　　他们走出宫殿，经过一片温柔而广袤的海滩。只见一个金色卷发的孩童在海边玩沙子，身影孤独。

　　"嗨，艾萨克。"崔顿向那个孩童招手。

　　孩童抬起头，深绿色的眼睛毫无兴趣地看了他们一眼，继续堆他的沙堡。

　　浪花拍过来，将小小的沙堡冲散了，艾萨克·牛顿露出沮丧的神情，换了一个地方玩耍。

　　他们继续往前走，一个满脸褶皱的老头儿拿着玻璃和陶瓷专注地捣鼓着什么，他的眉毛几乎与眼睛长在了一起，眼窝深陷，头上戴着一顶黑色的礼帽，雪白的胡子长得拖到襟前，身后还有一个奇怪的架子。

　　"你好，列奥纳多。"崔顿向老头儿打招呼。

　　"你们好，年轻人。"列奥纳多·达·芬奇声音沙哑而可亲，热情地朝他们挥手。

　　"你在做什么？"

　　"做人的心脏和眼睛。"达·芬奇扬了扬手里的玻璃和陶瓷，指着身后的架子说，"我还想开采更多的时间。"

　　"开采时间？"

　　苍老的达·芬奇抬起眼睛，似乎在聆听头顶树木的沙沙作响："是的，开采时间，年轻人。不是两小时或三小时，不是三维意义上的延长，所有的计时单位都是人类的文字和数字游戏，真正的时间是不可计量的，它是无边无际的海洋，是概率海洋中的无限可能性，是那些创造奇迹的潜能。

　　"给予一个人更多的时间，就让他能拥有更多的'自我'。

　　"人可以探索自己更多，也就意味着他可以探索宇宙更多。"

　　达·芬奇继续用玻璃和陶瓷制作心脏和眼睛，崔顿带着沈沐宸继续往前走，终于，他们走到了一片寂静而宽广的水边。

　　水面平静得就像一面镜子。

　　他们蹚入水中，耳边听到了时钟的滴滴答答声，这是一片时间之湖，所有的分秒都如有实体，那样清澈、透明而精确。

一个小男孩涉水而来，身上带着战火的痕迹。

他长着东方面孔，衣衫破旧，手臂上有血痂，头发脏污，眼睛却像被湖水洗过一样动人。

看到那个男孩时，崔顿露出奇异的神情。

"红桃J。"崔顿突然恭敬地弯下腰，亲吻男孩的手背。

沈沐宸一怔，他突然想起当初纸片鱼对他说的那句话："红桃J，就是你们宇宙的书写者！"

"我一直在慎重地选择这个时刻，终于等到了你。"男孩的目光落在沈沐宸的脸上，清澈、笃定而天真，沈沐宸这才意识到，男孩是在跟他说话，"这是亿万次演算给出的结果。"

"你是那个唯一能帮助我的人。"红桃J说。

"我不明白。"崔顿露出嫉妒而疑惑的神色，"为何是他？他只是个新来的。"

"纸牌人俱乐部已经存在很久，几乎和人类的历史一样悠长，"红桃J的眼睛里露出遗憾的神色，"可惜，如今纸牌人俱乐部里已经没有纸牌了，只有一群乌合之众。"

时代没有真正的天才，科技与哲学都沉寂如铁。

所有的水滴都沉默下去，时间仿佛因为悲伤而凝固了。

"有一个叫陈牧深的物理学教授，你……知道他吗？"沈沐宸迟疑地开了口。

"他是研究反物质的物理学家。"红桃J回答，"很年轻的时候就被谋杀了。"

沈沐宸脸色骤然苍白："谋杀？"

"他没有学术造假，他的实验数据是真实得出的。"红桃J的语气云淡风轻，似乎只是在叙述一件事实，"反物质湮灭时产生的能量巨大，整个时空包括我们自身都会被拉伸，但没有任何人能感觉到，因为拉伸的幅度比原子的半径还要小。"

"我不明白……"沈沐宸愕然地盯着对方。

"一座大厦的地基如果是倾斜的，那么这座大厦永远也不可能建成。这也是陈牧深的实验结果不可重复的原因。他的方程式里藏有一个他自己都不曾发现的基础误差，正是这个误差让方程式变得完美——完美到不真实，完美到永远无法证明。"

"什么误差？"

"已知的物理学定律，"红桃J将目光投向远方，"全部的。"

全部的、已知的物理学定律。

"整部人类历史的宏大史诗，在宇宙尺度上只是最微小的细节。"

红桃J的声音不高，却如此清晰，那是巨大的真实，如同人类第一次望见无边无际的巨大月亮与陨石坑时那种震撼的真实。

"如果反物质湮灭时产生的能量恰好将宇宙拉伸出一个微小的调整阈值，在那个由新的物理规则构成的宇宙中，所有已知的物理学定律都不复成立。结论只有一个——陈牧深所在的那个世界与你们并不相同。

"陈牧深有他自己的世界，世界是不连续的，时间是不连续的。"

"我不明白。"

"你逛街的时候一定遇到过这种情况，你要找一间门牌号为147号的店铺，但奇数号和偶数号分列在马路的两侧，当你在马路的这一侧时，你可以找到146号、148号，但永远找不到147号，哪怕它近在咫尺。"

"那我可以过马路。"

"如果这是两条没有人行道、永不相交的马路呢？"红桃J说，"就像你和镜子里的那个你。"

静谧的湖水倒映出他们的影子，世界像一张上下对称的纸牌。

"陈牧深在实验室遇到了一道千载难逢的光，可是那光芒如同宇宙眨了一下眼般转瞬即逝，无法重复。他的世界与你们的世界彼此迥异而又奇妙对称，就像我们拥有左手和右手，宇宙和时间，都拥有成双对称的解。更奇妙的是，如果你站在147号店铺的内部，你永远看不到它的屋顶与屋外时间铺成的道路。但站在马路的另一边，你可以将对面看得一清二楚，看到一个人生命河流的发端、流向与归处。

"你，和镜中的他，是彼此的故事，拥有永不相交的人生。"

"这太奇怪了……"沈沐宸喃喃地说。

他心中有种莫名的恐惧如水漫溢。

"奇怪的不是我们，是你。"崔顿回过头，神色微妙地看着他，"看看自己的影子。"

沈沐宸低头看去，水中倒映着一个陌生的、苍白阴郁的青年，长着和他一模一样的脸。

他摸了摸自己的脸。

在水面上，什么东西能与自己的倒影一模一样？只有水面本身。

刹那间，沈沐宸心中的震撼难以形容。如果这是游戏，那一切都太过真实，如果这是答案，那一切又太过荒谬……

纸牌人俱乐部上的SHEN，不是"沈"，而是"深"，那是陈牧深的账号！

沈沐宸，倒过来念就是陈牧深！

红桃J悲悯地看着他："那是你人生的另一种可能，是你刻意想要杀死的可能。"

在爱丽丝与王后的对话中，爱丽丝问："那么哪一类事你记得最清楚呢？"王后回答："下个星期要发生的事。"

在今后的岁月中，沈沐宸将亲手杀死那个热爱物理学的自己。

陈牧深说，我们被困在了镜子里。

物理学家陈牧深的确是被谋杀的，他将被沈沐宸亲手杀死！

"所以，这就是真相，两种并行的真实，两种平行的人生。"

红桃J负手站在水中，水面光影交错，剧透书快速地翻动起来……男孩的声音在耳边传来："去吧，看一眼你的人生之书和它的结局吧。"

七

沈沐宸眼前的景物骤然变得模糊，只有一点儿火焰格外清晰，那是炉火。

冬日的火炉十分温暖，他发现自己靠在一张躺椅上。

他的左手摸到右手，布满皱纹的皮肤如同被时间之掌反复揉搓过的白纸，柔软而衰朽。

他老了。

苍老的他感觉到身体的疲惫，以及内心的宁静愉悦——在看到眼前的人时。

云未暖也老了，满头银发的她仍然有冷艳之感，但那双眼睛看着他时却温暖如晨星。她为他盖上一床毛毯，俯身在他的额头上轻轻落下一个吻："你休息一会儿。"

沈沐宸留恋地握住她的手，他突然明白，这是最后的时刻。

一生的记忆画面在他眼前缓缓回放，他知道，他选择了度过平静而幸福的一生。他一直坚持写作，从少年到老年，无数的故事在他脑海中成形，再与读者分享。他得到过很多美妙的回馈，这份回馈来自生活本身，也来自他对生活认真的品尝，所有时光的养分都成为故事的一部分，她也是。他与她的爱情从未褪色，在他写过的所有故事中，她是最悠长的一个。

直到他即将进入永恒睡眠的那个冬日午后，这个故事仍未完结。爱是延续，爱是最美的开始，也是最好的结局。

他感到自己大限将至，却并无遗憾。无论是谁度过了这样的一生，都会感到满足。

他疲倦而幸福地微笑，对她说："好。"

白发苍苍的女子起身离开房间，关上门。

火光中，纸片鱼的身影悬空出现在房间里，它捧着剧透书："很圆满的一生，对吗？"

风吹动书册，每一页的纸张都轻薄如绸缎，沈沐宸倦然地躺在藤椅上，看到阳光中飘浮着一颗颗渺小的尘埃，像是无数的攀登者妄图翻越过时光的山海……

眼睛看到的世界和内心感受到的世界，到底哪一个更真实？

时间之网如山峦起伏，捕捉万物。

人类不过是这张巨网中的蜉蝣，看到网缝中的一丝光亮，以为那就是世界的全部。

沈沐宸抬起眸子，浑浊的眼睛里流露出一种孩童般的纯真，因为单纯而洞彻所有的迷雾："我还没有解开那些疑惑，那些短暂来临又离我而去的物理学灵感与冲动……它们去了哪里？"

"为什么一定执着于那些疑惑呢？"稳稳说着，将剧透书放到他手心，"人类对宇宙的疑惑有时候需要几代人才能解决；而人类对自身的疑惑，很多时候是找不到答案的——为何要埋头寻找一个答案？你不希望选择幸福的一生，写下圆满的结局吗？"

沈沐宸摇了摇头："这是圆满的人生，但它不是我的人生。"

话音落时，周围的炉火突然熄灭了，温暖的房间变得阴冷，沈沐宸环顾四周，身边只剩下黑暗与孤伶伶的自己。

他伸出布满皱纹的手，轻轻触摸那本奇异的剧透之书。

在匆忙而漫长的一生中，他无数次感到困惑，太多的细节被隐藏了，故事在微末之处失去了完整。

这是一个好故事，却是由别人执笔的。

在这本书里，仁慈的书写者为他选择了最好的道路。他拥有最好的恋人、热爱的事业、值得信任的朋友、充满希望和乐趣的人生。

他们帮助他隐藏欲望，逃离痛苦，稀释恐惧，只要他放弃头脑中那些不知来由的冲动，放弃找寻真相。

那个隐藏的真相是陷阱，是旋涡，是要将他的人生引向巨大悲剧的前奏曲。

终此一生，他的潜意识用尽每一寸力量拼命躲避物理学，即便那些天赋叫嚣着找到他，要与他共存、共灭。

"电光幻影，生命如此短暂，人真正能握住的不过是爱人的手而已。"稳稳在他耳边说，"你坚持要去寻找那个真相吗？那你会失去当下人生的全部。"

缓缓地，沈沐宸吃力地扶着藤椅站了起来，任由灯光在他苍老的身形后面拖出浓重的影子。

他已经做出了决定。

他颤巍巍地推开窗，任由冷雨涌进来："我必须解开那疑惑。"

"笨蛋！"稳稳突然恼怒地骂了一声，"你太笨了！"

四周的一切都暂时静止了，包括那些流动的光影，以及半空中狂舞的雨滴。

"你会后悔的！"稳稳大声抱怨，生气地将剧透书砸到地上，"剧透书都已经替你写好了！"

"我的人生怎样书写，我自己决定。"沈沐宸吃力地弯下腰，俯身将那本书捡起来，抚摸上面的光阴与雨水，那的确是他的人生之书。

因为命运原本就是由自己的双手书写的。

他选择如何相信，就会成为怎样的自己。

每个人的人生都有至少两次机会，第一次活在别人写好的剧本里，第二次活在自己亲手写就的故事里。

他不愿被困在镜子里。

世界开始坍塌，故事开始重构。

所有人手腕上的计时器都开始逆向旋转，剧透书的墨迹被雨水冲刷，然后再一次流动成型……

八

阳光泼在脸上,沈沐宸猛地睁开眼睛。他发现自己趴在电脑上睡着了,窗外是冬木的枯枝。

"上课要迟到啦,快点儿!"穿着校服的室友一边收书包一边催促道。

沈沐宸愕然环顾四周,难以置信地站起身,一觉醒来,他还是个普通的中学生,只有十五岁。

——被剧透的人生,水边的男孩,会说话的鲤鱼,开采时间的达·芬奇,都是他的一个梦吗?

沈沐宸看向自己的双手,掌心微微汗湿。他快速地打开电脑,红桃J的专栏空空如也。没有删除的痕迹,这个专栏根本没有发表过任何小说。

一切宛如幻梦,一切又那样真实。

从那之后很长一段时间,沈沐宸都过着平凡的中学生活。他会在闲暇时读小说,却找不到那篇叫《长生殿》的小说了。

直到有一天,他打开那个网站,突然在更新列表里看到了一个熟悉的红桃J头像。

沈沐宸心中一动,点进作者的专栏,只见里面长长的作品列表《霸道总裁的甜蜜小娇妻》《暴君,不准爱上我》《一见霸总误终身》《别逃,我的野蛮新娘》……他头疼地默默扶额,关上了页面。

两年后,沈沐宸收到了一所高校物理学基地班的录取通知书。

他很快崭露头角,被破格招录为基地班最年轻的物理学博士。次年,他提出了时间交易理论。

一石激起千层浪。先是物理学界轰动,随即整个世界为之沸腾!时间交易理论颠覆了传统的物理学假设,被誉为星际迁移时代最伟大的物理学理论成就。

人潮汹涌,欢呼声在人群中传染,保安们维持着秩序,无数的闪光灯对准沈沐宸,话筒里传来激动的声音:"沈博士提出的时间交易理论是本世纪最伟大的物理学成就,这是人类在漫漫黑夜中探索所遇的炬火!"

"这是跨时代的天才的发现……"

"物理学皇冠上的明珠被摘下!"

年轻的沈沐宸站在了物理学的巅峰。

人海和欢呼声几乎要淹没他,他却看向自己身边,那里和他的心头一样空荡荡的,像是少了什么……

他的目光在人群中寻找,也在记忆中搜寻,却找不到那个熟悉的身影。

宇宙中有无数恒星,却再没有她的眼睛。

或许那只是一场大梦而已,他并不曾真的遇到过奇怪的纸片鱼与剧透书,也不曾遇到过她。

九

冬天正落下第一场雪,沈沐宸走出大厅时,灯光温暖地铺展。他恍惚想起梦中那个下着薄雪的黄昏。

"沈博士,沈博士!"一位西装革履的男士快步从身后追上来,对方是这场学术会议的主办者,胖胖的圆脸上带着热情的笑容,"我跟你介绍一位物理学家,也是研究反物质的。"

沈沐宸这才注意到,对方身边还站着一个冷峻的青年。

"你好,我叫云归璨。"青年朝他伸出手,显出优渥的出身与良好的涵养。与很多人眼中的学者形象不同,云归璨长了一张偶像明星般英气逼人的脸孔,唇角微弯,仿佛对世界怀着一份优美的质疑。

四目相对,沈沐宸心中涌起一股奇异的感觉,对方的眼睛竟与某个人的重叠在一起……

清冷的疏离,星夜般的瑰丽。

那双眼睛太像了。

脑海中的谜团越来越浓,沈沐宸怔立良久,终于也伸出手。

"叔叔!"这时,一个粉雕玉琢的小女孩踩着雪跑过来,调皮地牵起云归璨的衣角,"你找这个哥哥一起看星星吗?"

沈沐宸突然顿了一下,人也愣在原地。

雪地阳光在那一刹那竟明亮得不真实。

女孩的脸稚气而顽皮,眼里有星。像是谁的温柔的手,在茫茫的命运的海洋中,找到了那一点儿奇迹的星光。

"见笑了，这是我的侄女。"云归璨揉了揉女孩的脑袋。

墨菲定律说，所有可能发生的事情都必然发生。

沈沐宸怔怔地站在雪中，神色悲喜交加，难以置信。

"沈博士？"

"喔,抱歉。"沈沐宸终于回过神来,"你相信人生的方程式存在两个截然相反的解吗？"

"如果命运的真相是成双出现的，那么二者的差距是微小的。"云归璨思忖片刻。

"怎么说？"

"既然镜像是现实的复刻，那么狰狞的面孔不会有温柔的倒影，荒谬的偏见也不会推演出真实的逻辑。相爱的人仍会彼此吸引,装睡的人仍然无法叫醒。"云归璨目光清冷明亮，自信得近乎傲慢，"所以，我即是我，我不在乎另一个解。"

原来如此……

世界是一艘巨大的航船，每个人都是舵手，航船的方向不断地被万千看似微小的力量调整着。

人的每一次选择决定了世界的答案。

他和她并非永不相见，而是从归处回到原点。这一次，他们错过了相遇同行的时光，相隔了长久的光阴，却在这一瞬间再次遇到了彼此。

"你好，我叫沈沐宸。"

"你好。"女孩笑嘻嘻地探出头来，"我叫云未暖，白云的云，未来的未，温暖的暖。"

SHI CHA

时差

05

我一直在想,是宇宙向我们隐藏了它的真相,还是我们对宇宙隐藏了自己?

一

牛顿说，世界是一个巨大的时钟。

时差的概率非常小，但它还是发生了。

二

十三岁的云未暖走在回家的路上，一边漫不经心地听着晚间新闻播报本市几名初中生突然失踪的案子，一边拿钥匙打开门。她看了看手腕上的表，上面的计时器显示还剩四个小时。

云未暖今年初二，平时住校，周末回家。

家里空无一人，桌上是半碗吃剩的冷饭，爸爸一定又出去打麻将或者泡酒吧了，而妈妈每个月回家的次数比高中住校的她还少。

云未暖把书包扔到椅子上，正准备去厨房给自己弄点儿夜宵，突然听到卧室里传来一声惊心的脆响，是什么东西砸到地上的声音，随后是带着哭腔的尖利女声："云璀！我跟你拼了！"

女孩舔了舔干涩的嘴唇，像被什么力量推着一样，麻木地朝卧室走去。

原来，他们今天在家。

卧室里一片狼藉，地上是几个摔碎的相框。碎得最厉害的那个是合影，那还是云未暖六岁那年一家三口去照的全家福。那天，她穿了自己最喜欢的蓝色运动衣，这件衣服早就小得穿不了了，但云未暖每年都会把它洗干净。照片上，爸爸妈妈都把手搭在她的肩上，笑得很开心。

那笑容碎在地上拼不起来了，和现在的他们仿佛不是同一个人。

云璀脸红脖子粗地喘着气，夏砚秋哭叫着将一切能摔的东西砸到地上。

"疯婆娘！"云璀狠狠揪住夏砚秋的头发，"你出去了就不要再回来！"

"你跟我离，离了我就再不回来。"夏砚秋的嘴角突然浮起一丝嘲讽的笑意，她其实是个漂亮的女人，哪怕满脸泪痕也有种动人的美，哪怕歇斯底里也不能抹去全部风情。

云璀的气势突然顿了顿，随即恶狠狠地冷笑："想得美！你想离，我偏偏拖你一辈子，拖死你，让你死也不能如愿！"

他一抬头，看到了站在门口的云未暖。

扭打在一起的男女愣了一下，云璀松开了手，夏砚秋慌乱地理了理头发，迟疑地喊了一声："小暖？"

云未暖没有说什么，转身就走，身后传来夏砚秋的哭声。

云未暖漫无边际地走在深夜的街上，摔门出来之后她才发现书包和手机都忘带了，但她实在不想回那个家。抬手看了看手腕上的计时器，上面的倒计时只剩三个半小时了，时间还在一秒一秒地减少。

去哪儿呢？

云未暖走在黑暗的街角，像一尾漫无目的的鱼。她拥有过幸福的童年，但自从父母开始频繁地争吵，甚至大打出手，她似乎就成了多余的人。有一次她去劝架，被云璀用玻璃烟灰缸打到额角，去医院缝了五针。夏砚秋哭着坚决要离婚，让云未暖跟她。云璀在医院的走廊上恶狠狠地抽烟，黑暗中的火光像是一种嘲弄："是你出轨，去打官司，也是我赢。"

他们以为云未暖睡着了，其实没有。

从那之后，云未暖就很少回家了。

手腕上的计时器还在不断地走着，云未暖低头看了看表，突然烦躁地踢开脚边的一块石头，抱住自己的头在街边蹲下。

她昂贵的时间被浪费了，和她的心意一样。

期中考试将至，这周末她原本挤不出时间回家的，但为了和父母一起度过这个她自以为还算特殊的日子，她回来了。

再过三个小时，她就十三岁了。今天是她的生日，可没有人记得。

浪迹街头的少女身无分文，除了毫无用处的三个小时的时间。虽然如今官方明令禁止时间交易，但是底层的穷人们度日如年，有大把的难熬的时间，而富人们大都觉得时间太少，只想"向天再借五百年"，于是黑市的时间交易也就屡禁不止。据说在黑市的时间拍卖馆里，那些如同珍贵的器官一样的时间化石，每一块都价值连城。"时间就是金钱"，这句话不再带有任何比喻意义。

初夏的夜仍然凉意透骨，少女突然听到一阵脚步声。

云未暖抬起头来，只见面前站着一个威严的老人，衣领一丝不苟地扣到了最上一颗扣子，墨镜遮住了眼睛，只露出挺直的鼻梁，那身影无端给人一种冷冰冰的恐惧感，就像一把架在大动脉上的手术刀。

对方叫出了她的名字："云未暖。"

"你是什么人？"云未暖本能地有些警惕。她意识到自己可能曾经在哪里见过这个人，却想不起来。

"我来自纸牌人俱乐部。跟我走一趟？"对方语气平淡，但他并不是在与她商量。

云未暖的心头突突突地跳起来，口中发干，恐惧如凉水般泼上脊背："我不知道什么纸牌人俱乐部，我也不认识你，我要回家了。"

这一刻，她突然想起了新闻里播报的初中生离奇失踪案件。

"我知道你的秘密。"对方苍老的嘴角弯起一个微妙的笑容，"时差的秘密。"

云未暖的瞳孔微微一缩，抬起眼睛。

三

云未暖有一个秘密。

她的时间总是比别人快一点儿。

她的一天也只有二十四个小时，却比别人快那么一点儿。

比如两个人面对面地站着，她能知道，十秒钟后对方会用右手抠鼻孔。

——并不是什么了不起的能力，毕竟鼻孔里抠不出钻石。在一些无关紧要的小游戏里，她偶尔会占点便宜。

这件事除了父母，云未暖只对一个人说过，是她小时候的好朋友，叫许清渠。

许清渠是云未暖叔叔家的孩子，比她小两岁，有口吃的毛病，两人是亲戚，又在同一所学校，是从小开始玩在一起的。她们都喜欢玩猜石头的游戏，都喜欢看星星。

记得有一次，穿着厚羽绒服的许清渠伸出手把猎户座指给云未暖看："看，那是M42大星云，在银……银河系猎户悬臂上，很漂亮吧。"

"嗯，看上去可够近的。"

"在1600光年外呢……"

遥远的星云团像一团萦绕的孤独雾气，又像一张模糊而温暖的脸，在云未暖眼里，那就是宇宙的脸。十秒钟连沧海一粟都算不上，时间比别人快那么一点点而已，也没什么大不了的，云未暖想。

就算拿去卖，十秒钟而已，也压根儿不值钱吧？

许清渠却用力摇头，眨了眨眼，说："假如世界反物质大战爆发前的十秒钟，你能预……预测到这场灾难，在某国总统或某国首相的手按下反物质武器按钮之前阻……阻止他，你就能拯救全人类。"

"前提是我能站在某宫或某某宫里。"云未暖随身带着一罐可乐，学着电视里的孤胆英雄的样子把易拉罐捏扁，用力砸到地上。

是的，她根本不具备所谓"预测"某件事情发生的能力。千里之外，不不，应该说几米之外的事情，只要她的近视眼看不到，她都毫无察觉。只有当她身临其境的时候，她才能比别人知道得早一点点。更重要的是，这十秒钟的时间，往往还不够她想明白是怎么回事，事情已经发生了。

就好比你知道一个拳击高手要打你一拳，但你根本躲不过，提前知道又能怎样？徒增恐惧而已。

命运，就是这只强悍的拳头。

那年暑假，许清渠的妈妈带着她坐邮轮去北半球大峡谷。意外发生了，那艘邮轮遇到海难，船上三千多名游客全部遇难。

得知噩耗是在一个再寻常不过的中午。阳光慵懒，云未暖正在食堂排队打饭，不远处的电视频道正在播广告，云未暖突然停住脚步，脸色惨白。身后的一对情侣等得不耐烦，女生催促她快点儿挪步，男生拍了拍她的肩膀："喂，补肾保健品广告有那么好看？"

十秒钟之后，广告播完开始播新闻。头条就是那日的海难事件，正是许清渠坐的那趟邮轮。

和那个暑假一起沉没的是云未暖无忧无虑的童年。

从那之后，云未暖失去了唯一的朋友。

很长一段时间里，云未暖都觉得时间流逝得格外缓慢——太难熬了，如果有人来把这些时间取走就好了，她想。她要逃离这些时间，逃离附着在这些时间上的痛苦。

那时云未暖的爸爸还有一份朝九晚五的工作，收入勉强能维持家计。云未暖问自己的爸爸："爸爸，你说，过去的时间还能再找回来吗？"

云瓘正在看报纸，不耐烦地说："不可能，过去的就永远过去了，找不回来的。"

过去的好时光回不来了。

第二年，全球经济危机蔓延。

很多如雷贯耳的大公司倒闭，富豪们一夜之间变得一贫如洗，人们都开始紧巴巴地过日子，大多数普通人都只希望难熬的日子快点儿过去。云未暖的爸爸所在的公司开始收缩规模并裁员。

云瓘年轻时做过潜水搜救员，中年进了一家基金公司过安逸日子，他没有技术傍身，第一轮裁员时就在名单上。那时妈妈托了关系，找到一位中层管理者说情。据说对方是妈妈的高中同学，还能说上话，才暂时保住了工作。

提心吊胆地过了大半年，等到第二轮裁员时，那位愿意帮忙的中层管理者自身难保，收拾铺盖走人，云未暖的爸爸自然没能幸免。

被裁之后，云未暖全家从还算宽敞的房子里搬了出来，云瓘不断地换工作，却始终没有一个能做得久的，他越来越烦躁，也越来越沉默。

父母的争吵大概就是从那个时候开始的。

人到中年，事业受挫的爸爸头发油腻，脸上没了神采，脸色铁青地不停地抽烟，家里都是难闻的烟味。不知从什么时候起，他开始酗酒，频繁对妈妈和云未暖发火，甚至动手，很多火气都是莫名其妙甚至故意找碴儿的。遭遇了一场事业的风暴，男人突然间就颓然成了难看的样子。

女人则总是以泪洗面，后来甚至不避着男人开始找律师拟离婚协议。可是她打离婚官司却不顺利，很多律师不愿意接这种家庭纠纷的小案子，好不容易找到一个女律师肯接，却半途又撂了挑子。

婚离不成，两人同床异梦，再后来，女人就不怎么回家了。有一次，云未暖看到一个高大俊朗的叔叔送妈妈回家，两个人看到她时，表情似乎都有些尴尬。

云未暖年纪虽然小，但也懂了。

这个家再也回不去了。

四

夜风叹息了一声，云未暖站在原地没有动。

"我知道你对世界很失望，对人生也很遗憾。这个结局对你这样的年龄来说，太仓促了。"

浓稠的夜色中，一辆黑色的车停在他们身旁，驾驶位置上空无一人。从车后座下来几个人，恭恭敬敬地站在老人身后。老人面无表情地朝旁边一挥手，几个人迅速上前扭住了云未暖的胳膊，少女瞬间被扭成毫不优美的高难度姿势。

云未暖大叫一声，疼痛让她的脑门冒汗。

"放开我！"她恐惧而惊怒地扭动脖子，"你们要干什么……"

"一些人终生致力于寻找特例，另一些人则致力于消灭差错。很遗憾，纸牌人俱乐部曾经是前者，如今却是后者。"老人的嘴角森冷，云未暖看不清他墨镜后的表情，"关于你的时差，我们掌握了全部的资料。这些资料都是你爸爸提供的。"

云未暖的身体止不住地颤抖起来……

原来，她的秘密早已被出卖。

她原本以为父亲不在意她的心情，其实，他连她的生死都不在乎。

老人摆了摆手，那动作和示意厨师杀一条鱼没有区别。

云未暖被粗暴地扔进了车里，随即被强行套上一副耳机。音乐声传来时，她突然感到光线正在一点一点从眼前远去，声音如同湖水渐渐没顶……

"这就是那首著名的《黑色的星期天》①。"车子发动了，男人的声音从后座传来，"7赫兹的次声波，连防核辐射钢板也能轻易穿透，它会与人体器官共振。"

"用来抵御绝望的只有美梦；能让美梦破碎的便是梦醒的时刻……"

歌声悠扬而曼妙，次声波简直像尖刀在挖着人的肺腑和大脑，豆大的汗水从少女额头上流下，显示着她正承受着比死亡更残酷的痛苦。

车仍然在匀速行进着，从外面看不到车里的情景，也听不到车里的声音，寂静的街道，月光如昼，没有人知道，一场惊心动魄的谋杀正在进行。

明天太阳升起的时候，街边的弃尸会被辨认出来——在即将出现的社会新闻里，或许云未暖将只是一名因家庭不睦而抑郁自杀的少女。

云未暖觉得自己必死无疑。

她想起了许清渠，想起了童年的星空……所有画面都像旋转的星云被宇宙的大手搅拌成旋涡般的黑洞，从清晰到模糊，从明亮到绝望。

耳边传来滋滋的杂音，音乐突然停了。

四周安静了一瞬。

云未暖用力撑开眼皮，模糊的视线里看到另一辆车斜冲过来，剧烈的震动和冲天的火光扑面而来，然后，视线骤然倾斜，她的头重重地撞在车窗上，什么都不知道了。

五

不知过了多久，云未暖醒了过来。

她环顾四周，发现自己歪歪斜斜地躺在一辆越野车的后座上，车窗的防弹玻璃上有弹孔，还有燃烧和搏斗过的痕迹。

司机是个陌生的少年，嘴角带着冷淡的笑意。

"醒了？"少年说，"你的耳膜受了轻伤，还吸入了少量含有精神生物碱的乌羽玉。不过，今晚你运气不错。如果我再晚一分钟赶到，你就会眼球突出，肺泡破裂，颅骨畸变，成为

---

① 《黑色的星期天》是匈牙利作曲家赖热·谢赖什谱写的一支歌曲，传说这首悲伤的乐曲让许多听者自杀。

一具尸体。"

云未暖从座位上狼狈地爬起来："是你救了我？"

"我也是受人所托。"少年耸了耸肩。

云未暖自嘲地笑了笑，还有谁会在乎她的性命？连父母都不在乎她，她如今不过是命运的弃儿。

"我叫崔顿。"少年看了她一眼："有人告诉我，你是 Bug（漏洞）。"

"什么？"

"在游戏里，漏洞意味着无穷无尽的可能性。"崔顿打了个比方，"就像取款机坏了，就可以无穷无尽地取钱。你身上出现了某个错误，只要技术允许，就可以提取无穷无尽的时间。"

开玩笑的吧！云未暖在心里吐槽，如果是这样，她早就去黑市卖时间成为亿万富翁，走上人生巅峰了，还会像现在这么倒霉吗？

"你一定也想弄清楚自己身上究竟发生了什么吧？"崔顿仿佛能看出她心中所想，"你有没有想过你的时差是怎么产生的？"

云未暖怔了怔，是啊，她的时差是怎么产生的？为什么她和别人不一样？

"有一个人，或许可以给你答案。"

"谁？"

"沈沐宸。"

听到这个名字，云未暖几乎不敢相信自己的耳朵。

沈沐宸，星际迁移时代最伟大的物理学家，时间交易理论的提出者。有权威学者甚至说，近百年来所有学者的物理学研究都不过是在为沈沐宸的方程式做铺垫。

"我见过他的！"云未暖惊喜地脱口而出，"我小时候见过他。"

"哦？"崔顿微微挑眉，"他在时间拍卖馆等你。"

六

越野车穿过黑暗的山路，车窗外的树木紧张而恐惧地挥舞着枝叶，风中似乎还有一丝莫名的兴奋。

终于，车停了。月色像是一只微凉的手，为少女拉开未知之门。

与云未暖想象中的凌乱或者怪异不同，时间拍卖馆外表看上去毫不起眼，就像一座简陋的沙堡。

自从时间交易被禁止，时间拍卖馆就从人们的视线中淡出了，很多人都以为这座神秘的建筑已经变成废墟了。

大门缓缓打开，入口处挂着艾萨克·牛顿的巨幅画像。这位英俊的天才微微皱着眉头，带着天真与怀疑的神情，注视着进入大厅的每个人。

建筑的四面都是玻璃，灌注着幽蓝的海水，鱼群在其中游弋，令人有一种奇异的感觉，就像婴儿回到了母体。

"牛顿说，他是在海边玩耍的孩子，捡到了几颗闪亮的石子。"崔顿在黑夜中仰头，"人类的文明，对于自然法则的浩瀚大海而言，也是水边用沙子堆起的城堡吧。"

他回头问云未暖："你看，这些鱼像不像在水里飞翔？"

只要仔细观察，就会发现它们的确非常地像——鱼在水中游动，鸟在天空飞翔，除了媒介分别是水和空气，它们的活动方式惊人地相似。大海龟那双肉肉的翅膀，外形便酷似展开的鸟翅。

"'游'或'飞'，只是人类的说法，或者说，只是人类自以为是的语言陷阱。生命从海洋到陆地，未必真的是在进化。人类的科学研究似乎有一个误区，认为生命的复杂性代表了进化。他们忘了'简单即是美'的美学准则——为他们所轻视的单细胞生物甚至在亿万年前就满足这样的美学准则。人类自身的行动越来越迟钝和笨拙，越来越依靠工具和外力。这对于生命本身，是一场退化的灾难。"

"物竞天择，适者生存。"云未暖不服气地说。

"人类的确是'适者'。"崔顿声音戏谑，"有个叫北岛的诗人说过：'高尚是高尚者的墓志铭，卑鄙是卑鄙者的通行证。'如今的人类或许已取得了通行证。"

海水无声，鱼群穿行其中。

"历史在它发展的路途中会回到似曾相识的原点。文明向野蛮的回归，却是许多人不愿承认的。"崔顿用修长的手轻叩玻璃壁，"深灰单调的海面之下，嬉戏着五颜六色、美轮美奂的鱼群——就像人类古板自律的潜意识的海水之下，游动着那些色彩斑斓的犯罪念头。"

他的气质优美而危险，唇角弯如新月刀刃，沉重的大门在他们身后缓缓合上。

云未暖这才发现，时间拍卖馆里有一个青年在等他们。

那是一个清瘦的青年，身沐微光，身形像是黑夜的山峦，孤峰独伫，万山寒雪，但他回过头来时，云未暖不由得怔了一下，那双眼睛太美、太深了，带着些许忧郁，如同漆黑深海，可以沉溺所有的船只与风浪。

云未暖忍不住脱口而出："沈沐宸！你还记得我吗？"

沈沐宸凝视她良久，点了点头。

他的神色悲喜交加，站在巨大的鱼群之下，仿佛某个问题的答案就像里面满满的海水一样呼之欲出。

"那场事故——前往北半球大峡谷的邮轮沉船，那并不是一场意外事故，是人为的。"

"你说什么？"云未暖浑身一个激灵。

"那艘沉船上失踪了三千多人，他们所在的海域是时间的'擦除区'。时间交易理论是我提出来的，但我一直反对它的实证与运用。时间化石的交易之所以必须被禁止，是因为风险无法控制，一次时间交易就是在重启一次人生，哪怕是最微小的时间交易——你永远不知道蝴蝶的翅膀扇动起来，会在未来引起多大的风暴。"

沈沐宸抬了抬手，四周的玻璃墙壁无声消失了，这一刹那，云未暖几乎觉得所有海水都汹涌而出，那片窒息中将涌来没顶的毁灭。

"这是前往北半球大峡谷的邮轮沉没时的影像。"

黑暗的海上，没有飓风与滔天巨浪，整个海面像是一面巨大的镜子，大船如同镜子上的一粒灰尘，毫无方向，毫无抵抗，也毫无警觉，被绸缎般的夜色无声抹去。

这一幕平静得近乎惊悚，真正强大的力量是不需要宣泄的。

它只是平静地执行。

——就像时间本身。

云未暖的手止不住地发抖，她知道，许清渠就在这艘船上……

"时间交易形成的'擦除区'并不止那一处，这些年来，即使时间交易被明令禁止，黑市上仍有人进行买卖。近来中学生失踪的案子就是漏洞重新出现的证明。"

"我不明白……"云未暖颤声说。

"在时空的维度上，破损的地方会产生黑洞，人们会被吞噬。想象你用一块橡皮擦纸上的字迹，擦除的力度过大，或者反复擦多次，纸就会破。没有人知道，那些从时间擦除区被吞噬的人去了哪里,是生是死。"

"你的意思是……许清渠或许还活着?"云未暖的眼底骤然腾起悲喜交加的火苗,"她只是失踪,并没有死?"

"那些被吞噬在时间擦除区的人到底去了哪里,我不知道。但我知道时空的破损点还在不断增多。"沈沐宸摇头,"一旦破损点的数量达到临界值,我们所处的时空就会崩塌。"

"时空崩塌……会怎样?"

对方看了她一眼,回答:"所有人都将被吞噬。"

云未暖只觉得喉咙发干,说不出话来。

"我们都是时间的囚徒。宇宙的钟摆精准、冷酷,可是在你身上出现了一个微小的错误。"沈沐宸凝视着她,"或许,这个错误,是我们唯一的机会。"

"跟我来。"沈沐宸推开一扇门,一座巨大的金色钟摆映入眼帘。钟摆上雕刻着牛角,钟面上没有指针,只有三颗大小不同的星球在缓缓转动。深蓝色的钟面如同浩瀚的星空,流动深邃。

这座时钟……就像是活的。

云未暖抬头仰望,心中不由得生出一种诡异之感,夹杂着些许敬畏。

"再好的钟表,使用时间长了都是有时差的,会比正常时间快或者慢几分钟。但人不一样,人类的身体被设计得更为精密,每个器官都有自己的运行节奏。你的心脏、肾脏、脾和胆,都有自己的钟表,节奏和你生命流逝的节奏是一样的。"沈沐宸站在时钟下,"那些有'第六感'的人,小脑走在其他器官的前面,但大脑没法替它加工,于是他只能有一个模糊的直觉,没法说清楚。

"你的时间在你六岁之前一直走得很准,但之后出了点儿故障,于是你有了十秒钟的时差。"

巨大的阴影笼罩在少女的头顶,云未暖下意识地深吸了一口气:"你的意思是……我是个次品?"

"你可以这么理解。"沈沐宸点头。

他抬了抬手,四周出现了全息影像。无数人闭目沉睡在空中,神态鲜活,一动不动如同标本。

"看，这些都是曾经交易过时间的人。"

"这些人……"云未暖心惊肉跳，哪怕清楚眼前只是虚拟的影像，仍然会觉得震撼，这样的陈列馆就好像把活人做成了标本一样。

"人们迟早会被时间做成标本，很多人活着，他们已经死了。"一旁的崔顿耸肩，"大多数人死于三十岁，甚至更早。不是吗？"

云未暖明白了对方的意思。

她想起了自己的父亲，那个平庸的中年男人，沿着既定的轨迹生活，每天做着相同的事情，没有变化，没有惊喜。男人脸上的皱纹像是由生活的琐碎堆积而成，夹杂着一些专属于失意者的沉默，以及一点儿毫无用处的倔强。

在云未暖眼里，那个中年男人对自己的人生已经麻木——无论是平庸的生活、油腻的顶头上司，还是旁人的冷眼。她记得有一次放学太早，她忘了带钥匙，只能去云瓒工作的地方找人拿钥匙。拥挤的写字楼里，无数的格子间像一间间用电脑复制出来的蜂巢，她背着书包来到办公室，正好撞见一个涂着烈焰红唇的女人不耐烦地将一大摞表格扔在云瓒的桌上："又错了！"

男人像被训斥的狗那样耷拉着头，沉默地开始核对那些数字，鼻梁上架着的眼镜显得狼狈可笑，脊背朝前微弯着。在云未暖的童年记忆里，云瓒的身材原本算得上魁梧，却被岁月一天天抽去了筋骨，只能把人生过得像一摊烂泥。

云未暖想，如果以后她也要过这样的人生，她宁可去死。无论怎样，自己也不会成为这样的大人吧？

"有的年轻人啊，觉得三十岁之后就可以去死了。其实在后来无尽冗长的岁月里，能拯救你的恰恰是少年时那个狂妄的自己啊！"崔顿似笑非笑，看了她一眼。

云未暖心中一愣，不服气地朝他嘟囔："你怎么一副教训人的派头？你很老吗？"

崔顿站在钟摆之下，笑而不语，唇角微妙。

沈沐宸也看了崔顿一眼，却什么都没有说。

他示意云未暖触碰那些虚拟的影像："任何人，无论贫富贵贱，所拥有的初始时间都是一样的。有的人挥霍，有的人珍惜，但时间会公平地对待所有人——在时间交易开始之前，世界一直是如此运行的。"

云未暖迟疑地伸出手，碰到一个年轻女孩，这一瞬间，对方倏然睁开眼睛。

她悚然，后退一步。

虚拟画面上，出现了一条贫瘠的山路，女孩的面孔迅速苍老下去，像是脱水的花朵般无精打采地衰败。她头发凌乱，背着竹背篓爬山采野菜，背篓里是一个婴儿。黄昏时分，她用冻伤开裂的手拎着野菜回到破败的家中，一个表情木讷的男人说："回来了？"她应了一声，把婴儿解下来开始砍柴、做饭，把饭碗端到男人面前。男人开始吃饭了，她用粗糙的手解开衣襟给孩子喂奶。

"这个女孩叫王秀雅，几年前曾经出售自己的时间。"沈沐宸拿起一本黑色的册子，"资料库显示她出身农村，学习不错，读书读到高三时，因为家人生病需要钱，于是选择出售时间。"

出售时间之后，她就不再读书了，嫁人生子。短短几年，她看上去像是老了十岁。

"时间交易改变了一切。时间化石就是这样采集的，虽然提供者很多，但黑市上仍然一直供不应求。"沈沐宸信手翻着手中的册子，云未暖从旁看到了拍卖纪录，上面显示的是一个个天文数字，以及许多她平时只能在新闻和电视中看到的富豪们的名字。

"原来这些富豪都买过时间……"

"购买时间？不，他们购买的是另一个人的人生。"沈沐宸露出微妙的神色，"时间和人的神经细胞一样，是不可再生的。一段时间就是人的一段生命。"

云未暖愣住了。

"他们购买时间化石并不只是延长自己的生命，而是获得'可能性'。购买一块时间化石，就是购买另一个人的人生的'可能性'。"

光影呜咽着流动，仿佛一声来自光阴深处的叹息。

"每一块时间化石都是一段人生。交易者们愿意花费高昂的价格去细品时光的美妙滋味。"

单调延长的时间是没有意义的，蕴藏于生命之中的那些闪闪发光的东西，希望、勇气、机遇，才是尘封的钻石，令人着迷，并且愿意付出最高的价格。

"富豪们会花高价参与时间化石的交易。他们通过交易换来的时间，一次次地拓展自己的人生，拥有常人难以想象的更多可能性。"沈沐宸回过头来，"而对于时间出卖者来说，却因为贫穷，因为意外，甚至需要交出自己人生唯一的可能性来换取生存。"

巨大的金色钟摆沉默如兽，细碎的月光如同獠牙。

机器的外形有一种冷峻的诗意，它像一座巨大的钟摆，时间在时钟之内滴滴答答地行走，宛如囚禁，而三颗星球缓缓地转动，宛如时间之河中一个个微小的宇宙与生命在悄然凝聚成型。

"通过这座时钟，时间会成型为时间化石，再进入交易市场，从而改变两个人的人生。一般来说，时间化石的买卖必须遵循双方自愿的原则，但是也有强行夺取别人时间的案子发生，就像拐卖人口割取器官一样是危险的违法行为。"

云未暖不禁打了个寒噤，被强行夺走时间也是另一种形式的谋杀吧。

"每次交易的时间最多不能超过十年，否则出售者自己会有生命危险——尽管医学上的检测暂时无法给出确切的原因，但几个案例都证明了这一点。"崔顿的目光落在沈沐宸身上。

"时间交易是一个巨大的错误。"沈沐宸闭上眼睛，神色疲惫，"时光之箭一往无前，没有人能再收回这支箭。"

"时间交易机器……是你制造出来的？"云未暖不由得黯然。

沈沐宸的眼神像在回忆，又像望着远方："不，虽然大部分的设计理念都来自我的研究，但它不是我制造的。"

"制造时间交易机器的人，是你的叔叔云归璨。"

云未暖愣了一下，叔叔？她对叔叔的记忆还停留在童年……

七

"叔叔！"

"研究所不是小孩子来的地方。"

"但只有在这里才有天文望远镜，才能看到好大颗的星星。"六岁的云未暖笑嘻嘻地问，"叔叔，这颗是什么星星？"

……

云归璨是一名物理学博士，研究方向是反物质。与以往的反物质研究偏向于能量转换和曲率驱动不同，他研究的重点在于进行时间观测，也就是反物质湮灭发生之后，时间本身所受到的影响。

云博士平时喜欢读史，特别是《梁书》。

"人之生譬如一树花，同发一枝，俱开一蒂，随风而堕，自有拂帘幌坠入茵席之上，自有关篱墙落于粪溷之侧。"

多么奇妙。离开花枝的一片单薄的花瓣被风和命运所选择，就像脱胎于尘埃的一颗孤独的星球被宇宙所选择。有光，有水，有海洋，这颗星星是多么幸运，亿分之一的幸运。而更多的星星就像散落的花瓣或石头，坠落在无垠荒凉的黑夜的丝绸上，永远不会遇到什么奇迹。

云归璨的成长过程毫不浮夸，与哥哥的平庸不同，自律与勤奋让他的每一分天赋与才华都不曾被辜负。十六岁进少年班，二十四岁拿到基础物理博士学位，他的人生始终笔直向上。之所以选择基础物理，则是因为中学时老师的一句话："物理是属于天才的领域。"

他是坠入茵席的那一片花瓣。

云博士不苟言笑，看待世界的目光充满傲慢的同情。在他看来，世界上绝大多数人都如同宠物店里的家兽，对自然与世界有一种近乎弱智的天真冲动，他们容易开心，也容易愤怒，生气时会狂吠，或者亮出他们的爪子，但他们控制理智的大脑前额叶根本不够用，或者说从来就没有真正地使用过。

他们既不知道黑洞怎样蒸发、恒星风怎样刮过，也不曾了解宇宙的孤单、时空的诡秘。

他们是一堆碳水化合物组成的活的标本，与思想无缘。

毕业答辩时，云归璨陈述完毕，用一句话总结他的论文："反物质湮灭时所产生的能量，或许有一天将足以实现时间拖拽。"

答辩厅里鸦雀无声，一名答辩教授严肃地扶了扶眼镜："你的设想很大胆，但不符合物理学逻辑。"

旁听席里不少学生摇头，窃窃私语："太荒谬了……"

"真理常披着荒诞的外衣，而谎言则装扮得循规蹈矩。"云归璨站在如雨水般的议论声中，身形笔直，又有些孤单，"我一直在想，是宇宙向我们隐藏了它的真相，还是我们对宇宙隐藏了自己？"

星光永恒，伟大的思想如同星辰。

普朗克说，科学不能解决自然界最终的谜团，因为在这最后的分析中，我们自身也是这待解之谜的一部分。

多么奇妙，宇宙的终极问题或许也是人自身。

毕业回国之后，云归璨创办了一间时间研究所。星际迁移时代以来，时间管理成了所有人都需要的服务，各种时间管理公司如同雨后春笋一样兴起，帮助人们最大效率地省出每天每一秒时间。

云归璨的研究所只设置了几个简单部门，一些法律事务则委托给律所的法律顾问。一天早晨，云归璨来到所里，发现有人在会客室等他。客人穿了一件白衬衣，除了身上斑驳的阳光，没有多余的装饰。

他想了起来，这位女士是研究所请来的法律顾问，叫许枫。

云归璨从来没有见过能把白衬衣穿得那么好看的女人，她坐在冷色调的会客室里，像一片火焰小憩在森林，周身似乎有阳光下松树的味道。

"云先生，你好。"

许枫站起来，笑着朝他伸出手，乌黑的眼睛让人猜不出年龄。

阳光顺着窗帘流下来，云归璨怔了一下，心动来得毫无预兆，他发现自己懂得空间的翘曲、粒子的弦震动，但他无法解释这一刻心弦的震动。

第二天，云归璨的员工去送文件时，一起送去了鲜花和卡片。

卡片上没有文字，只写着一道方程式，$r=a(1-\sin\theta)$，那是笛卡尔著名的浪漫方程式，它的解是一条心形的曲线。

许枫打来电话："云先生，你了解我吗？"

"我渴望能有机会了解。"云归璨回答。

"我大你整整十岁，离过婚，还带着一个四岁的女儿。"许枫笑了笑，"我不是一个好的恋爱对象。"

"我爱上了你。"

"或许用不了多久，你就会觉得自己在浪费时间。"

"当我们说'浪费了时间'，其实不过是浪费我们自己。"云归璨没有笑，向来冰冷的声音却难得和缓，"时间拥有我们，却让我们误以为自己拥有了它。我们并非倘佯在时间的河流里,我们才是河流。在某种意义上,人一生的故事已经写就,我们却只能看到其间的字句,以碎片猜测整体,以当下推测未来与往夕。我觉得,我爱上了你,或许就是河流的意义。"

他们第一次约会时,许枫带了女儿来,四岁的孩童长了一双小鹿般的眼睛。她的五官普普通通,但是神情非常可爱,小口地吃着冰激凌。

"你叫什么名字?"云归璨问她。

"许清……清……渠。"孩童的长睫毛像柔软的松叶,原来她有口吃的毛病。

云归璨微笑:"好名字。"问渠哪得清如许,为有源头活水来。

"叔叔,你会……会玩猜石头的游戏吗?"

"我可是高手,来吧!"

这顿饭吃得很愉快,孩童似乎很久没有被人陪着这样尽兴地游戏,全程兴致都很高。临别的时候,许清渠拉着妈妈的手,期待地回过头来问:"叔叔,下次还能……能再和我一起玩吗?"

"当然。"云归璨由衷地笑了。

云归璨和许枫陷入了热恋。

爱情很奇怪,一对男女无法控制地思念彼此,渴望互相拥有。那种压倒性的情感无处不在,像脱离核束缚的乱窜的电子一样,无法按照理智的队列安静下来,却让所有再平凡不过的瞬间都变得跃跃欲试、充满惊喜。

爱是一场奇妙的相遇,在人生这条跑道上,他们原本已经跑过了很远,又重新回到了起跑线上。

回到了最初的热情无畏。

那些流经他们生命的寂静的河流,那些贯穿他们一生的时间的金沙,开出了花来。

此花不在心外。云归璨看到光芒流下来,流淌在她的白衬衣上,她像梦中的冰雪,瞳孔是海洋,嘴唇是太阳。

他是沉寂的秋山,被一夜清冷的霜华点燃。

她是花吧?还是幻梦?

万物皆在心外,唯一人在心上。

八

三个月之后,云归璨去接许枫下班。

他停好车,往律所的大堂走,看到许枫和一个陌生的男人正在大堂里说着什么。

男人衣冠楚楚,笑意潦草地粘在眼角,像是随时会和皱纹一起掉落似的。许枫不时抬起手看着手腕上的计时器。

不知道是否是错觉,云归璨觉得,许枫在冷静克制的同时,似乎对眼前的男人有一丝恐惧。

云归璨走上前去:"枫。"

许枫猛地回过头来,那一瞬间,她露出如释重负的表情,像是黄昏走失的孩子远远地见到了家门前的小径。

男人满脸疑窦地打量着云归璨:"这位是?"

云归璨把手搭在许枫的肩头上:"我是许枫的男朋友。"

男人愣了一下,潦草的假笑顿时掉落下来,滚在灰土里成了敌意,令他的嗓音听起来暗哑:"呵,这么年轻的男朋友?"

"与你相比,的确是。"云归璨冷冷地倨傲回敬。他没有再正眼看对方,而是揽着许枫转过身,"枫,我来接你回家。"

那天回去的时候下起了雨,车窗外雨水和光影川流不息。许枫坐在车子里,沉默了片刻:"他是我前夫。"

"我猜到了。"云归璨点头。他从没有问过许枫以前的事,毕竟在彼此建立亲密关系之前,他只是许枫人生的旁观者,他不认为自己应该逾越。

"当初分手是因为家暴。"许枫看着前方的车窗说。

云归璨愣了一下,回过头来看许枫的脸。他这才明白,那时许枫的身影里那一丝恐惧从何而来。那是暴力留下的伤痕,是人潜意识中回避危险的本能。

这一刻,所有川流不息的车灯与霓虹都像悲伤的潮水涌来,许枫沉浸在其中,像一座孤独而脆弱的沙堡。很奇怪,人类已实现了星际迁移,可是女性仍面临着相同的难题:她们在"成为更强大的自己"和"成为称职的母亲"之间顾此失彼。

许枫也不例外。刚生下许清渠的那年,许枫还是律所的一名新人,那段时间她每天的睡眠时间不到三小时，常常刚有睡意就被哭闹声吵醒，而名为丈夫的男人总是很不耐烦地翻一个身就继续睡去，有时还因为被吵醒而大发雷霆。他认为所有关于婴儿的一切都是身为母亲理所当然的职责。

两人的冲突升级源于许枫的一次出差。那次许枫得去外地谈一个案子，离家三天，小清渠病了，男人竟然以为她哭闹只是饿了，喂过奶之后就呼呼大睡。许枫下飞机回到家，摸到婴儿滚烫的体温，半夜叫车去医院急诊室。

那次清渠被诊断为猩红热引发感染，不得不住院。

面对许枫忍无可忍的责备，两人大吵起来，男人恼羞成怒，一巴掌打得她的右耳嗡嗡作响："你不去出差就不会拖累孩子，哪儿有你这么做母亲的！"

这是男人第一次对她动手。

后来许枫回忆起那段时光来，都是一帧帧黑白默片的画面，没有颜色，只有碎片。有了第一次，就有第二次，许枫不知道自己为何能忍耐那么久……人在深陷沼泽时是不容易逃离的。那时她还很年轻，像是柔弱的花枝，没有后来时光淬炼的坚韧。

那时的她相信唯一的爱情，却并不明白，爱是彼此成就，不是榨取。

那次高热感染给幼小的许清渠留下了严重的后遗症，从此她说话有了口吃的毛病，和小朋友一起玩时显得笨拙，常常招来嘲笑。男人坚持认为这是许枫的错，面对女儿时常表现出不耐烦和嫌弃，对许枫动手的次数也越来越多。

真正促使许枫下定决心逃离这沼泽的是三岁的小清渠磕磕绊绊的一句话。

那天，幼小的孩子怯生生地拉着她的衣角，不解地问："妈妈，爸爸为……为什么打你？"

一瓢凉水浇下来，许枫从头冷到了脚。她的嘴唇微微颤抖，低头看到自己满是淤青的手臂，像是从一场噩梦中惊醒过来。良久，她轻轻地抱住女儿："爸爸做得不对。打人是不对的，妈妈没有错，你也没有错。"

她决定离婚。离开那个男人并不顺利，但许枫咬牙坚持了下来。终于离开家时，她抱着小清渠，除了一只装衣物的箱子，几乎一无所有。

那是极其艰难的一段时光，但后来她发现，自食其力总是能生存下来的，她付出比别人更多的努力，就有更多的收获。生活经常有不公平，但偶尔也会犒劳那些认真生活的人。

她打了几个很有名的女性维权的官司，渐渐有了名气，后来做了律所的合伙人。

午夜做噩梦时，她还会梦到被家暴的情形，梦中她挥拳反抗，醒来却发现枕畔留有泪痕。

她没有想过爱情。

如果不是遇到云归璨，也许她一生也不会再爱了吧？

"枫。"

清冷如冰的嗓音在耳边响起，许枫终于回过神来。

车停了下来，流光与雨水也静止下来。云归璨把车停在路边，解下安全带，从怀中拿出一样东西。

车窗徐徐关上，隔绝了雨幕。星光银河温柔倾泻，将车内宽阔的空间变成了一个小小的宇宙。

云归璨将掌心的盒子打开来，凝视着她的眼睛："嫁给我吧。"

钻石的光芒和星光融为一体，他轻而慎重地把小小的宇宙戴上她的指间。云归璨说："我多年所学，是在时间与时间的缝隙中捕捉到宇宙的漏洞。如果有一天当真能滑动时间的进度条，我只希望自己能更早遇见你，更早陪伴你。余生太短，我不愿意再浪费一秒，原谅我的贪婪。"

眼泪从许枫脸上滑落下来。

两人在次月结婚。

新婚生活十分幸福，云归璨找了一间小别墅，在庭院里为许清渠留了一面涂鸦墙。六岁的小侄女云未暖也经常来他们家玩。云未暖很聪明，从不像其他孩子一样嘲笑许清渠的口吃，很快就和许清渠成了好朋友。两个小女孩经常一起画画、猜石头。

"你们画的什么？"云归璨双臂环胸站在涂鸦墙前。

"树。"

女孩们都拿着笔刷，许清渠很乖地回答："一颗苹果树，还有一棵桃树。"

"咦，苹果树上还结了几个桃子？"云归璨挑眉。

"这是小……小暖画的。"许清渠指了指身边。云未暖脸上沾了颜料，笑嘻嘻地叉着腰："因为两棵树是好朋友，桃树有很多桃子，就把自己的桃子分给了苹果树。"

女孩歪着头，神情天真而笃定。

这一刻，云归璨仿佛受到了某种触动，他研究许久的领域还缺少一丝最关键的灵感，孩童的话仿佛启发了他。

可他一时之间捕捉不到……

"在聊什么呢？"许枫穿着睡衣走了过来。

"云叔叔在看我们的画。"许清渠高兴地说，"妈妈你看，我们画……得好不好？"

"很漂亮的树。"许枫温柔地抱了抱她，给了她一个赞许的微笑，又抱了抱云未暖。女孩子们得到了鼓励，手拉手高兴地去玩了。

云归璨久久回不过神来。

刚才的那一瞬间，真理像风一样吹过他的心畔，他感觉到了。

他想抓住风。

那最后的答案，刹那间仿佛触手可及。自然与宇宙未知的秘密自带强大的磁场吸引着他，那是一种近乎虔诚而狂热的情感，他对真理的热情并不逊于爱情。

直到三个月后，沈沐宸的论文发表，云归璨才意识到，当时他离真理只有一步之遥。

沈沐宸提出了时间交易理论，世界为之震动。他的研究领域与云归璨极为相似，都是反物质湮灭对时间的影响。

读到论文的那一刻，云归璨的手剧烈地颤抖起来，他终于明白了过来，当时云未暖的涂鸦带给他的灵感是什么。

是交换。

牛顿第三运动定律，力与反作用力，就是交换。

世间万物，皆以有余补不足，时间也一样。

沈沐宸的方程式给出的思路恰在于此。他认为，反物质湮灭发生时，时间可以与其自身产生交换。

而云归璨一直以来的思路都是时间拖拽，他认为在时间漫长的跑道上，整个宇宙可以重回跑道的起点。

如果宇宙是魔方，时间就是转动魔方的那只手，是万物所有故事的进度条。可是拖动时间的进度条所需要的能量太大、太粗暴，理论上根本无法搜集，甚至无法计算。

时间交易理论不同，它并非凭空去制造桃子，它只是把桃子交换到苹果树上。

改变世间万物的奔跑轨迹，最好的方式不是去强行地拉伸，而是改变跑道的宽度。这是一个天才的设想！

大家还在一起奔跑，交易只会让有的人跑道变宽，有的人跑道变窄。

在这个方程式里，不会有人一夜之间长大，也不会有人返老还童，甚至交换者自己并不会觉得损失了什么，毕竟他可以用全部的余生来消化这一次失去，以至于每一天的轨迹都好像不曾变化。

即便交易者会发现自己的跑道越来越窄，选择越来越小，甚至无法再做出任何微小的改变，但人是适应性很强的动物。他适应了毫无选择地向前，惯性就会让他一直这样奔跑下去。

即使时间交易造成了空间的挤压与裂痕，那也是非常微小的伤口。

从预测值来看，时空可以自己痊愈。

云归璨悲喜交加，难以形容自己读到论文时的心情。

沈沐宸的思想就像一个巨大的引力场，新的认知像巍峨起伏的山峦一样堆砌在他面前，使他前所未有地感觉到自己的不甘和无助。

云归璨终于发现，他自傲于才华，是因为他没有见过真正的天才。

多年来，他找不到同道者。

如今，他却发现巅峰早就在那里，而且被人捷足先登。他慢了一步。

接下来的许多个晚上，云归璨辗转反侧。他想，他必须见沈沐宸一面。

经过半个月的等待，云归璨终于如愿见到了沈沐宸。

在一次学术会议之后，云归璨由主办方引荐给沈沐宸，他发现，十七岁的物理学天才并不像新闻里描述的那样。那只是一个寻常的英俊少年，额发柔软，眼睛清澈忧郁，单单站在那里，就像是把阳光轻轻挖了一块，把人心里的某个地方也挖了一块。

"你好，我是云归璨。"云归璨朝对方伸出手。

少年凝视他良久，仿佛透过他的脸想起了什么人，目光带着悲喜交加的疑惑。

当时没有人想到，他们的相遇会最终改变世界。

两人开始交流后，原本预定的半个小时的交谈时间被延长到了四个小时。同为物理学家，他们能在同领域的理论上碰撞出火花，甚至在有些问题上，能在对方的思想里读到自己。一直到日斜西山，云归璨临走时说："多年来我一直相信时间的魔法可以实现，没想到这么快。"

"这不是魔法。"沈沐宸说,"我希望后人不会将我的方程式用于真正的交易。"

"等等!"云归璨停住脚步,露出愕然的神情,"你不准备将方程式投入实验研究?"

沈沐宸回答:"时间交易有无法控制的风险,它是危险的。"

云归璨无法理解沈沐宸的想法。

在他看来,时间交易是可以改变世界的奇迹与创造。将它深锁在数学公式里,就像怀揣着绝世的夜明珠,却将它禁锢在匣子里一样。

那天回家后,许枫也有些好奇:"见到沈博士了吗?"

"见到了。"云归璨耸了耸肩,"小暖也悄悄跟去凑热闹,我让司机把她带走了。"

"小暖是个聪明的孩子。"许枫笑了。

"淘气得很。"云归璨摇了摇头,"我发现,当我试图接近沈沐宸,总感觉他会因为羞涩而躲开我。"

"这么可爱的吗?"许枫忍不住笑意更浓。

云归璨也难得地唇角微弯:"你看头顶的星空如此奇妙,就像镜子一样。沉默与激情,是星空的两面,冰火辉映着镜像。静夜里沸腾着黑洞潮汐,超新星爆发在夜幕中安静如画。沈沐宸其人,也是如此。"

"颇有道理。"许枫坐在他身边,把头温柔地靠在他的肩上,"不过我很怀疑,你竟然能了解天才的内心世界?"

"当然,"云归璨理所当然地回答,"因为我也是天才。"

许枫伸手笑着在他的鼻子上点了一下:"如果可以设置诺贝尔自恋奖,你一定能摘得桂冠。"

九

此后,云归璨和沈沐宸又见了几次面。

随着交流的深入,云归璨终于意识到,他永远无法说服沈沐宸,也是在这个时候,他终于下定了一个决心。

"最近似乎很忙?"

云归璨深夜回家,疲惫地坐在床上解领带,听到许枫在身后问他。

"吵醒你了?"他转过身来,松掉的领带还搭在脖子上,他吻了吻她。床头放着儿童绘本,他这才想起，他已经许久没有陪许清渠玩猜石头游戏，也没有看她画画了。

愧疚之情泛上眼眸，他对许枫说："抱歉，最近一直在忙研究所的项目。"

许枫微笑地看着他，替他把领带解下来："不用担心，清渠不寂寞的，小暖经常来找她玩。"

小侄女云未暖很招人喜欢，经常到家里来玩，还不止一次带着许清渠溜到云归璨的实验室去，说是要看星星。

"研究所不是小孩子来的地方。"云归璨看到她们，微微皱眉警告。

"但只有在这里才有天文望远镜，才能看到好大颗的星星。"云未暖笑嘻嘻地牵着许清渠，踮起脚凑到望远镜前，"叔叔，这颗是什么星星？橘红色的。"

星图中出现的是金牛座群星，明亮的牛角与沉默的牛身，蜷伏在数百光年之外。

"这颗是金牛座α'追随者'恒星。"云归璨站在她身后，凝视着橘色的美丽星星，"不过，我们看到的已经是它1500年前的样子了。"

"为什么？"云未暖睁大眼睛。

"因为它离我们很远很远。"云归璨用手点在星图的一处，在屏幕上做了一个小红点的标记，"恢宏的星光在抵达我们的眼睛之前，已跋涉千年。如果有一个稍近的观测位置，我们就能看到它1499年前的模样。同样，可以类推1498年前、1497年前……理论上说，只要我们能找到足够密集的恰当的观测点，当无数多个我们同时观测时，这颗恒星自诞生以来的所有时间都会展现在我们面前，它的存在不是割裂的。它并非存在于当下的某一刻，所有的演化阶段都已存在，我们所看到的不过恰好是其中一枚薄薄的时间切片。"

青年指下的红点，被计算机连成了河流，在幽暗的星图上如同生命本身，强大而诡异。

"好神奇！"云未暖说，"如果我们的距离像星星和星星那么远，如果有足够多的位置，你也可以看到全部的我吗？"

云归璨怔了一下，惊诧于孩童的聪明，轻轻地摸了摸她的头。

小女孩并没有继续刚才的问题，而是被其他亮晶晶的星星吸引："这里还有两颗！橘红色的星星旁边……"

"嗯，它们都属于金牛座，'追随者'旁边蓝色的星星叫'疆界'，绿色的星星叫'顾曲'。"

"好漂亮，地下室那台正在建造的大机器，也有三颗星星呢！"

云归璨的脸色变了变："你们去地下室了？"

"我……"云未暖意识到说漏了嘴，小心翼翼地回过头来瞅着他，不敢笑了。

许清渠也忐忑地站着，不敢说话。

这些日子以来，研究所在设计建造的正是时间交易设备。

时间交易是一项划时代的技术，其中蕴藏的巨大商机不言而喻。在星际迁移时代，法无禁止皆可行，资本的注入让实验与研发成为可能。技术达到一定的高度，就可以绕开现有的法律。他们一旦成功，将会畅行于法条的空白处。从这个意义上说，他们不仅能改变世界，甚至会创造新的世界。

"你们怎么进去地下室的？"云归璨严厉地问，地下室有最先进的安保监测，只有他和几名签了保密协议的工程师能进去。

"不……不是小暖，是我……"许清渠似乎有些害怕他的脸色，一脸快要哭出来的表情，"那天有个小男……男孩翻墙进来了，他身上都是伤，我就想帮助他，带……带他出去，可是我们迷路了。那天大人们都很忙，没有人管我们……那天的路都好奇怪，一楼往上走不是二楼，而是三楼，从三楼再往上走却到了地下室。我害怕得哭……哭了起来，这时候小暖找到了我……然后我们就看到了那台大机器。"

云归璨愕然地看着眼前的孩童们。"大人们都很忙"的那一天，是实验室的反物质泄漏的那天。

反物质极其昂贵，哪怕是万分之一毫克也需要投入巨大的财富才能获得，它们在实验室里接受着严格的控制，被存放在超冷真空的彭宁离子阱磁场，以防泄漏事故发生。那一天，因为助理对设备操作不慎，发生了一次严重的泄漏。

从理论上讲，那一刻的时间被拉伸了，只是拉伸的尺度那么小，小到绝大多数人根本感觉不到。

对这几个孩子来说，只有空间发生了改变，他们才能跨过物理规律，"走进"地下室。

"那个男孩叫什么名字？长什么样子？"云归璨的脸色沉得可怕。

"我不知道。"

"后来他去了哪里？"

"不……不知道……"

云归璨的研究所是全封闭的，所有出入口都有先进的生物触发装置，根本不可能有什么小男孩翻墙进来。

而且，当天的所有监控都显示，并没有任何人闯入。

<h2 style="text-align:center">十</h2>

"刚才叔叔打电话了，让你以后不要再去实验室玩，记住了吗？"云瑾走过来，语气颇为严厉地警告云未暖，"今天妈妈急诊加班，你写完作业自己睡。"

"嗯！"云未暖头也不抬地回答。

云瑾在离她不远处的沙发上坐了下来，拿起一张报纸看，只听云未暖好奇地问："爸爸，你说能从一楼不经过二楼，一下子走到三楼吗？"

"当然不能，"云瑾随口说，"除非是做梦。"

那时云瑾不知道，这个看似平静的夜晚会发生怎样离奇的意外。

而这场意外会最终改变他的人生。

父女之间不过一两步的距离。

可就在几分钟后，云瑾从报纸中抬起头时，发现客厅里空空如也……地毯上看动画片的云未暖不见了。云瑾的第一反应是女孩在逗他，自己躲到房间里去了。

"小暖，小暖？"云瑾推开房间的门，里面没有人影。

一股凉风从窗外吹进来，云瑾脊背发凉，不敢相信究竟发生了什么，片刻之前还坐在他身边的云未暖凭空不见了。

云瑾急疯了。

他立刻报警失踪，在被问到孩子在哪里失踪时，他无论如何也说服不了警察，他要如何告诉对方，孩子在自己家里，在他眼皮底下消失了？

十五个小时之后，警察在几百公里外的高速公路旁找到了穿着睡衣哇哇大哭的云未暖。

幸好有路过的好心司机报警，让云未暖捡回了一条性命。

云未暖也说不清楚自己是怎么到高速公路上的，她只是哭着说要回家。警察批评云瑾不负责任，在他们看来，一定是粗心的父母开车时把玩耍的孩子忘记了。

没有人相信云瑾。

云瑾觉得自己快要疯了。作为一名职业潜水搜救员，他在百米的深潜中见过很多死亡。

在深水之中面对死亡时,他并不感到恐惧,但这一刻他觉得恐惧,那是面对未知的事物时全然茫然的恐惧。

"小暖,你告诉爸爸,在叔叔的实验室里究竟发生了什么?"

在云璀的追问之下,女孩讲出了她在实验室里遇到的怪事。

第二天,云璀来到了云归璨的研究所。

"哥哥,好久不见。"云归璨站在会客室的窗前等他,一张英气逼人的脸孔,褐色的瞳孔深邃如冰。

云璀的脸色铁青:"小暖身上到底发生了什么?"

"那天实验室的反物质泄漏了,发生的一切对我来说也是谜。"云归璨声音微冷,他收回目光,悠然望向窗外,"人们常说:别担心,天不会塌下来。他们的空间是稳定的,他们的时间是有序的,但在物理规则中,会偶尔出现某种特例。

"时空并不是一张纸,它是一个魔方,相邻的两点并不必然相邻。每个人周身都被量子泡沫包围着,人们身边的时空存在缝隙,只不过寻常人的缝隙足够小,世界在他们眼中也按照他们所理解的表象那样按部就班地运行着,可一旦某种意外发生,量子泡沫的密度明显超出了正常范围,人就会掉进这道缝隙里。简单地说,他可能出现在任何地方,不受空间物理规律的支配。"

这一刻,云璀几乎要被绝望击垮,因为他明白了对方的意思。

"爸爸,你说从一楼能不经过二楼,一下子走到三楼吗?"

"当然不能,除非是做梦。"

那不是梦。

那是比噩梦更诡异的现实。

"小暖会怎么样?"云璀上前狠狠揪住弟弟的衣领。

云归璨任由他拉着,神色淡漠:"我也想知道在小暖身上究竟发生了什么。遗憾的是,目前我也找不出原因。而你则需要摒弃那些已经失效的物理常识。"

是的,很遗憾,常识失效了。别的父母看护孩子,只需要把孩子放在一个安全的房间,让孩子自己玩耍，或者陪伴他玩耍就可以了。

但云未暖不行。

她或许会在自己的小床上酣睡时滚入车流不息的马路，或许会在吃饭时突然遭遇北冰洋的飓风，她随时处在危险中。时间和空间的缝隙，那些微小的獠牙开始撕扯她的人生。

"我有一个提议，"云归璨说，"这是目前唯一能使小暖免于极端的危险的方法。但是我仍然建议，你最好在经过慎重考虑之后再做决定。"

"什么方法？"云璀脱口而出。

"时间交易。"

云归璨给出的方法，是让云璀将自己的时间交换给云未暖。

时间交换空间。

如果人生是一条跑道，那么云未暖面临的危险，是她的那条跑道上拥挤着量子泡沫，就像脂肪淤塞在血管，危险的跃迁隐藏在这些泡沫中伺机而动。如果有足够的时间注入，时间的河流会冲刷淤塞的跑道，稀释量子泡沫的密度，让她回归正常而稳定的人生。

几乎在一瞬间，云璀心中已经有了决定——用他自己的时间，无论十年，二十年，或者是一生都好，换取云未暖平安长大，这是一笔很合算的交易，不是吗？

"时间交易还从来没有先例。作为第一位交易者，哥哥，各种意外都可能出现。"

"我接受。"云璀面无表情地说。

他没有选择。

如果人生是一场交易，他只有唯一的筹码，那就是他自己。

一直以来，虽然云璀手腕上戴着计时器，但他既不觉得自己有太多的时间可以挥霍，也不觉得自己的时间太少需要购买，生活中的一切冒险与安稳都刚刚好。他很满足，并不需要改变什么。

如今，他必须接受改变。

云璀成了第一位时间交易者。

曾经他很喜欢潜水，喜欢在深水中的感觉。寂静的失重状态下他和水融为一体，施加在他身上的外力仿佛同时消失了，不需要脚踩大地，宇宙与他不再对立。

躺在机器上的时候，他整个人就像陷入深水，感到某种东西在慢慢沉溺。

他想，人生就是一场与命运的交易，不是吗？与别人做交易，与自己做交易，与时间做交易。

用割舍换取心中至爱，也用微弱的希望之光换取苟活下去的力量。

云璀闭上眼睛，恍惚看见了往事……

年轻时作为一名搜救潜水员，他进行过千百次的模拟加压舱训练，也进行过无数次的沉船搜救。搜救本身是危险的，船体可能有未引爆的装置、设备，船舶残骸损坏成狭窄的难以辨识方向的迷宫，云璀都能用丰富的经验应对。真正难以应对的是生命本身。有时他能救起幸存者，更多的时候他只能捞起冰冷的尸骸，交给悲痛欲绝的亲属。

他在百米的深潜中，见过很多的死亡。

人类征服了太空，进行了星际迁移，却仍然没有真正突破自己身体的极限，他们离开水无法生存，却也会因为没入水中而死去。

在某种意义上，水就像时间，人在其间生存，也在其间沉沦。

云璀遇到的最危险的一次搜救，是一艘在近海因为遭遇飓风而失事的邮轮。那艘船上有三千多名乘客，出事的时间是冬天，他和搜救队的同伴一起戴着水肺进入沉船附近。看得出在邮轮沉没之前，船长已经开足了马力，使得邮轮沉没的位置不深。

云璀在黑暗中打开水下探照灯，照出了沉船里横陈的来不及逃离的尸体，他在被挤压变形的狭窄的通道中摸索，听到了一声微弱的敲击声，"咚咚"，像船舶死亡的躯体中发出的心跳。

舱壁很厚，但在失重状态下云璀的力气也很大，他用手中的工具将舱门撬开，发现了气垫层中的幸存者。

幸存者是一个年轻女孩，意识已经半模糊了，虚弱地哭着朝云璀伸出手："救救我……"云璀把携带的救援设备和氧气面罩套在她头上，将她抱起来，穿过船舱的气垫层，探照灯照出了破败的船舱和外面黑暗的水域。

两人迈出气垫层进入水域之前，云璀把自己的水肺设备脱下来，穿在幸存者身上，自己套上轻潜的备用设备。

就在这时，云璀突然看到了另一位幸存者——

小女孩蜷缩在舱门下，双目紧闭。

云璀愣了一下，刚才进入气垫层时，他并没有看到这个小孩。是光线太暗吗？搜救员的职业本能让他立刻上前去察看女孩的身体状况，体温与心跳都有，但人已经失去意识了。搜救争分夺秒，他一个人无法同时救援两个人，只能迅速用紧急通讯装置试图与同伴取得联系，可是奇怪的是，平时在水深百米时仍然可以正常工作的通讯设备竟然坏了，信号中充斥着奇怪的杂音……

光影交接的地方，周遭的一切仿佛都比平时慢，暴虐的海水缓缓平息下来，探照灯的光也懒洋洋地悬浮在水中，像是睡着了。女孩在昏迷中呢喃了一声："妈妈……"

云璀不敢再耽搁，一咬牙将自己的氧气面罩取下给女孩戴上，双手分别抓着两个幸存者，游出气垫层。就在这时，突然一股巨大的气流向他们袭来，沉船中还有应急的水下爆破装置，来不及被排除。云璀先是感觉到耳膜中"嗡"的一声，随即整个被卷入水中。

再醒来时已经在岸上了。云璀听不到声音，只看到人影晃动，熟悉的面孔像是皮影戏在眼前，恍惚中一时分不清是在岸上还是在深水里。

后来云璀才知道，他被救上来时满脸是血，耳膜破裂，死里逃生才被搜救队的同伴捡回了一条性命。

那次云璀找到了两位幸存者。

七岁小女孩的家人都遇难了，水中遇险损伤了她的记忆，她甚至不记得自己是谁，只能被送到儿童福利院。

另一名获救者是个儿科护士，叫夏砚秋，还是一个小网红。她来医院探望云璀的时候，云璀才想起来曾经看过她的视频。

夏护士红起来，是因为被人抓拍到她给熊孩子打针的视频。画面里的她先是露出小白兔般温柔可爱的笑容，扮鬼脸逗小孩咯咯直笑，在小屁孩毫无防备的时候，一针扎下去。被欺骗了感情的小病号哇哇大哭，从此再也不相信阴险的大人。

"我那时在船里，以为自己死定了。"夏护士说，"我好像看到了我去世的爷爷，他摸了摸我的头。"

钢铁直男云璀嘴角抽搐了一下，他在潜水救援训练中，学过安抚幸存者情绪的方法，肢体接触是其中一种。

比起语言来，不善言辞的他觉得还是摸头与拍肩更容易。

"知道我来干什么吗？"夏护士认真地俯身。

云瑾沉默了一会儿："总不是要给我打针吧？"

两个人突然都笑了。气氛一下子轻松了许多，绷紧在陌生人之间的那根弦松成了音符，跳跃在阳光里。

"我找人问过了，水深四十米以下血压中的氮含量就会明显增加，神经信号传导失效造成氮醉，所以，那次我们是醉着见面的吧？"夏砚秋双手背在身后，"那时我觉得你很帅，怕醉着没看清楚，就再来看一次。"

少女的眼睛笑得弯弯的，那是云瑾见过的最动人的深海，游弋着名为心动的鱼群。

他们恋爱了，不到半年便组成了家庭。那是云瑾最幸福的一段时光，这种幸福随着女儿云未暖的出生，到达了顶点。看到女孩的第一眼，云瑾意识到，无论眼前这个柔弱的婴儿需要他做什么，他都可以毫不犹豫地给她，哪怕是性命。

十一

机器启动了，命运的河流淌过他的眼睛。

云瑾恍惚看见了云未暖小时候最喜欢的一辆玩具车，停在斑驳的阳光里，像是载着回忆，又像是载着期待，沉甸甸的，整装待发。

幼小的云未暖骑在他的背上，手里抓着那辆玩具车，兴奋地大喊："出发！"

她从他的生命里出发，驶向未知的远方，时间的河流从他们的身上流过，奇迹也好，困厄也罢，她永远是他最在乎、最想要保护的那个孩子。

为此他可以付出一切。

时间交易完成后，那种离奇的危险再也没有在云未暖身上发生过。

云归璨为她提供了跟踪监测，发现她周围的量子泡沫密度稀释稳定下来。唯一的后遗症是，云未暖的时间变得比别人快十秒钟。

"时差是怎么回事？"

"原因不明。"云归璨若有所思地说，"不过你可以放心，不会影响她的正常生活。"

在之后的许多年里，云归璨的研究所一直跟踪观测云未暖的成长。

"反物质湮灭将时间拉伸，其幅度比原子的半径还要小，但小暖身上的时间却被拉伸到了宏观维度可以观测的十秒。这十秒不是太短,而是长到惊人。"有一次,云归璨冷冷地挑眉道,"我从来没有见过一个人拥有如此之多的'可能性',存在于她身上的那些令人着迷的闪闪发光的时间,取之不尽。"

"不要打云未暖的主意,她不是实验品。"云瑾沉声警告他。

"我的交易都是自愿进行,不会强人所难。"云归璨语气平平地说,"哥哥,倒是你的状态,似乎不太好。"

是的,云瑾很不好。

以前他潜水时感到平静,而现在他却经常会感到绝望,深水中的寂静加深了这种绝望。有好几次他都有一种冲动,在近百米深的水底拉掉安全阀,任由水压像利刃一样将他的肺部切成碎片,迎来永恒的睡眠,但每一次都因为想到云未暖的脸而停住了水中的手。

他辞去了潜水搜救工作,开始吃治疗抑郁的药物,后来他找了一份朝九晚五的工作,和所有平庸的中年男人一样,出现在写字楼的格子间里。

以前的云瑾并不迟钝,可如今,他甚至不能胜任一份普通的文职差事。

"这个月的第几次了?!"上司的怒吼声在耳边传来,"表格又出了差错!"

一堆文件狠狠地砸在云瑾的头上,他感觉到太阳穴在突突直跳,愤怒的血液在血管里流动,还未流到手腕和拳头就已经倦怠,像是一条河流还未抵达大海,就已经干涸。

他身上的时间、希望、热血,所有的一切都干涸了。

时间的干涸,生命的衰朽,原本就是比死亡更可怕的事。他的外表老了一些,头发白了几根,但相较于内心的衰老来说,外表更像是一种掩饰。只有他知道自己内心的剧变,清楚自己的坍塌,他的青春一夕骤然消失,热情一朝散去无踪,渐渐地,连至亲之人都认不出他。哪怕对着镜子,他也认不出自己。

他把自己弄丢了。

十二

"时间交易致人抑郁自杀。"

"呼吁禁止时间交易!"

"法律专家呼吁,尽快启动禁止时间交易的相关立法……"

街边的巨幕上播报着新闻，人人低头匆匆行走，走成了河流。

云归璨坐在巨大的落地窗前，地面璀璨的灯火密集成一张遥远的拼图，世界宛如易碎的积木。助理拿着一份文件过来，看着他的脸色，迟疑了一下："云先生，这是今天法律界发布的呼吁，有四十多位极有影响力的律师联合签名。"

云归璨面无表情地读到文件的签名页，视线停留在某处，修长的手指轻抚在其中一个名字上，微微用力。

许枫。

她也签名了，和法律界的同行一起，反对时间交易合法化。

这晚回到家时，云归璨推开门，看到许枫坐在沙发上等他。月光下她的背影美好如初，乌发挽起，把夜的颜色调成了画。

"对不起。"许枫说。

云归璨上前拥抱了她，在清夜里叹息了一声："我以为，时间交易改变了世界，但不会改变你我。"

"我做律师多年，有一样东西至为珍贵，让我愿意用一切力量去守护。"许枫仰起脸来，眼眸看得出时光的沉淀，"公平。"

积木般脆弱的世界里，有人站成了礁石。

许枫说："时间交易不公平，它在残忍地剥削一些人。"

"交易自然有得有失。无论贫富贵贱，人生总是有所取舍，不可能事事占尽。"云归璨的神色里有一丝落寞，语气像是落雪前的天。

"你看这个女孩，"许枫将一份资料翻开放在云归璨面前，"她叫王秀雅，高三时因为家人治病需要钱，她选择出售时间。交易之后她无法再继续学业，回到农村，嫁人生子。昨天夜里她在家中被丈夫用柴刀连砍五刀。据村民们说，丈夫长期家暴她，她的身上除了刀伤，还有十多处骨折。"

照片里的妇女倒在血泊中，周围一件像样的家具都没有，可以称得上是家徒四壁。唯一有颜色的东西，是炕上一只染血的塑料小黄鸭玩具。

"我知道身在沼泽的痛苦和绝望，不是每一个人都有力量、有足够的幸运能逃出来。"许枫的声音似乎带着极大的克制，"这个女孩原本有属于她自己的人生，别人没有资格替她交易，即便是她的家人。"

"我很遗憾。但签字进行交易的不是别人,正是她自己。人是一种很奇怪的动物,有时候那种替他人牺牲的情感会让他们觉得自己的人生有无上的意义,在救赎他人的过程里近乎狂热地实现自我。"云归璨说,"人如此贪婪,贪婪于财富,贪婪于情感,贪婪于牺牲与自我实现。正因如此,时间交易的大门一旦开启,就不会再关闭——无论是否合法。

"因为,这就是我所知的人性。"

许枫很久没有说话。她的身形有些悲伤,和那天车窗外雨水和光影川流的悲伤不同,更像是知其不可为的孤独。

"你将这份资料忘在家里了。"她将另一份文件轻轻拿起,"我清理房间时无意中看到的。"

云归璨的脸色终于微微一变。

那是沈沐宸的手稿。

沈沐宸未发表的手稿写着时间交易方程式的推算过程和最关键的转化数学模型。当初,云归璨确认自己无法说服沈沐宸之后,便做了一个决定,他通过收买沈沐宸的助理窃取了对方的手稿。正是因为这份手稿,时间交易机器才能最终制造出来。

"我始终相信,时间交易应当用来改变世界,它也的确改变了世界。"云归璨微昂起头。

许枫转过身去,那一刻,云归璨看到她的眼角有泪滴。

"我们分开吧。"

那个冬天格外冷,他们都是有涵养的人,知道在最坏的情形下保留住尊严。他们和平地分手了。

关于禁止时间交易的法律在次年颁布,云归璨的研究所被关闭,他缴纳了数额巨大的罚金,时间交易甚至一度从人们的视线中淡出了。但黑市的交易仍在悄然进行。

身心俱疲的云归璨到邻星去度假。那是一颗距人类居住的星球仅2000万公里的小星,已经得到了初步的开发,有美丽的海岸线,以及半重力的海洋可供富豪们疗养。

坐在飞船上时,云归璨隐隐意识到自己犯了一个错误,时间的意义在哪里,他在实验室里寻找不到。

如今在空旷的宇宙,也找不到。

十三

等云归璨结束了邻星度假，回到熟悉的星球与城市，已经是两年后。

街道的模样已经与旧时不同，路人的神色却似乎一如当初。时间交易转入了地下，可世界并没有因此而变得更好。人们还在匆匆地奔忙，匆匆地遗忘。

两年来他一次也没有联系过许枫，却没有一刻忘记过她。

他拨通了那个熟悉的号码，只听到单调的忙音。或许她已经彻底将他从生命中删除了，云归璨想。他站在原地许久，却找不到惆怅的理由，那一份思念不知该如何安放。

直到两周后助理告诉他一个消息。

许枫去世了。

许枫母女乘坐的邮轮遇到海难，船上三千多名游客全部遇难。

海难事故的原因是一名乘客闯进驾驶室，与船长发生冲突，导致十八层高的巨型邮轮突然间失去方向，与冰山相撞。

在邮轮即将撞上冰山的那一瞬间，导航与无线电都失灵了，这艘船就这样消失在了茫茫大海中，没有残骸，没有遗体。

云归璨冷汗涔涔，用手捂住眼睛，头颅剧痛。这是一场噩梦吧……

在最后残留的影像里他可以看见那个冲进驾驶室的乘客的脸，她叫王秀雅。

新闻报道中披露，王秀雅当年被丈夫刺了五刀后在医院被抢救过来，男人被判刑，她带着孩子改嫁，生活依然不顺遂，后来参与传销行骗，登上邮轮后与船长冲突的原因尚不明确，有人说，王秀雅疯了一样地攻击船长，是因为她发现船长正是当年购买她的时间的人。

宁静的墓园里，晚风将四角形的黄叶吹下，落在白色的墓碑上。

云归璨将枯叶拂去，把花束放在许枫的墓碑前。当初，他没有与她告别，如今竟只能与她的墓碑相对。

当初如果没有王秀雅的案子，许枫是否还会决绝地离开他？

当初如果他没有为王秀雅提供时间交易，王秀雅完成学业，走上另一条人生轨迹，是否就不会有这场悲剧？

无数的普通人在云归璨眼里只是尘埃，可是尘埃无处不在。风终会停歇在大地，与尘埃相遇。那是尘埃的力量吗？还是命运的力量？

云归璨缓缓地坐在墓碑旁，秋日萧索，雁飞草长，万物自由。
可是如果没有某一个人，自由就是空旷的地狱呢。

很多个夜里，云归璨还会梦见她们母女。
梦见许清渠拿着小笔刷在墙上涂鸦的样子，天真的笑涡；梦见许枫穿着睡衣微笑着走过来，温柔地抱了抱小女孩，身后的阳光仿佛翅膀。
许枫去世后，他的翅膀折断了。
四季荣枯，河水流动，鲜花怒放，所有美好的东西都无法唤起他的热情。他痛恨这些美好。

在那个寒冷的冬天，云归璨和沈沐宸又见了一面。
沈沐宸早已淡出公众的视线，安静地坐在窗前："我知道，当初你窃取了我的方程式手稿。"
"你知道？"云归璨的样子很憔悴，下巴上带着胡碴儿，听到这句话似乎愣了一下。
"不是你，也会是别人。时间交易的大门一旦打开，就再也不会关闭。技术是一匹疯马，它会拖着人类文明的马车冲向深渊。"沈沐宸淡淡地说。
"这么多年了，你还是老样子。"云归璨自嘲地笑了笑，"我最近经常做噩梦，梦到自己的四肢都被固定在解剖台上，心脏被割成一片片的。"
那是痛苦。内心的痛苦只能在梦里被实体化，让肉体的感知分担心灵的重负。
在梦中被针刺一下，会感觉是剑在刺；泼一杯水在身上，会感觉自己被洪水卷走了。梦会将人的快乐和痛苦都极端化。
"我很遗憾。"沈沐宸说。
"我也是。我们曾是这个时代最了解物理学，也最了解彼此的人。"云归璨握着水杯，神色变得有些古怪。
一股淡淡的香味弥漫开来，像是雨后树叶的味道，沈沐宸怔一下，眼前缓缓暗下去，他失去了知觉。

等沈沐宸再醒来时，他发现自己被绑在金属的座椅上，眼前是一座巨大的时钟。这座时钟没有指针，如同时间本身的混沌、星球转动的微光，如同希望与绝望彼此交替。

这是云归璨的时间交易机。

曾经一度被封存，但并没有被毁掉的机器。尽管法律明文禁止，时间交易仍然在黑市悄悄进行。

既然这台机器这么危险，为什么不把它毁掉？

几年前，也有人在媒体上发问。

世界上的绝大多数东西都是毁坏比建造容易，唯独这台机器的毁坏比建造更难。在某种意义上，它很像人类的记忆——一旦发生，永远无法真正地遗忘，那些回忆即使在表层被抹去，却仍在潜意识里顽固地盘踞着。

时间原本是属于神的权杖，终有一天，被不甘心的人类握在了手中。尝到滋味的人类再也回不去了。

云归璨面无表情地站在他面前："技术的疯马一直在奔跑，人们视而不见。在很多方面，我们都是一致的。思想超越时代是一个巨大的悲剧。"

"你真的超越了时代吗？还是你自以为超越了？"沈沐宸微微挣扎。这一瞬间，他的身体感到一阵刺痛，那不是针扎的创痛，或者被钝物敲击的痛，而是万千河流同时干涸时大地开裂的痛。

机器启动了。

是他的灵魂和精神在剧痛。

时间从他身上流走了，像血液一样汩汩流出，他觉得干渴。阳光如雨点般落下来，光影交替，蚕食着风，蚕食着他，蚕食着存在于他身上的时间。

世界开始变冷，奔涌在他血管里的热情的河流、他引以为傲的物理学灵感与直觉、他如遥远星辰般明亮的思想，开始干涸。

像是光离开宇宙，只留下黑洞。

他的人生从这一刻开始坍缩，并将永不停止坍缩。

不知过了多久，所有的灯都黑了下来。沈沐宸疲惫地睁开眼睛，看到云归璨在专注地凝视他，从对方的眼睛里，沈沐宸看到了自己。

那个被夺走的自己。

他虚弱地抬起手腕，发现上面的倒计时不再跳动，只余一个触目惊心的零。

"你思想的宝藏从今以后就归我了，"云归璨俯下身来，手指穿过对方苍白的脸上汗湿的额发，神色悲伤而狂妄，"我会挖掘它，不使它蒙尘。"

"你已经在使它蒙羞。"沈沐宸闭上眼睛，冷冷地说。

云归璨转过身去，昏暗的灯光照射在他身上，投下一道浓重的阴影，像是水洗过的暗夜。

"人类的所作所为使世界蒙羞。我曾经以为自己和他们不一样，如今，我只是终于成为了他们中的一员。"

伟大的孤独消失了，最后一颗清澈的水滴融入了海洋。

从那时开始，云归璨的时间拍卖馆重新开始运营，在阳光照不到的地方。

黑市的时间交易迅速扩大。

云归璨开始夺走别人的时间，他是一个孜孜不倦的挖掘者，像是渴水的植物拼命地吸收每一滴养分，挖掘出闪光的思想，谱写成优美的狂想曲。更多人的时间被购买，更多人的人生跑道被收窄，时间化石把奔涌的河流冻成冰块，把沸腾的岩浆凝成石头。

被提取时间化石的后遗症是人生状态会固化，变成顽固的形态，甚至只能重复过去的自己，但在旁人眼中，这个人只是性格或者行为模式变了。

或者说，这个人老了。

世界上的老人越来越多。

在所有的老人中，云归璨知道，自己是最衰朽的一个。

他早已成为一块化石，封存在多年前那些与许枫彼此拥有的时间里，随记忆埋葬，变成一块死去的琥珀。

他无数次在噩梦中冷汗涔涔地醒来，也无数次在无眠的深夜独自睁着眼睛。许枫的脸还会在他梦里出现，却无法看得真切。直到有一天，云归璨突然见到一个黑暗中的闯入者。

"想找回失去的时间，失去的人吗？我可以与你交易，只要你献出一样东西。"

那东西仿佛是一团固态的夜色，或者一片灵活的墨迹，身躯庞大而轻盈，几乎占据了整间屋子的全部空间，让周围满得令人窒息。

"你是谁？"云归璨悚然抬头，感到呼吸急促。

"你的朋友。"那团黑色桀桀怪笑着，像老朋友那样拥抱了他，并且毫无滞碍地穿过了他的身体，如同无形的风与水滴。刹那间，酣畅淋漓的痛苦如同一场大雨，几乎在一瞬间洞穿了他的胸口，云归璨跌回床上，脸色惨白，他喘息着问："献出……什么？"

那团生物在他胸前穿行，如同一只狰狞的手掌在贪婪地索取，它附在他耳边，轻声地说了一句话。

在这一刻，云归璨的年轻的鬓角骤然渗出雪色，皮肤以肉眼可见的速度缓缓皱起。

十四

七年后。

"又一起失踪案件在本市发生，请市民们注意夜间出行安全……"

屏幕上播报着社会新闻，市民们排着长队等待参观美术馆。据说最近展出了一幅星际迁移前的复制名画《扑克牌之战》，这幅画非常珍贵，多次被盗、辗转海外，终于被一名富有的商人购买回来，捐赠给本市的美术馆。

"请摘下墨镜，接受安检与人脸识别。"工作人员对一个排队的青年说。

青年点了点头，配合地摘下墨镜，露出一双略显羞涩的清澈眼睛。

工作人员突然愣了一下，激动得顿住，不太敢确定地问："您是……沈沐宸博士？"

物理学家颔首，和其他普通市民一样接受安检，走进了美术馆，然后重新戴上墨镜。

和他同行的还有一个冷峻高挑的少女，她是云起公司年轻的总裁，云未暖。传说这家公司靠着时间交易起家，财富不可计数。七年前，创始人云归璨突然失踪，把富可敌国的财富都留给了侄女云未暖。

"当年你被我叔叔夺走了五十年时间，却能活到现在，不能不说是一个奇迹。"云未暖长大了，气质与当初已经不同。

"或许，我已经死过一次。"沈沐宸微笑。

"什么？"

"也许如顾岐所说，是某种微生物在延续我的生命。"

这时，电梯门开了，几个女孩拿着手机挤进来，兴致盎然地讨论："快看，快看，花青蕊！"

"她好漂亮呀！"

"我也喜欢她,特别有气质。"

少女们的手机里在播放一档火爆的综艺节目,当红女明星花青蕊正在与主持人互动。

"花小姐,这是什么游戏?"主持人问。

"猜石头游戏,我小时候玩过的。"花青蕊笑答。

云未暖似乎愣了一下,看向身侧女孩们的手机屏幕。女明星美貌倾城,那是一张精致而陌生的脸。

电梯楼层到了,发出一声清晰的提示音,像是一声溺水的呜咽。女孩们三五成群地走了出去,云未暖站在电梯里,似乎怅然若失。

有一件事情,云未暖并不知道。那艘前往北半球大峡谷的邮轮沉没时,时间的"擦除区"形成旋涡,"过去"与"现在"相遇了,两起相隔十年的海难在时光之河中交错,几乎一切东西都被吞噬碾碎,除了一个女孩。

在时间的天网恢恢之中,女孩是漏网之鱼。

那一瞬间,七岁的许清渠被年轻的搜救潜水员云璀救起。

许清渠被救到了十年前。

她忘了一切,只知道自己在乘坐邮轮时遇到罕见风暴,几乎丧命,生死之际有一位搜救员将氧气面罩套在她头上,让她躲过一劫。

因为她说不清自己的来历,只能被送到儿童福利院,后来被冯姓夫妇收养,取名冯春花。

她不再与儿时的玩伴同步,却拥有了全新的人生,全新的悲喜。她还会遇到挫折、困顿和绝望,也会遇到挚爱、友谊和荣耀。

云未暖的时差只有十秒钟,许清渠的时差却有十年。

美术馆顶层的落地窗前,云未暖和沈沐宸并肩俯瞰地面璀璨的灯火。窗边的月光仿佛继承了往事,格外清冷。

"在想什么?"云未暖问身边的人。

"我在想,时间当真奇妙。"沈沐宸温和地回答,"如果宇宙中真的有神,或许神也厌倦了精准和一成不变,一些小错误反而会让世界变得有趣吧。"

RUXI

入戏

06

每个人都会被误解,你的那点委屈,一文不值。但是,我在意。

一

少年从昏迷中醒来，发现自己被扔在一张锈迹斑斑的床上，手脚无法动弹，身体也无法活动，只有意识是清醒的。周围还有几张相似的床，上面躺着不知是死是活的人。

"他们准备摘取你的器官，你的肾脏、肺叶、眼角膜。"一个声音说。

"你是谁？"少年悚然问。

周围空无一人，他这才意识到，那个声音是直接从他的身体里传来的……仿佛在他的胸口嵌入了另一个意识。

"我是纸牌人，不同于人类的高阶文明。"那个声音说。

"纸牌人？"少年心跳得厉害，身体似乎不堪重负，但更糟糕的是眼前的处境，他试图动弹一下自己的手脚，却发现完全做不到。

"你动不了的，麻醉药的剂量太大了。如果不是我唤醒你，这个时候你应该还在熟睡。"纸牌人说，"这里所有的人都是被抛弃的。"

森冷绝望的气息弥漫在四周，屋子里安静得如同一间停尸房。

"这家研究机构在病人身上做细菌实验，不是一天两天了。"纸牌人遗憾地说，"你当初答应让他们在你身上进行实验时，就没有想过会有今天吗？"

门外传来脚步声，只听一个低沉的声音问："有没有合格的试体？"

"很遗憾，没有。"另一个声音毕恭毕敬地回答。

"都处理掉吧。"

他们交谈的语气轻描淡写，好像谈论的不是几条人命，而是一堆塑料袋装好的垃圾。

一个衣冠楚楚的黑衣人走了进来，面无表情地朝身边的人抬手示意，那人不顾少年的挣扎，给他注射了一管针剂。

"轮到你了。"

黑衣人站在少年面前，眼神倨傲，如同看着囚笼中的动物，轻描淡写地宣判他的命运："你被细菌感染了，有两种办法能让你活下去：一是摘取那些被感染的器官，二是在一场游戏中获胜。"

"我不明白……"少年声音嘶哑地问，"这里是什么地方？"

"这里是时间实验室。"

少年挣扎着坐起来，从狭窄的窗口能看到隔壁的房间。

"你发现了吗？那些病人身体里的时间流逝速度与我们是不一样的。"黑衣人指着那个房间说，"他们度日如年。"

他顿了顿："仅仅是字面上的意思。"

黑衣人的话音刚落，隔壁房间里的一个中年男人就被攻击了，对方粗暴地握住他的手腕，男人甚至来不及推开那个突如其来的攻击者，就佝偻着脊背倒在地上死去了。

倒在地上的瞬间，男人就像老了几十岁。

他是老死的。

"他们都是感染了某种细菌的人，和你一样。唯一不同的是，你离发作还有十二个小时的时间。"

十二个小时……

"游戏规则是什么？"少年颤声问。

"选一张牌吧。"黑衣人将一副牌放在桌上，"游戏规则只有一个，在限定时间内走完所有的房间，就算胜出。"

"就这么简单？"少年的神情难以置信。

"房间有十四个，你剩余的时间是十二个小时。每推开一扇房门，你就会被扣除一个小时——如果换算成人生的话，大概是你七年的生命。"

游戏的残酷之处正在于此，每个人都只有十二个小时，都需要得到另外两个小时的生命，才能走完所有十四个房间！

抢夺和攻击正是这样发生的。

没有人能保证自己不被掠夺，甚至没有人能保证自己在生死关头不去掠夺别人，连那些平时最温和善良的人也不例外。

少年惊恐地盯着那扇狭窄的窗口，从他的角度可以看到一对情侣在拥吻，男孩流着泪悄悄握住了女孩的手腕，女孩的头发迅速变得雪白，在恋人的臂弯中难以置信地睁大眼睛，痛苦地死去了。

求生的本能在爆炸，人性之恶被激发到最大。

"所有人都想坚持十二个小时，活着走出时间实验室。"黑衣人冷漠地说，"所有的道德法则都被活下去的愿望所压倒。很多人死在黎明之前，更多人被自己最信任的人所背叛。"

黑衣人用修长的手将纸牌摊开，漫不经心地说："绝大多数细菌感染者都会选择赌一把，但我有义务告诉你，摘取器官的存活率要高于游戏的存活率。"

这时，少年听到那个纸牌人的声音说："选红桃J。"

少年汗湿的手触摸到了牌面，在许多纸牌中间摸到了一张红桃J……

J在纸牌中代表"骑士"，原型是路易十四时代一位英俊的战神，但是很奇怪，这张牌上的骑士却长着东方人的脸。

"选这张。"少年拿起了纸牌。

黑衣人的神色终于微微波动，但片刻后便恢复了冷漠："很少有人选这张纸牌。"

门缓缓打开了，单调而诡异的机械音在少年耳边传来——

欢迎你，红桃J，游戏即将开始。

二

"咔！"导演大声喊，"这场戏过。"

少年迅速从床上爬起来，唇角带着一丝懒散气息，笑嘻嘻地拍掉身上的锈迹。他是一名演员，叫叶贰，在一部叫《长生殿》的季播剧中饰演男主角。

这部剧是年度热剧榜首，拥有很高的人气。

和那些科班出身的演员不同，叶贰是从大众选秀节目中脱颖而出的。他本人已经二十四岁，并没有剧中扮演的角色那么年轻，但因为脸型的缘故看上去格外有少年感。

叶贰双手插兜走到片场的休息区，笑眯眯地问一位正在看剧本的女演员："我刚才那段表演得怎么样？"

"还行。"女演员头也不抬地回答。她没有上戏妆，眉眼却仍然美得极为浓烈，仿佛是从油画中走出来的，浓墨重彩，风姿摇曳，让人仅看一眼就挪不开视线。

"太敷衍了吧女神，还行就是不行了？"

拍摄片场一片忙忙碌碌，叶贰忙里偷闲地把手机拿出来，给花青蕊看微博："看，官博下面超热闹，全是让我们俩发糖的……"

《长生殿》热播，男女主角的配对也很受粉丝们欢迎，每天官博上都有无数求发糖的留言，还有一个叫"花叶今天发糖了吗"的小号，定时打卡，风雨无阻。

"真烦恼啊，总是各种八卦说我俩在恋爱。"叶贰说着突然"啊"了一声，"咦，阮姐也上热搜了？"

微博热搜榜上挂着一个话题叫"大明星素颜惊人，隐藏年龄"，配图是在昏暗的灯光下远距离拍摄到的一个匆匆忙忙的人影，放大之后脸孔其实已经不算清晰了，但仍然能看出苍老。

新闻下的评论五花八门："这看上去很像阮月章啊？""不会吧，阮月章卸妆之后是这个样子？幻灭了。""身份证上的年龄是假的吧？怎么可能这么老……"

……

阮月章是在《长生殿》里饰演女二号的演员，一直有着"演技好"与"敬业"的口碑。

"这是谁发的？"花青蕊皱眉。

"狗仔队无处不在。"叶贰耸了耸肩，一脸疑惑，"可是我见过阮姐卸妆后的样子，她皮肤状态很好，看上去比实际年龄更小，根本不是照片上这个样子……"

铅灰色的天幕压得更低，像是酝酿着一场暴雨。

花青蕊拿着剧本站起身来："走了。"

"等等我啊，小花花！"叶贰快步跟上去，脸上满是期待的可爱表情，只差没有虔诚地摇尾巴了。

"不要总是跟着我。"花青蕊不悦地说,"还有,不要叫我小花花。"

"小花花,"叶贰笑容灿烂,"当初选男主角的时候,我可听说,是你向导演推荐的我。"

"我后悔了。"

叶贰的笑容更加灿烂了:"真别扭啊,就跟我大学逃课时遇到的老师一样别扭。"

三

叶贰大学时是一名逃课专业户。

那时他必修课选逃,选修课必逃,除了老师点名最频繁的几门专业课,其他课都是他跳舞、约会和打游戏的时间。

"大学就是一整学期的天堂和最后两周的地狱",这句话用在叶贰身上再贴切不过,他仗着自己的聪明,每次考前通宵熬夜突击,成绩竟然也过得去。氨基酸和脱水分子数怎么算出蛋白质分子量可以忘得一干二净,但校园舞会从来一场不落。

大二时,他在学生会做文艺部长,每天在朋友圈里发鼻孔朝天的死亡角度自拍,把一点儿天生的美貌糟蹋得连渣都不剩。即便是这样,他每学期收到的情书也能塞满抽屉。生物系的宅男太多了,长得好看又爱抛头露面的简直是珍稀物种,叶贰习惯了被众星捧月地宠爱。

那天他去食堂打好饭,刚坐下准备开吃,一个彪形大汉突然站在他面前,袖子下面隐约露出刺青,样子像是混社会的带头大哥,胸前还戴着校徽。

叶贰有点发怵地抬头:"有事?"

大哥面无表情地说:"有事。"

只见大哥一脸煞气地朝腰间摸去,先是摸出了一把长刀,然后又从腰间摸出一包冷气森森的东西。

那竟然是一条已经刮鳞的鲤鱼。

大哥一发言不发地用毛巾把手擦干,在食堂的塑料饭桌上开始给他切生鱼片,关节粗大的手异常灵活地切好紫苏叶、葱丝、姜丝、鱼腥草,把那份色香味俱全的生鱼片递到他面前,最后才从胸前口袋掏出一个粉红色的信封:"这是我的表白信。"

叶贰嘴角抽搐，一个"滚"字就在嘴边，却滚成了赔笑："抱歉啊同学，我不能接受。"

他怕带头大哥手里那把刀，剖完了鱼片接着剖他。

带头大哥伤感地点了点头，也没有多纠缠，把表白信收回胸前的口袋里转身就走，留下了那盘生鱼片。

叶贰满头黑线对着喝了一半的食堂的塑料汤碗，觉得这饭没法吃了。就在这时，一只修长的手从旁伸过来，把盘子拨了过去："看样子你不吃，不介意给我？"

叶贰朝旁看去，只见一个穿白衬衣的男生笑眯眯地举着筷子，蹭了蹭鼻尖。

后来叶贰才知道，这位自来熟的男生叫顾岐，是一名转校生，插班到他们生物系。因为叶贰的寝室里恰好还有一个空铺位，老师就让他带着行李过来了。

"真巧。"

顾岐看到他时，微微一笑。

的确挺巧的。

叶贰自己是长得很好看的男生，也是人见人爱的系宠。新来的顾岐甚至比叶贰更好看，走在人群里总能一眼被看见。没多久之后就是期末考试，叶贰不得不停了跳舞和约会，通宵背书复习。别的课还能靠突击蒙混过关，他最怕的是微生物学考试，据说每年至少有百分之三十的倒霉学生挂科。

考完微生物学之后，周围一片哀鸿遍野，难兄难弟们走出考场都像是被打过一顿，耷拉着脑袋。

"这次的期末考试太难了，要挂科了！"

"十题有八题做不出来，还有两题根本没来得及看！"

"老师是魔鬼吧！"

在一片哀嚎声中，只有插班生顾岐懒洋洋地拎着书包，迈着长腿走出考场。他是一个月前才转校过来的，缺了半个学期的课程，虽然经常见他去上自习，但总不会比他们这些学了半年的还要考得好吧？

"你做完了吗？"叶贰故作云淡风轻地问顾岐。

顾岐点头："做完了。"

两周后叶贰才知道，他何止是做完了，他做了满分。

他是一个超级学霸。

原来的系草叶贰突然就被凸显出了刺眼的学渣形象，莫名其妙成了低配版系草，渐渐的，连叶贰收到的情书都变少了。当初给叶贰做生鱼片的大哥很没节操地转身就成了顾岐的迷弟。

据说生鱼片大哥在食堂里堵住顾岐，故技重施欲再次表白。顾岐停住脚步，突然问了他一个问题："你会做文思豆腐吗？"

大哥愣了一下："不会。"

文思豆腐是扬州名菜，嫩豆腐、冬笋都要切成比头发细的丝，稍有不慎就会毁坏食材，极其考验厨师的刀工。

"生鱼片不错，可惜刀切的角度和鱼肉的纹理结合还欠完美，你去学做文思豆腐，厨艺会更精进的。"

顾岐说得随意，却令人信服。

听说生鱼片大哥后来真的潜心钻研，不仅做了文思豆腐，还发表了一篇《论生鱼片寄生虫与健康研究》的 SCI 论文……

顾岐这个人很奇怪，学术宅们觉得他是能谈到一起的知己，吃喝玩乐的废柴也觉得他是同类。

唯一讨厌顾岐的人可能就是叶贰了。

为了不被顾岐比下去，叶贰也开始赌气上图书馆自习。学习枯燥得要命，但渐渐地，他也找到了一些兴趣。

或者说，是一些疑问。

生命是如何诞生演化的？细胞是如何衰老代谢的？基因是如何塑造一个人，甚至一个族群的命运的？

他在这些疑问里推开了一扇名为好奇的门。

本来准备混过大学四年就去找工作的叶贰，竟然动起了考研、考博的念头。

于是，大三的时候叶贰开始忙碌起来，穿梭于图书馆和实验室之间，他一边复习书本，一边尝试着写论文。和热闹的舞会不同，研究是一场孤独的宴会，只有前人的思想与他共舞。

那晚叶贰在实验室待到很晚才回寝室，其他室友都睡了，只有顾岐还开着电脑。

"回来了？"顾岐伸直长腿打了个哈欠，指着电脑里的一个文件夹问他，"要吗？"

叶贰本来只是漫不经心地瞟过去，等他看清楚时，顿时在心里说了一声：我去！

"你怎么找到这几篇文献的？"叶贰瞪大眼睛，他最近想写一篇期刊论文，有两篇关键的文献找不到原文，图书馆也没有，他正为这件事愁得快要秃头，竟然被顾岐找到了！

顾岐微笑："买的。"

大家都是穷学生，叶贰没想到顾岐会把钱花在自己身上。退一万步讲，他的论文哪怕真的有一天能发表出来，估计稿费都不够买这几篇文献的。

这么一想，叶贰就有点儿感动。

顾岐起身把灯关了，叶贰以为他要睡觉，谁知道他从抽屉里拿出一个方块扔过来。

那竟然是一块简陋的蛋糕，还有一包蜡烛。

叶贰复习太忙了，忙得忘记了今天是自己生日，他也从没指望过还有谁会记得。这一瞬间，他的鼻子竟然有点儿发酸。

只听顾岐说："食堂今天的特价点心，一块三毛钱买一送一，送的。"

叶贰的感动顿时烟消云散了。

"哦，还有这个。"顾岐从他的抽屉里又摸出一个东西，竟然是一个崭新的闹钟，"送你，以后早点儿起来上自习。"

叶贰的嘴角艰难地抽搐了几下，他很想说，同学，没人跟你说过送礼不送钟（终）的吗？

恐怕在笃信"宇宙中一切生物皆可解剖"的坚定的唯物主义者顾岐眼里，根本没有这个说法。

叶贰觉得自己之前肯定是脑子进水了，才会被感动的！

不过从那之后，叶贰真的一大早就定了闹铃去上自习。

早起时看到的校园和教室是另一种模样，人不多，也不冷清，学生们在埋头学习，窗外草木温暖，晨光坚定。

他还见过生鱼片大哥几次。

生鱼片大哥本名叫萧英俊，是一名在读的 EMBA，也是本市餐饮业的大佬。萧英俊同学外表很社会，内心很少女，自从表白失败被顾岐醍醐灌顶之后，就掐灭了恋爱脑，一心学习。

有一次萧英俊在自习室碰到叶贰,问他:"听说你和顾岐是一个寝室的。"

"是啊。"叶贰想,不会是要我转交情书吧?

果然,他递给叶贰一个纸条:"我对鲣鱼里的微生物研究有点儿见解,想跟顾岐做个学术探讨。"

叶贰无语了。

萧英俊和顾岐的"学术探讨"不是单独进行的,还拉上了生物系的不少人。

那晚,萧英俊在他的餐厅豪爽地请客,还亲自下厨做了几样好菜。满桌美食让学生们兴高采烈,席间气氛十分热烈。

有几个男生喝高了,好在第二天是周末,不用上课,萧英俊叫车把他们送了回去。叶贰和顾岐是最后走的,临走时叶贰总觉得有点儿怪:是他的错觉吗?萧英俊似乎和平时有点儿不同,虽然这位生鱼片大哥本来就是社会人,也三十好几了,但灯光之下,他头上的白头发似乎格外醒目……

叶贰也喝了点儿酒,还没有到醉的程度,不禁怀疑自己的脑子不太清醒——刚开席的时候,萧英俊头上有这么多白头发吗?

他为自己的想法而自嘲地笑了一下:肯定是先前没有留意到,怎么可能一顿饭的工夫长出这么多白头发?

萧英俊估计是喝嗨了,兴致勃勃地高谈阔论,主动提出送一送他们。

停车场在地下二层,叶贰走出电梯,才发现地下车库所有的灯都坏了。四周黑乎乎的,也冷得很。他朝身旁看了一眼,酒顿时醒了大半——萧英俊那张酡红醉酒的脸在短短几分钟之内增添了不少皱纹,看上去就像生了某种怪病……

这时,安静的停车库里突然传来一阵脚步声,黑暗中的脚步声越来越快,越来越清晰。

顾岐猛地拉了一把呆立的叶贰,沉声说:"快走!"

叶贰还没反应过来,只见顾岐扶起萧英俊快步朝电梯走去。

发生了什么?叶贰心脏骤然紧缩,后背被冷汗湿透,他不敢回头,跟着顾岐往前走。

顾岐的脸也有些发白,他冲到电梯前,冷静地按下电梯按键,红色的灯亮了,电梯显示:八楼。

快点儿,快点儿啊……

叶贰双腿忍不住发抖,冰冷的恐惧啃咬着他的全身,身后的脚步声越来越近。七楼,六楼……他从来没有觉得电梯这么慢过！

快点儿！叶贰在心里喊，快点儿啊！

五楼，四楼，三楼……

电梯终于显示"负二楼"时，一个冰冷的声音在他们身后响起。

"找到你了。"

叶贰猛地回头，只见一个戴墨镜的黑衣人手持匕首上前，朝萧英俊的颈脖割去！

顾岐一把推开萧英俊，挡住黑衣人的匕首，利刃顿时划过他的手臂，鲜血染红了衣袖。

就在这时，电梯发出"叮"的一声轻响，门打开了。几个乘电梯的人正有说有笑地准备出电梯，看到眼前的情景，顿时发出惊恐的尖叫声："啊——"

"快走！"顾岐朝他们低喝。

几个路人惊慌尖叫着从电梯里逃出来，叶贰扶起萧英俊跟跟跄跄地冲进电梯。黑衣人和顾岐扭打在一起，虽然匕首被打掉了，但黑衣人力气极大，悍然掐住顾岐的脖子，把他按到电梯门上，硬生生地在电梯门即将关闭时扒开门挤了进来！

几乎是在同一瞬间，一团黑雾突然笼罩了几人的周身！

那是一团极为可怖的黑雾，从黑衣人手腕的计时器里丝丝缕缕逸出，狂躁地游走，像是一只猥琐不安分的手在摸索。叶贰感到喉咙发干，窒息的感觉几乎令他无法呼吸。

那团黑雾轻盈地游走着，迅速缠绕上几个路人的全身，仿佛有生命的手一样猛地将他们拽回电梯！门再次关上了，电梯继续飞速下行，那些被拽进来的人纷纷倒地，痛苦地挣扎着，头发以肉眼可见的速度变白，脸孔也像被抽去了所有的水分一样皱起来……

叶贰耳边嗡嗡作响，头痛欲裂，几乎要惊骇得昏过去。

顾岐被黑衣人掐住脖子，额头青筋暴起，用沾血的手摸向怀中的一管装着绿色试剂的试管。

"哗啦——"

只听一声脆响，试管被猛地砸在地上，玻璃碎末四溅，一股类似于水草的涩香味飘来。

这一刹那，四周骤然敞亮。那团黑雾仿佛在光明中被油烹火煎，剧烈地抖动、挣扎。大厦里所有房间的时钟都迅速走动，空中弥漫着无声的尖叫，那尖叫来自某种以时间为食的异形生物的垂死挣扎。

门打开了，那几个不小心闯进来的人跌跌撞撞地尖叫着跑开，黑衣人消失了，叶贰劫后余生地喘息着，只听身侧传来一声闷响。

萧英俊倒在地上，头发全白了。

叶贰双膝一软，脸色惨白地跪倒在地上，恐惧地抬头去看顾岐："他……他……"

顾岐伸手去探萧英俊的鼻息，半晌没有动。良久，只听他说："他死了。"

他死了。

这几个字彻底击垮了叶贰，他眼前一黑，就什么都不知道了。

等叶贰醒来时，他发现自己躺在医院里。

一张熟悉的、布满青春痘的脸放大在他面前，室友毫无形象地大呼小叫："哎哟老弟，你这真是拿生命在吃啊，早知道就不要自己一个人独享美食，叫上哥儿几个吧？"

叶贰声音嘶哑地问："我怎么会在这里？顾岐呢？"

"还装？我们走了之后，你们又吃了萧英俊特意留的极品河豚，你吃河豚刺身中毒了，送到医院里抢救了好几个小时才救回来，是顾岐送你来的。"室友一边骂他，一边心有余悸地露出伤感的神色，"萧英俊河豚中毒，没能救回来。"

不对……

叶贰猛地从床上坐起来！不是这样的，萧英俊不是河豚中毒，他亲眼看到对方满头白发倒在地上……

"哎，你去哪里？"室友在身后喊。

叶贰疯了一样赶去葬礼上想看萧英俊的尸体，可是来不及了。

"那晚的事情不是他们说的……"

死亡肃穆的阴影笼罩着殡仪馆，叶贰突然看到一身黑衣的顾岐静静站在一旁，他冲过去，颤抖着抓住对方的胳膊："不是那样的，你知道实情不是那样！"

顾岐淡淡地抬头，一双黑眸无风也无浪："那是怎样？"

叶贰愣了。

"那天明明有黑衣人攻击我们！你还……"叶贰恐惧地拉住他的手臂，对方的眉头几不可见地皱了一下，似乎是吃痛。

叶贰想起了什么，猛地撸起顾岐的衣袖。

白皙修长的手臂上肌肉匀称分明，并没有什么伤口。

"不可能……"叶贰嘴唇发白地喃喃，抬头去看面无表情的顾岐，少年逆光而立，甚至没有再看他。

这一刹那，他突然发现顾岐如此陌生。

他孤独地站在一个巨大而压抑的真相之中，没有朋友，没有对手。

那之后，叶贰去过几次警察局，都被请了出来。后来警察局那边不得不打电话给学校，提醒他们关注这位学生的精神健康。

没有人相信叶贰的话。

那几个路人也消失了。

他看到过世界上最诡异的死亡，看到人的头发以肉眼可见的速度变白，脸孔也像被抽去了所有的水分一样皱起来。

他无法解释这一切，也无法忘记这一切。

叶贰开始整夜地失眠，做噩梦。那段时间，睡眠就像水边的惊鸟，稍有风吹草动就会飞走，只余磐石般的长夜，无情地横亘在他的枕边。失眠的感觉甚至比死还要可怕，人生中所有的悔恨和挫败、恐惧和自责，都会在失眠的长夜汹涌而来，拍打着心湖的堤岸。

他还在准备考研，却因为失眠和神经衰弱不得不在医院和学校之间疲于奔命。

后来，毫无悬念的，他考研失败了。

离开学校的那一天，天很热。叶贰汗流浃背地收拾好自己的东西，吃力地拖着箱子走出宿舍楼。

他在楼下看到了做实验回来的顾岐，对方已经因为优秀的学业成绩被保研了。日光毒辣，顾岐的身上却仿佛清凉无汗，谈笑自若地和几个同学一起走到宿舍楼前。

看到他时，顾岐的脚步明显停顿了一下。

那一刻，叶贰感觉到几个人的目光轻飘飘地落在他身上，充满同情，但没有人和他说话。他报考研究生时，系里导师们都对他很客气，却没有一个愿意指导他。

他曾经歇斯底里地想要告诉世界真相，可世界如同失声的电影，人群如同铜墙铁壁。谁都害怕和一个"精神病人"有什么瓜葛。

顾岐目不斜视地走了过去，就好像从来不认识他这个人一样。

叶贰突然发现，在电视和小说里，很多时候"恶"都被表演得太过昭彰了，真实的恶要微妙得多。

生活把一个人推倒在地,狠狠按头摩擦时,并不需要滂沱大雨,只需要很轻的一声呜咽。

就像光阴掉落在水里。

他的校园时光结束了。

四

大学毕业的叶贰找不到工作,只好到一家写字楼去做保安。

做保安的都是些中年大叔,看到他一个年轻人倒挺高兴,也不介意听他扯些奇奇怪怪的东西。他们没有知识,不知道原核生物的繁殖建模,也不知道立克次氏体的两种核酸,整天最关心的无非是谁打麻将赢了,哪里有打折裤子卖……可是很奇怪,在这群没什么文化的大叔中间,叶贰竟然渐渐好转了。这些毫不起眼的人身上有种朴素的热忱。

保安工作三班倒,叶贰在不上班时去开车赚钱。因为有女孩被出租车司机杀害的新闻引起社会热议,于是在叶贰拉的客人里,不少女生刚上车就开始打电话:"爸爸,我快到啦,不用接不用接,你们公安局忙,没事,我自己回家就行,已经打上出租车了。"

打完电话的女孩有的开始玩手机,有的从后视镜里看到叶贰的脸,有点儿不好意思,估计是因为叶贰长了一张过于好看的脸。

一个年纪轻轻的司机,容貌英俊,服务周到……时间一长,叶贰在约车平台上的评分就很高。甚至有乘客把他的照片发到评论里,下面一片点赞:"最帅司机""我也想遇到这个小哥哥"……

直到有一次,叶贰接到了一个叫"吃土少女"的客人。

接单的时候叶贰以为客人是个女孩,等车子到达,他才发现叫车的是个八九岁的小男孩。

小男孩长着一头卷发,跟小奶狗似的,上车就吭哧吭哧地抱着饼干和薯片啃,车开了二十分钟,他就一刻不停地吃了二十分钟。

"好吃吗?"叶贰终于问。

男孩没理他。

车子经过一处红灯时,叶贰从后视镜看小男孩,总觉得似乎在哪里见过对方,这时,男孩突然抬起头:"看够了吗?想要签名就直说。"

叶贰这才想起，对方似乎是个小童星。

车开到了目的地，一个浓妆艳抹的女人满脸焦急，见到男孩就是一顿抱怨："哎呀小祖宗！有车接你你不坐，非要自己打车……"说到这里她似乎看到了什么，脸色一变，"你吃饼干了？"

小男孩其实已经比同龄孩子成熟了，他一脸无辜地说："没有。"

可是叶贰从后视镜里看到了他嘴角没来得及擦掉的饼干末，心想，恐怕要翻船……

果然，女人脸色铁青地探头进车里，在后座的椅子下面摸到了"罪证"——半袋还没吃完的薯片。

"你竟然还吃薯片？"女人提高声音怒斥，"我跟你说过多少遍了，这些垃圾食品不能吃！吃了会发胖！"

她还在骂些什么，叶贰没听进去，但他觉得实在是太啰唆了，要不是车钱还没付，他可不想在这里听这些数落。

男孩一声不吭地听了半晌，突然爆发般地推开对方，像一头受伤的小豹子转身朝马路上跑去。

"小吉——"

叶贰皱眉看着，将车子熄火，下车来快步跟上男孩。

马路上车流不息，男孩的情绪十分不稳定，横冲直撞、极其危险。就在这时，只见一辆红色的跑车快速经过，而男孩一心想跑到马路对面，完全没有留意到身边的危险。

"小吉，危险——"女人惊恐地喊。

叶贰一把抱起男孩，滚到路边。

刚才还气势汹汹的女人慌慌张张地跑过来，半跪在地上，流着眼泪一把将男孩抱住："小吉，你吓死妈妈了！"

男孩似乎也被吓呆了，那辆红色跑车停了下来，叶贰先看到了一双纤细的高跟鞋，然后才看到车主本人戴着墨镜走下来。

"花姐姐……"男孩终于哭出声来。

"又偷吃零食了？"少女摘下墨镜，骤然露出一张倾城容颜。她俯身摸了摸男孩的头，"以后不要这样了。"

只听她继续说："想吃就光明正大地吃。"阳光下，她微昂的脸庞明媚动人，"我陪你一起吃。冰激凌、薯片、可乐，都行。"

金色日光像碎饼干掉落在她的黑色长裙上，格外美丽。

"不过，我有一个条件——"少女说，"你不能再在路上这样跑了，很危险。"

男孩破涕为笑，伸出手指头："拉钩儿。"

少女点了点头，起身走到叶贰身边，目光落在他的衣袖上。叶贰这才意识到，他的胳膊火辣辣地痛，血染湿了衣袖。

他朝她伸出手："车费十二块五，给钱。"

少女无语了。

这就是叶贰和花青蕊的初次相遇。那时她还没这么出名，他也不知道她是大明星。

后来，那栋写字楼物业公司倒闭了。

失业了的叶贰百无聊赖去参加选秀，看到她坐在评委席上。

他在学校做文艺部长时就是舞林高手，才艺有了用武之地，帅气的外形经过造型师的设计，变得更加光彩照人。

而且，在舞台上，他竟然能忘记很多烦恼。

他仿佛已和往事告别，拥有了全新的人生。灯光下的舞台那样虚幻，又好像比真实更加真实。

生活遍布庸俗的烟火，即使夜里发生过什么，大多数人也已经关灯了。

而舞台仍亮着。

故事里往往演绎着真实，现实更甚于故事的荒诞。当他看到《长生殿》第二季的剧本时，他的第一反应是不可能……这个剧本写出了太多他心中的谜团，关于时间病毒，关于过往。他开始参与试镜，试图进入剧组，想要更多地了解这个故事。

他得到了成为男主角的机会。

入戏的那一刹那，叶贰深深闭上眼睛，那个躺在锈迹斑斑的床上等待命运宣判的少年仿佛就是他自己。

曾经他也躺在生活的解剖台上，被绝望凌迟。

他失去了自己引以为傲的一切——才华、荣誉、朋友、希望。

如今他站在舞台上，过往的所有一切，真实与故事，背叛与爱恨，都纠缠在一起。

他比所有人都更想知道关于《长生殿》的所有谜底。

以及，关于顾岐的谜底。

五

顾岐与不止一个女明星传出过绯闻。在叶贰看来，花青蕊不过是万花丛中的一朵。

叶贰想起当初她坐在评委席上，看着初出茅庐的他的眼睛说："很有表现力，做你自己，做比星星更明亮的自己。"

叶贰意识到自己是真的喜欢她，可是他没有机会了。

他从来没有告诉花青蕊，那个定时打卡、风雨无阻的"花叶今天发糖了吗"的小号，是他的。

临近杀青的某一天，他看到花青蕊和一个陌生的黑衣人在交谈着什么，后者的墨镜遮着脸孔，给人一种阴鸷的感觉。

叶贰在校园话剧社里学过唇语，隔着一段距离，他大约能看到花青蕊在说的话。她说："需要多长时间？"

黑衣人回答："九个月。"

"太长了。"花青蕊的脸孔雪白，"不过我等这一天等了七年，不在乎多等九个月。"

她的神色平静，像是白雪覆盖的河川，冻结着破碎的月影。

黑衣人交给花青蕊一罐东西，精美别致，看上去像是普通的茶叶，花青蕊将东西收下了。

后来，叶贰看到花青蕊将那些茶叶泡给顾岐喝。

顾岐仍然会来片场探班，《长生殿》第一季拍摄了七个月，他和花青蕊的恋情一直未曾降温，娱乐公众号们都在感叹花花公子顾岐这一次的长情，甚至有人开始猜测他们会不会结婚。

有一天，顾岐没有喝完茶就被一个电话匆匆叫走了，工作人员来收拾杯子，叶贰说："我来收吧。"

他把残余的茶水收集起来，送到私人医疗机构检测，测出了微量的神经毒素。

日积月累，积累到一定的总量可以致人死亡。

当初他远远地读到花青蕊的唇语，那时他以为自己有几个字词没有看清，如今才发现，那时她的全句是："致死需要多长时间？"

黑衣人回答："九个月。"

花青蕊生日的那一天，剧组一片喜庆，顾岐送来了玫瑰与香槟。

顾岐这个人很奇怪，热闹原本是他带来的，但最热闹的时刻他却一个人到阳台上看星星。他的侧影有一种倦怠，像是一树开到最盛的花对春天毫无眷念，枝头灌满悲哀的风。

叶贰经过阳台时，他如有所感地突然回过头来，露出熟悉的笑容："老同学，别来无恙？"

神态如此闲适，仿佛那些过往的谜团、冷漠的袖手旁观都不存在，仿佛他们还是当初的室友，共度着无忧无虑的大学时光。

叶贰说不清此刻心中的滋味，他笑不出来，却有哭的冲动。他铁青着脸走过去，"咚"的一拳狠狠打在对方脸上！

叶贰的嘴唇止不住发抖，这晚他喝了酒，红了眼，发了疯，他狠狠地揪住顾岐的衣领："你知道五年前我是怎么过来的吗？我不过是凑巧和你一起去吃了顿饭，我以为那就是一顿普通的饭而已，回到寝室我照样打游戏、写论文……可是我的人生都被这一夜毁了！我眼睁睁看着萧英俊那么离奇地死去，我没法忘记那恐怖的情形，没有人相信我！"

铺天盖地的冷月如同泼下的大雨，打湿了往事。

"我明明是一个大活人，可是所有人都不信我说的，他们对我视而不见，他们一个个在心里把我当瘟疫，把我当精神病，可是仍然要假装不在意，好像他们只是无意中才忽略了我。他们在一起谈考研，谈选课，谈笑风生，他们理所当然、心安理得地看着我沉默下去、沉沦下去。每个人都在埋葬我，每一秒都在埋葬我，我拼命挣扎，用尽全力，不过是想要一个真相，那个我亲眼看见的真相！当年到底发生了什么，萧英俊才会死？"

叶贰的表情悲哀狰狞，他咬牙切齿地想要一个答案，像是困兽咬着带血的铁链，要给这么多年的心结一个交代。

"每个人都会被误解，你的那点儿委屈一文不值。"顾岐把他的手轻轻拿开，睫下光影深邃，"但是，我在意。"

叶贰仍然紧握着拳头，眼泪却先于意识涌了出来。

月色太冷，疑问太多，恐惧太浓，几乎要将人逼疯。

他无法选择。世界总是给他出难题,在最坏与更坏之间逼他寻找答案。

"少喝点茶,伤身。"最后,叶贰只说出了这句话,就跟跟跄跄地转身离去。

六

他没有机会将真相说出口。

不久后有一次,他看到顾岐上电视,与科技节目的主持人对话。

"人在短时间内突然变老,"主持人问,"从生物学的角度讲可能吗?"

顾岐除了投资拍电影,还管理着一家名叫"银河草履虫"的微生物研究公司,有很强的科研实力。他穿着低调随意的白T恤,气质挺拔如经冬的苍松,眉眼却慵懒如狐狸,悠然回答:"可能感染了某种病毒。"

"不会是热播剧《长生殿》里的时间病毒吧?"主持人幽默地笑了。

"怎样命名无所谓。"顾岐却没有笑,他的神色有种专注,"微生物对我们身体发挥的作用一直以来都被科学家们低估了。每个人身体里都有独属于自己的生物钟,如果有一种病毒会让人迅速变老,你可以理解为,它把人体的生物钟拨快了。"

"我不明白。"

"你见过螳螂跳河吗?"顾岐抬起好看的眉毛,"铁线虫,又叫铜丝蛇,它们的幼虫会寄居在昆虫或其他节肢动物的消化道内,控制它们的行动。它们会入侵宿主的神经系统,改变其蛋白质合成与基因指令,控制宿主去寻找水源,最后淹死宿主后从其体内爬出。你看那些突然跳河的螳螂、蛐蛐,它们不是疯了,它们只是无法控制自己的身体。"

"有点儿恶心。"主持人作出夸张的表情。

"我们的身体中有无数微生物寄居,它们虽然没有铁线虫那么大,但数量要多得多。"顾岐似笑非笑,"你能确定,你的身体属于自己吗?"

你能确定吗?

叶贰经常想,如果当初没有遇到顾岐,那他应该和其他大学同学一样过着平凡而忙碌的生活吧?

世界如此平凡、琐碎而算不上美好,但人们仍然在挣扎,想要向上,想要光,偶尔擦肩而过,偶尔眼含着热泪重逢。

这就是生活。

在他的书桌上，还摆着顾岐当年送的闹钟。

当初他把它扔进垃圾桶，想了想，又捡了起来塞进行李箱，这几乎是他仅剩的回忆了，纪念也好，虚假也罢，他留下了它。

七

不久之后，叶贰听到了顾岐的死讯。

葬礼时阳光灿烂，叶贰在墓前静默良久，将一枝白玫瑰轻轻放下。

生死尚可轻放，更何况其他？

叶贰想起那个灯光温暖的夜里，少年从抽屉里拿出一块简陋的蛋糕，还有一包蜡烛扔过来。想起初次见面，少年笑眯眯地举着筷子："看样子你不吃，不介意给我？"

……

他也不知道，他毕业后去做保安的那栋写字楼是顾岐名下的资产。

那些保安大叔已经提前被人关照过，要对这个垂头丧气的年轻人好一点儿，不用刻意关怀，接纳他融入他们的世界就好，那个粗糙、单调、沾染着世俗烟火气的底层世界。

曾经越钻越痛的牛角尖被生活粗糙的手掌抚摸，疼痛竟然缓和了下来，他心上的伤口与恐惧得到了喘息愈合的机会。

所有顽固的执念一点点融化成生活本身，所有燃烧的理想都化为了清凉璀璨的星光。

他并没有放弃寻找真相，但他可以安睡，能笑得出来，不再与自己为敌。

这是顾岐所选择的帮助他的方式。

一直到公司倒闭，叶贰也不知道顾岐与他的距离如此之近。

他也无从知道，萧英俊之死的真正原因。

当年，因为一次偶然的机会，萧英俊在鲣鱼的体内提取到未知的微生物，发表了一篇 SCI 论文，认为某种微生物广泛存在于人体，会造成急剧衰老。

虽然这篇论文的影响因子很小，也没有引起学术界重视，毕竟没有人认为一个商人真的能在生物学研究中做出什么创新来，但是有人留意到了，暗中盯上了萧英俊。

不久之后，萧英俊离奇死亡。

从出现征兆到死亡只有很短的时间，黑衣人尾随而至，袭击了顾岐与叶贰。

为了不把叶贰与萧英俊的家人卷进来，顾岐编造了河豚中毒的谎言。未知的对手太强大了，他选择独赴危局。从很久以前开始，他就在寻找泰姆菌的秘密，寻找失落的名画和底牌。

那张底牌将随着顾岐的死亡而重现。

DI PAI

底牌

07

他们低头承受时间给予的痛苦与抚慰，或者麻木地奔忙，或者遗忘。

一

"今天拍这场戏！"

摄影棚中，导演对着绿幕讲戏："你们几个要把惊恐的感觉演出来，要这样表现……"

这里是《长生殿》剧组的拍摄现场，几个被指点的演员频频点头。女主角花青蕊独自穿着一身银色的战衣冷冷地站在一旁，摄像机还没有打开，她已经进入了角色，整个人有种冷冽威严的气场。今天她饰演的女王要审问俘虏。

"开始！"导演喊。

"把俘虏带上来。"女王说。

四个俘虏被押到了审讯室里，他们都浑身血污，狼狈不堪。

"你们从何而来？"

"我们来自纸牌王国。"

女王冷漠地说："我只知道宇宙中的敌人有硅基生物，还有黑洞重重，但从来没听说过还有一个纸牌王国。"

"只是个代号而已，这个王国中的人和人类长得完全不同。"俘虏回答。

"是硅基生物？"

"不是碳基生物和硅基生物的那种不同。"俘虏斟酌了一下措辞,"也许在你们看来,我们根本不能称之为'人',而是另外一种东西。"

"什么东西?"

"纸牌。"

俘虏伏下身来,他的身影分明还是人类,但变得越来越薄:"或者叫寄居者。人类历史一直有纸牌人的参与,我们混迹其中。我们的同伴在人类中拥有姓名。"

"谁?"

"列奥纳多·达·芬奇、艾萨克·牛顿。"纸牌人的身影伏得很低,薄得快要消失了。

审讯暂时停止了。

镜头移到一间图书馆。

星际战舰的图书馆不大,里面的藏书门类很多,虽然人类已经实现了数字存储,但这种古老的知识与信息传递方式仍然被保留了下来。各艘战舰大都有一所规模不等的图书馆,里面没有电子通讯设备,陈设都是复古的。

女王来到其中,抚摸那些线装竖排的古书,那是摇篮时期的文明,古拙而璀璨。

"恐怕他们是对的,陛下。"正在翻阅古书的人类科学家回过头来,朝她行礼,"历史上所有的天才都有纸牌人的一席之地。"

"你的意思是,列奥纳多·达·芬奇、艾萨克·牛顿……这些人类历史上最伟大的天才根本就不存在,他们只是一张张的纸牌?"女王卸下了战衣,却没有卸下一身威仪与冷若冰霜。

"不,他们是纸牌和人类共生的产物。"

科学家将一本古老的东方民间故事递给女王:"这是星际迁移时代之前留下来的古老民间传说,记载着颛顼的故事,那是一位上古部落首领,传说中,历法正是由他创造的。"

书页上有一句话被记号笔标注了出来:那死了的颛顼,就趁着蛇化作鱼的机会,附在鱼的身上,死而复活。复活的颛顼,他的身体半边是人,半边是鱼。

"所谓'半人半鱼',即是指他一半是人类,一半是寄居者。那些掌握了高阶文明的微生物与人类共存的时间非常悠久,他们寄居在人类身上。超越时代的天才的思想就是寄居者产生的。

"它们的数量是恒定的,筛选候选人非常严格,以我们难以理解的方式实现自我基因的更新，并保持族群总量不变。当一位天才，也就是一位宿主死去时，它们才会选择新的宿主，所以天才总数永远不会超过一副纸牌的数量。对于选择了新宿主的纸牌人来说，它只是开始了自己人生的一个'新阶段'而已，就像我们从中学进入大学，或者从一个城市搬迁到另一个城市。它们的生命是漫长的，漫长到辗转古今，书写历史。"

"既然这种微生物掌握了远超过人类的文明，为何他们还要如此低调地存在？"

"这也是我想不明白的地方，或许人类能够为它们提供某种养分。"

"咔！"导演大声喊，"女王过，俘虏过，科学家再来一次！要演出那种'发现人类命运'的苍凉感，目光不要盯着女王看，要看向远处的星空！"

二

空中云卷云舒，摄影棚外露出天空的一角，半是沉甸甸的铅色，半是轻盈的湛蓝。

"花小姐，导演找你！"一个工作人员满头大汗地小跑过来。

花青蕊从休息区返回拍摄棚的时候，导演正在怒气冲冲地朝众人发飙。抬头看到她，导演的神色才稍微缓和了一下，深吸了一口气，苦着脸问她："你今天能不能再临时补拍一场戏？"

"阮月章又请假了？"花青蕊将戏服递给身边的助理。

"不是请假，是旷工！"导演满脸怒气地骂，"全剧组都被她一个人拖了进度！我已经跟投资人讲好，跟她解约换人了。"

"阮姐最近好像状态不太对啊！"另一位搭戏的演员也点头附和，"上次我看到她脸色挺吓人的。"

"我可以补拍一场戏。"花青蕊点头，"不过我建议你暂时不要跟阮月章解约。"

"为什么？"导演愕然。

"在我的印象中，阮月章是一位敬业的演员。"

阮月章是一个二线明星，在不少影视剧里露过脸，却始终没有真正能让人记得住的角色，直到参与拍摄季播剧《长生殿》。

她在剧中饰演的女二号亦正亦邪，坏起来令人咬牙切齿，但层次丰富的表演也赢得了不少粉丝，最后关头宁死也要坚守人类最后阵地的一幕更是赚人眼泪。于是到第二季时，在观众的呼声之下，她绝地复活，成为剧中的高人气角色之一。

那天晚上收工之后，花青蕊按照工作人员给的地址找到阮月章的住所，按下门铃。

门内没有回应。

"如果你准备从此不再演戏，就不用管我后面讲的话。"花青蕊等了一会儿，站在门口说，"剧组已经做好了解约书，明天就会寄出。"

屋子里仍然没有任何回应，花青蕊静立半晌，终于转身离开。

突然一声轻响，门终于开了。一个浑身酒味、苍老憔悴的中年妇人出现在门后，脊背微微佝偻。

花青蕊愣了一下。

眼前的人的确就是阮月章，却又不是阮月章。

"我不知道怎么回事……"阮月章嘴唇颤抖，语无伦次地说，眼泪从她布满皱纹的眼角流下来，"我突然就老了。"

短短几天，阮月章老了十几岁。

屋子里杂乱无章，一股难闻的酒味，阮月章头发蓬乱，眼瞳紧缩，眼神里充满了恐惧和绝望，颤抖地紧握着几乎见底的酒瓶，坐在沙发上无声哭泣："我不该相信那个骗子的……"

她的人生其实在两年前就埋下了伏笔。那时，她二十五岁。

阮月章的演艺生涯一直半红不紫，虽然她已经很努力地摸爬滚打了多年。青春在悄悄流逝，她花在化妆上的时间越来越长。有一次经纪人告诉她，他有内部渠道能为她买到一种药，虽然价格昂贵，但是比玻尿酸之类的美容药管用一千倍，而且没有任何副作用。

"是类似肉毒杆菌的那种东西吗？"她疑惑地问。

"完全不同。你只要使用一次，就会知道它有多么神奇！"经纪人鼓励她。

她不是幼稚轻信，而是太渴望成功了。她已经二十五岁，一个对于明星来说颇为尴尬的年龄，既比不过那些十几岁的花季少女，也没有那些已经功成名就的成熟女明星的资源。她焦虑地站在悬崖边上，手中能握住的东西已经所剩无几。

或者说，她的青春已经所剩无几。

听到经纪人带来的消息，阮月章没有犹豫太久，就付了价值不菲的订金，预定了三片药。

抱着试一试的心理，她吃下了第一片药，效果竟然比预想的还要好。她不仅皮肤看上去光滑年轻，整个人好像都焕发了青春活力。阮月章甚至觉得自己的头脑更为敏锐灵活，在一次电影节面对记者暗藏机锋的问话时，她得体而幽默地应答，赢得了笑声和掌声。而在此之前，她一直被嘲笑为情商低，不懂得应对媒体。随后她参加《长生殿》的试镜，顺利赢得了女二号的角色，事业终于开始出现转机。

她成了一个真正意义上的"明星"。以前她走在机场，别说热情接机的粉丝了，连能够认出她的人都很少；如今她不得不戴着口罩和墨镜出行，却仍然会被热情的粉丝发现。

无论在访谈和综艺节目里怎样讲自己"只是一个演员"，但心中那种期待被关注和认可的渴望仍是所有表演者无法摒弃的。阮月章凭借自己多年努力淬炼的演技，也凭借药片给她带来的点石成金般的提升，终于成了梦想中的自己，站上了光芒万丈的舞台。

她很珍惜自己拥有的一切，用加倍的努力去琢磨剧本和人物，将最好的表演呈现给观众。直到某天清晨起床，一条鱼尾纹突然出现在她眼角……

那条鱼尾纹太深了，像是顽童恶意在课桌上划下去的一刀，突兀之极。

她一阵慌乱，想不明白到底怎么回事。当天她即将参加一个重要的通告，她在绝望中想起还有剩下的两片药，立刻吃下了第二片、第三片……

皱纹奇迹般地消失了。

可是这次效果只持续了三个月。

三个月后，当皱纹再次出现时，它不再是孤独的一条，而是泛滥如同湖中的涟漪，层层扩散到整个湖面……阮月章不敢看自己的脸，她将镜子砸碎，掩面哭泣，不敢告诉任何人。

此后，她多次试图通过经纪人寻找之前卖药给她的公司，可是那家公司已经人去楼空。

她成了时间囚笼的惊恐困兽，那昙花一现的青春光彩仿佛只是一个无伤大雅的玩笑，是时间残酷之手在对她处以极刑之前最后的幽默。

阮月章不得不请假，取消了原先定好的新片发布会，粉丝们一片怨声载道。在短短几天之内，她就以肉眼可见的速度苍老下去。

而今她的状态显然无法胜任角色，她甚至不敢出门见任何人。

"你能找到当初卖药给我的公司吗？"阮月章颤声说，"我想找到他们，无论花多少钱我都愿意！"

话音刚落，她手里的酒瓶突然跌落在地上摔得粉碎，人也倒在沙发上。

一个黑衣人吹着口哨轻盈地落地，收回敲晕阮月章的手，转过身来凝视花青蕊："你倒是有心情管闲事。"

"不关你的事。"

"找到那张底牌了吗？"

"没有。"花青蕊点燃一支烟，"银河草履虫公司所有的文件我都看过了，但是没有找到那张底牌。"

"顾岐到底把东西藏在了哪里？"黑衣人发怒地提高声音，"找不到那张底牌，人类的未来将毫无希望！"

花青蕊不以为然："人类一定要实现基因跃迁的突变与进化，才有希望吗？"

"别忘了红皇后的话：'你必须不停地奔跑，才能保持在原地。'对物种而言，停滞或缓慢进化就意味着灭亡。"黑衣人冷笑，"也别忘了加入纸牌人俱乐部之前，你的名字还叫冯春花时过着怎样庸碌而绝望的人生，是纸牌人俱乐部改变了你的命运，才让你成为今天的你。"

花青蕊沉默了。

"我十七岁时，书包里被掉包的画框、宿舍里的大火，是你们做的吧？"少女的侧脸皎洁得近乎冰冷，"你们先将我的人生毁于一场大火，再施舍一点儿好处修补它，就希望我感恩戴德？"

"据我所知，当年纸牌人俱乐部的目标并不是你，而是顾岐。"黑衣人嗤笑了一声，"不过因为你和顾岐走得太近，那天又恰好最后一个离开图书馆，才会成为盗画的替罪羊。"

"仅此而已？"指间火光明灭，花青蕊红唇轻启，"我曾经听到你们在议论，不能让一个人看见我的脸——你们口中的'那个人'，是谁？"

屋子里安静了片刻。

黑衣人露出烦躁的神色，目光微微躲闪，一把森冷的匕首骤然抵在他的颈脖上。花青蕊右手执刀，左膝压制住黑衣人的胸口，身手快得骇人，瞳孔中沉淀着独属于捕猎者的平静："是谁？"

暴虐的杀意在少女轻柔的问话中层层荡漾开来，黑衣人粗声喘息，惊怒交加地喝问："你……你想干什么？"

"你应该知道,我不仅实现了智力的提升,体能也一样。"花青蕊居高临下地俯视他,下颌微抬,"回答我的问题,否则我不保证这把匕首会不会'失手'划破什么。"

她说得很慢,甚至声音还带了一丝甜美的味道,匕首的刃口在黑衣人的颈部轻缓滑动,带出一痕惊心的血珠。黑衣人的脸色变得惨白,剧烈地喘气,几乎是惊恐地脱口而出:"是……是一个叫云归璨的人!"

花青蕊的动作停住了。

云归璨?

那是一位失踪已久的物理学家和富商,云未暖的叔叔。她在社会新闻里曾经听到过这个人的报道,那时她并没有太留意。

她努力回想,确信自己与云归璨此人毫无交集。

"我不认识云归璨。"花青蕊冷冷地说。

"我没有骗你!"黑衣人惊魂未定,急忙分辩,"不管怎么样,你已经拥有了全新的面孔和生活,不要纠结过往了……"

"那阮月章呢?她怎么会变成这个样子?"花青蕊朝沙发的方向抬了抬下巴。

"她想要改变自己的人生,这是一场公平交易,纸牌人俱乐部给了她最渴望的东西。"

"你们的药并不安全。"

"不是药的问题,是人的问题……服用同样的泰姆菌药物,有人成了天才,有人获得了美貌,有人却因为免疫系统排异而衰老或死去。物竞天择,适者生存,总有些弱者被人类的进化历程所淘汰。作为幸存者,你应该感到满意……"

窗前的月光无声燃烧着。

是的,纸牌人俱乐部改变了她的人生,不仅治愈了她的口吃,而且让她在体能和智力上都拥有了过人的实力。

而她知道,她只是无数实验者中的一个幸运儿而已。

更多的受试者没能活着走出实验室。他们死于病毒感染,就像《长生殿》里演绎的那样悲惨地死去,这是进化的代价。

三

早些年间,纸牌人俱乐部在北半球售卖聪明药,他们提炼出的泰姆菌被称为"天才细菌"，可以极大地提升人的智商与颜值，但是这种药并不稳定，很多人因为实验失败而衰老死去。

如今，俱乐部的成员遍布世界各地，他们的触角伸得更长。那些在社会新闻中无故失踪的、莫名衰老死亡的人也越来越多。

"你们的做法是在杀人。"花青蕊终于收回匕首，将黑衣人扔在地上。

黑衣人惊魂未定地摸着脖子爬起来，朝门口挪去，似乎准备溜走："不是'你们'，是'我们'。阮月章只是一个失败的受试者，你不必为她感到惋惜。另外，有件事我想应该告诉你：你是纸牌人俱乐部的一员，这个秘密顾岐早就知道。"

花青蕊的瞳孔骤然一缩。

黑衣人扔了一段外放录音给她，一男一女的声音都是她熟悉的，那是顾岐和云未暖的对话！

"花青蕊讲给我听的故事里有几处漏洞。"云未暖说，"第一个漏洞是毒药。那种罕见的神经毒素是无法通过合法途径购买的，她从哪里获得？第二个漏洞是保险箱密码的破译，这件事只有专业的密码专家才做得到，她一个稍有数学天赋的外行根本做不到；第三个漏洞是她的口吃，她在荧幕上谈笑自若，已经完全看不出口吃的痕迹。正常情况下，口吃总会留下痕迹，在紧张和激动的时候会偶尔发作。她的口吃痊愈得毫无残痕，就像破碎的酒杯重归于新，没有一丝裂痕。

"所以那七年间她一定经历了什么，不仅仅是改变容貌，也在某种程度上改变了自己的大脑。

"我怀疑，她遇到了纸牌人俱乐部的人，对方为她提供了帮助。"

顾岐沉默片刻，富有磁性的声音说了三个字："我知道。"

我知道。

花青蕊呆立了半晌，原来他早就知道一切……

"他早就知道你加入了纸牌人俱乐部，不过他压根儿不在乎。"黑衣人哆嗦着冷笑，"在熊彼得与科赫合作生产聪明药的工厂关闭时，顾岐是获利者。这些年他在商场上游刃有余，不断地说服投资人，赚取超额的利润，他比纸牌人俱乐部更精通于生财之道。

"我们面临的唯一问题是药物无法量产，但顾岐已经找到了方法，他掌握了一串基因密码,能够修复泰姆菌的缺陷,可是他将这个秘密据为己有,甚至不惜把它带到坟墓里去!"

"啧啧,我好像听到有人在讲我的坏话?"

一个慵懒的声音突然在他们身后响起,门不知何时开了。

花青蕊的指尖颤了一下。

光影动荡,地上散落的酒瓶碎片刹那间如同她的表情一样凌乱。她脸色苍白而震惊地缓缓回头。

"顾岐?"

她一直在回望,回望过去的谜团和那个永远无法再相遇的人。

她在人海中一遍遍寻找相似的脸孔、唇角、眼睛。

无数个夜晚,她在梦中一圈圈地奔跑在中学的操场上,雨丝落在她的头发上,她的身体很累了,但仍然不停奔跑,只因她心里还有期待,期待着一次邂逅。

她在等一个少年。

可是直到梦醒来,那个少年终究不曾归来。

她习惯了失望,习惯了无数次梦醒时眼前冰凉的星光,却不敢相信此刻坦荡闯入的月华,猝不及防的身影。

顾岐拄着银质的拐杖,右腿似乎不太方便,却仍然有着迷人的风度。他悠闲地站在一地狼藉之中,眼带笑意:"好久不见。"

两人的距离如此之近,几乎能感受到彼此的呼吸节奏,清淡的烟草味在空中弥散。

花青蕊突然捂住脸,眼泪从指缝间滴落下来,像是滚烫的钢铁在炉火中融化。

她仰起泪脸:"你还活着……"

这么多天以来,她不愿相信顾岐死了,可是当奇迹真正出现在她眼前时,她却有种恍惚的不真实……

这一刻,她突然不那么在意真相了,也不在意对错生死,她只希望能够紧紧地拥抱住眼前这个人,拥抱住那些失而复得的时光。

夜凉如水,星辰如沸。

一个个无眠的夜在指尖燃烧,烟与思念,都戒不掉。失去某个人的痛苦远大于一切是非对错,爱是最没有道理的东西,也是最疯狂的酷刑。

"我想重新开始。"花青蕊说。

"我们之间结束过吗？"顾岐微笑，"我从不知道。"

黑衣人已经溜走了，顾岐给昏睡在沙发上的阮月章盖上了一件大衣，回头对花青蕊说："放心吧，也许过了今天，一切丢失的时间都能找回来。"

丢失的时间能找回来吗？花青蕊仰起脸，顾岐活生生地站在她面前，像是所有奇迹中最明亮的那个答案。所有汹涌的恨意都被那光芒冲淡，只有旧光阴短暂地逗留在某处，蜻蜓点水，触动心扉。

顾岐牵起她的手，手掌微凉而有力："跟我来。"

四

楼下有一辆熟悉的车在等他们。黑色车窗徐徐摇下，露出云未暖清冷的脸庞，副驾座上坐的是物理学家沈沐宸。

云未暖对顾岐说："上车吧。"

街道上的尘土纷纷被狂暴地掀起，雷声仿佛来自远山，又仿佛近在咫尺，路上一些行人诧异地抬头去看奇怪的天色，更多人低头匆匆赶路。

街头的黑雾渐渐替代了乳白色的晨雾，太阳被云层半遮着，整座城市笼罩在一层死气沉沉的雾霭中，但大多数人竟然毫无察觉。

直到一个小孩子尖叫起来："妈妈，那边好可怕！"

黑雾如有实体般扑向人群，像亲密的恋人一样依附在他们身上，与他们共赴白头，不死不休。人们的行动变得迟缓，眼神呆滞转动，惊疑不定地等待着什么。

一滴雨悄然落在车窗玻璃上。

随即传来无数轻响，万千水滴落在人们头顶，水花爆开成白雾。

这一刹那，世界好像突然被按了快进键，所有的人流与车速都开始飞奔，成为了奔涌的河流。

光芒坠在雨中泛起瑰丽的波浪，遥远的星辰如约抵达，死亡气息扑面而来。

世界开始扭曲，往事复现。

所有人都置身旋涡之中,听到遥远而熟悉的幻音,那是属于他们自己的声音。

"你们怎么进去地下室的?"

"不……不是小暖,是我……那天有个小男……男孩翻墙进来了,他身上都是伤,我就想帮助他,带……带他出去,可是我们迷路了。那天大人们都很忙,没有人管我们……那天的路都好奇怪,一楼往上走不是二楼,而是三楼,从三楼再往上走却到了地下室!我害怕得哭……哭了起来,这时候小暖来找到了我……然后我们看到了那台大机器。"

"那个男孩叫什么名字?长什么样子?"

"我不知道。"

"后来他去了哪里?"

"不……不知道……"

花青蕊耳边传来陌生而熟悉的声音。她听到自己在说话,但她并不认识那个自己。

记忆锁在时间的门扉里,她敲不开那扇门。

罡风把路人的头发吹白,雨水如鼓点般急促。

远处那颗星星迅速膨胀,越来越亮,几乎成了另一颗太阳。

"发生了什么?"花青蕊回过神来,难以置信地看向车窗外,只见空中挂着两颗太阳。

"去时间拍卖馆!"顾岐沉声,"快!"

五

车子朝着人迹罕至的方向开去,终于停在一栋不起眼的建筑前。

这,就是被世人遗忘的时间拍卖馆。

他们从楼梯步入地下室,一座巨大的钟摆映入眼帘,钟面上镶嵌着明亮的星星。

花青蕊停住脚步,心中涌起一股茫然的温热。这种亲切感太熟悉了,她仿佛曾经来过这间地下室。

云未暖皱眉看着她,清冷目光若有所思:"我看过你的一档综艺节目,你说自己会玩猜石头的游戏,这个游戏是谁教你的?"

"不记得了,"花青蕊摇了摇头,"很小的时候学的。"

时间之手轻轻拂开往事的蛛丝马迹，云未暖困惑地站在原地，似乎欲言又止。

不可能……

四目相对，两个女孩都有些迷惑。她们之间相隔着一条河流，悲欢别离交错，往事近在咫尺，仿佛能触摸到河底那些童年的石头，又仿佛不过是心湖的倒影。

黑暗中传来"嘀嗒"一声轻响，云未暖回过神来，抬起手腕看了看时间。

"你有没有想过，为什么每个人都戴着计时器？生命的长度是可以丈量的吗？"云未暖问她。

花青蕊从来没有想过这个问题。

为什么每个人都戴着计时器？生命的长度是可以丈量的吗？一切都太过司空见惯，与生俱来，没有人会思考这种问题吧……

每个人从出生开始手腕上都戴着计时器，在星际迁移时代，这是一个与人共生的生物终端。与其说它记录了每个人的时间，不如说它就是人们生命的一部分——和心脏、肝脏同样重要的器官。

"有一种微生物寄居于人体，以时间为食。你可以叫它泰姆菌，或者称之为'蚕食者'。"云未暖悠闲地说出的话字字惊心，"这种微生物与人类共生的时间非常悠久。"

花青蕊震惊地站在巨大的钟摆之下，脸色微微发白:"《长生殿》中的情节不是虚构的，那个故事里的'纸牌人'就是蚕食者？他们一手造就了人类中最伟大的天才。"

"不，恰恰相反。"

云未暖摇头：'历史上那些了不起的天才并非得益于寄居的蚕食者——恰恰相反，天才是'清除了蚕食者'的人。"

"我不明白……"花青蕊愕然。

"从一开始，纸牌人俱乐部就把事实弄反了，他们一直在做南辕北辙的事情。"云未暖面带遗憾，"如果没有这种微生物，人类会拥有远超过当下的时间和智慧。"

她一字一字地说："另外，蚕食者并非藏匿于计时器上，它就是计时器本身！"

花青蕊悚然看向自己的手腕，那从出生开始就伴随着她的计时器，在月中格外冰冷。

"嘀。"

她的手腕上传来的一声轻响，仿佛情人微弱的心跳，又仿佛死神决绝的丧钟。

光滑的钟面倒映出她的身影，几根雪色的头发夹杂在黑发之间，斑驳惊心。她愣了一下，轻轻拨开自己的鬓角，只见一片灰白……

她的手止不住地颤抖，恐惧几乎要在一刹那将她拖下深渊。

顾岐轻而有力地握住她冰凉的手："别怕。"他的眼底沉眠着风暴，还有磐石般的承诺。

这一刹那，花青蕊突然明白了。

纸牌人俱乐部欺骗了她，并没有什么幸存者。

她和那些牺牲品的区别不过是时间发作的早晚不同而已。从十九岁开始，她的生命就开始倒计时了。

"顾岐掌握的那张'底牌'——纸牌人俱乐部一直以来渴望得到的基因密码，隐藏在《扑克牌之战》中的秘密，并不是用来大量复制与繁殖泰姆菌的。恰恰相反，那是用来抑制蚕食者活性的。"云未暖耸肩，"他的研究只有一个目的，为了救人。"

说到这里，云未暖顿了一下："或者说——为了救你。"

顾岐的手腕上空空的，没有计时器。

计时器本身是一种活的寄生物，它在一分一秒地蚕食人类的时间和生命，这种微生物以时间为生，它们吞噬人的生命，抑制人的潜能，让无数人的天赋归于平庸。

当运动神经元损伤症发作，濒死的顾岐选择了冒险。

只有以死亡骗过蚕食者，才能取下计时器，蚕食者会彻底清除他的基因样本，离开他的身体。

唯有如此，顾岐才有与蚕食者相抗衡的机会！

月光惊心如刀，剖开真相如浮尘飞舞。

"别怕。"顾岐的声音有种令人安心的力量，"我有方法对付蚕食者。"

"这是你第二次说'别怕'了。"花青蕊眨了眨眼睛，深吸一口气，某种衰老也不能侵蚀的魅力在她浑浊的眼睛里闪动如星，"我能不能理解为是你在害怕，怕自己救不了我？"

"我不要面子的吗？"顾岐摸了摸鼻子叹气，"你这样直白地揭露我。"

"当初不是假死，是真的差点儿死掉吧？"花青蕊眼中星光明灭，晨光滑过她纤长的手指，就像那些无声溜走的时间，无声错过的岁月，"为什么不早些告诉我？"

"为了拯救世界啊。"顾岐懒洋洋地回答。

"笨蛋。"花青蕊突然侧过脸,看不出脸颊上是泪痕还是月光。

他的甜言蜜语仿佛随时可以玩笑般脱口而出,真心滚烫的话却从不肯吐露一个字,如同深海藏匿了所有的星辰。

"人类以为自己拥有生命中的全部时间,事实却并非如此。他们经常感觉匆忙,对绝大多数人类而言,一生中只有很少的时间属于他们自己。"

所有人从一出生,死亡就开始倒计时。他们在一生中总觉得时间紧迫,就像被扔在浅水里的鱼儿知道这小小的滩涂迟早会干涸,他们挣扎生存,争分夺秒,并以为这就是宇宙。

人类没有见过海洋,哪怕海洋近在咫尺。

那无边无际的浩瀚的时间的海洋,那取之不竭用之不尽的真正的生命的辽阔与深广。

花青蕊突然想起《长生殿》剧中女王与科学家的对话。

"既然这种微生物掌握了远超过人类的文明,为何它们还要如此低调地存在?"

"这也是我想不明白的地方,或许人类能够为它们提供某种养分。"

那种养分,就是时间。

"这种微生物寄居在人类身体中,以时间为食,与人类共生,二者勉强维持着平衡,但有一天,这平衡被打破了。"

"因为时间交易?"花青蕊呆了片刻,终于明白过来。

"不错。时间交易打破了原本的时间平衡,蚕食者们的胃口越来越大,不满足于缓慢吞噬,开始杀鸡取卵了。"

顾岐目光宁静,眼底一丝笑意也没有。

正如一个星球有宏观生态系统一样,微生物世界也有,时间交易破坏了微观生态系统。

自从时间交易盛行,很多人莫名地失踪、老去。没有人知道,那些丢失的时间去了哪里。

无数人在奔忙,时间在飞逝,人们以为自己还有时间去成长、相爱、找寻真理,但他们已经被光阴抛弃。

婴儿们呱呱坠地,迅速成长,再迅速苍老下去,青年们的皮肤以肉眼可见的速度松弛,头发染上灰槁的尘土。

衣冠楚楚的年轻人在奔跑，他不断到达一个地方，很快又出发。他节省了很多时间，但不知道那些时间去了哪里。他比所有人更快地跑向终点——死亡。

雕刻手艺人不断地说"快好了，快好了"，他不知道还要多久才能真正雕刻好手中的艺术品，他在和时间较劲，却丝毫没有意识到自己也是一件玩物，被时间之手不停地雕刻。

满脸泪痕的少女翻躺在沙发上，翻看着手机上的照片，她在伤心地检阅那些甜蜜的时光与回忆，也在检阅自己的痛苦。回忆如此丰沛，她甚至不愿意看一眼当下，任由余生悄然溜走，任由霜白染满乌发。

头发稀疏的中年男人在埋头工作，他不时抬腕看表，看得出他因为时间的流逝而焦虑，在紧张与焦虑中，他又浪费了更多的时间。时间像是柔软的沼泽，让他绝望地深陷与迷恋。

有人在赶路，有人在流泪，有人在大声争吵。

他们互相辩驳，但永不思考；他们互相扭打，但永不战斗；他们彼此抱怨，但永不反抗。这就是时间的魔法。

人们忘记了他们最初的力量，忘记了风雪、暴雨、真实，他们低头承受时间给予的痛苦与抚慰，或者麻木地奔忙，或者遗忘。

他们都是时间病毒的携带者。

六

"你果然在这里。"

一个冷峻的老人从黑暗中走来，脚步声在安静的展厅有种莫名惊心的味道。在他身后，出现了浩瀚星空的影像。

"叔叔。"云未暖的身形僵住了。

出现在他们眼前的赫然是失踪多年的云归璨！

他已经老得云未暖认不出了，皮肤松垮，白发苍苍。这些年来，他隐身于黑暗，放弃了自己亲手创立的时间拍卖馆，放弃了所有的财富、亲情、希望与热爱，与纸牌人俱乐部合作，直至今日得偿所愿。

他所有的等待只为了这一刻的到来。

"你们看到的第二颗太阳，是金牛座 α '追随者'恒星。多年来我一直在观测它，演算它的变化——十年前,我就通过引力波捕捉到的信息,推测这颗远在约七十光年外的恒星其实已经死去。"

云归璨毕业论文中提出的"时间拖拽"理论,埋下了星际迁移时代最瑰丽的假想——时间是一枚质量无限大的魔方,宇宙中一定有一只足够强有力的手,能转动这魔方。后来他终于演算出了金牛座超新星能量运行的轨迹,从而得知了整个世界的钟表刻度。

他不断扩大时间交易,与纸牌人俱乐部合作,制造越来越多的破损点,不是在狂乱地挥霍,而是在精准地调整时间这根弓弦,将翘曲的空间导入引力能量运行的轨迹,与那最终的奇迹相匹配。

"追随者"恒星的质量是太阳的三十八倍,它的爆炸将产生巨大的引力势能,这些能量中,原本只有极小的部分能最终抵达人类所在的行星,但是因为反物质湮灭与时间交易造成了空间翘曲,人类居住的行星与"追随者"的相对距离会从七十光年变成一瞬间。在那个时刻,在那个奇点上,所有的能量将在刹那间被搜集,同波段的反物质将全部湮灭,届时将产生足以改变时间的能量。

最简单的质能转换方程式里,有最深的真理。时间拖拽是可以实现的,只要拥有足够大的能量。

时间交易缓缓转动了魔方。

云归璨最初的猜想,将以最精妙又最简单、最粗暴又最绚烂的方式实现。

"当足够大的能量席卷而至,世界就会重启。"

人们重回跑道的起点,所有的遗憾都会重来,宇宙的因果被倒置,时间的海洋被颠覆。

"你想要的不是夺走别人的时间,而是夺回遗憾的过去。"沈沐宸悲哀地看着他。

"你果然是这个世界上最了解我的人。"苍老的云归璨笑了。

"回不去的。"沈沐宸摇头,"你想要倾覆时间的海洋,可是这个世界是我们唯一的一艘船。人类的存在是一个侥幸的奇点,不曾被自然的规则发现。你的做法太过狂妄,只会令世界坍塌。"

云归璨的嘴角勾起一个嘲讽的弧度。坍塌?他不在乎。从失去妻子的那一刻起,他的世界就已经坍塌。

"世界会和我一起回去,去找她。"

回到他和她初识的时刻,回到她流泪转身的夜晚,回到初见的阳光下。为她,他把世界放在了赌桌上，押上了所有的时间作为筹码。

时间交易馆摇摇欲坠，旋涡般的黑雾暴虐地搅拌着，浓如黑洞，深不见底。

蚕食者开始狂欢，在扭曲的时间里奔赴他们的盛宴，巨大的时钟刹那间化为碎片，被掀起的罡风吸进那旋涡中去。

"危险！"顾岐一把拉住花青蕊，这一瞬间，无形的风暴席卷他的全身，像是温柔而无情的雪花落满他的鬓发。

"顾岐！"

"顾岐——"

七

这一刹那，顾岐看到了此生所见最离奇的画面。

——他站在早已被遗忘的研究所地下室中间，身边是四岁的女孩。

那台巨大的时间机器耸立在他们面前，两个孩子并肩站立。

树枝蘸饱了夜色，和舞动的夏风一起，把浓重的墨色涂抹得到处都是，地上铺着横七竖八的树影。在遥远的金牛座，超新星爆炸的光芒越过七十光年的尘埃，像一只暴虐的手化为温柔，抚摸过万物的头顶。这一刻时间被拉伸了，反物质燃料也在同一时刻引爆，将时间之门微小的缝隙拉开了裂口。

缝隙越来越大，树影像是突然被冰冻了，风凝结在枝头变成了石块，光艰难地跋涉着，渐渐也冻住了。

顾岐惊奇地注视着四周，注视着骤然慢下来的一切，他仿佛处在一个无声的旋涡中，光在短暂的沉寂之后，开始在他身上缓缓流动。

这是一幅奇异的画卷，他并没有挪动，但他身上仿佛有光阴在奔跑，从跑道回到起点，从落花重返枝头。

他坠入了时间的风暴眼，蚕食者无限膨胀之时，他献出了自己。

在旁人看来这只是十秒钟而已，但因为他处于风暴眼的位置，时间的流逝变得无限慢，他拥有了无限多的时间，或者说，他独自一人徘徊在无限的时间中。

时间太漫长了，长到他足以找寻到真理本身。

一千年、两千年、两万年……他亲眼看到世事的变幻，银河的迁徙，恒星的毁灭，看到无数文明冻结于冰川，寒冷覆盖了曾经生机勃勃的一切。他进入宇宙深处，孤独地在黑洞周围取暖，他走了太远的路，已找不到归途。

亿万年过去了，他进化成为与曾经的自己完全不同的存在，他失去了身体、意识、道德、情感、希望，又重新获得了与之完全不同的智慧与领悟，他的灵魂里仿佛空无一物，又仿佛包罗万象，浩瀚宇宙无牵绊，万千星辰皆有情。

恒星在他的眼睛里如同一粒粒尘土、种子，他知道文明散落在何处，如何萌芽、生长、枯朽。他的躯体变得无限宏大，触觉变得无限微小，他可以看见百万光年之外的恒星风暴，也可以体察一条纤细的河岸边新筑的蚁穴。他已经没有人类那种具象的"眼睛"，他的眼睛、头脑、灵魂是同一事物，他无处不在。

人类文明的长河中出现过他的身影，各种艺术形式都在讲述他的传奇，但人类历史对他的了解相当有限。或者说，那种了解根本单薄得就像一张纸。毕竟，任何文明都无法理解超出自己认知范围的存在。

他，就是红桃J。

他已经知道，早期的纸牌文明并不是什么外星文明，而是当初人类试图进行基因革命的产物。

那时人们渴望天赋与长生，基因革命给了他们希望，无数人争先恐后参与"基因跃迁"实验。旧人类渐渐演化出了三个分支。

第一类进化出了超群的智力和奇妙的身体，称自己为"纸牌人"。纸牌人拥有旧人类无法想象的技术、文明与强大的新基因体系，他们能在太空绝对的酷热与严寒中生存，拥有绝对的冷静，不会死于心碎，也不会死于疾病。

第二类是蚕食者，他们在失败的实验中被分解，沦为病毒一样古怪的东西，最终只能以微观的形态存在，以时间为食，寄生于人体。

第三类是剩余的旧人类。他们因为贫穷或别的原因，没能接受基因改造，维持着原始的生活方式，这些由碳水化合物组成的脆弱躯体无法适应太空环境，没有掌握星际迁移与开采太阳的能力。

可历史就是如此荒诞，三个分支中最先出现功能性灭绝的是高高在上的纸牌人。他们舍弃了落后的行星，前往宇宙与空间的幽深之处，他们曾抛弃了所有的情感来换取进化，却又在高度发达的技术中试图找回曾经的自己。

纸牌人究竟是如何灭绝的，对宇宙来说仍然是一个谜，但是无论如何，他们消失了。

红桃J，是宇宙中最后一张纸牌。

他旁观了人类的全部历史，并记录下它。

顽强的人类文明曾抵达过高峰，又跌落低谷，那些曾经被创造出来又再度失去的史诗璀璨夺目。数万年来，人类文明一次次被战争、灾难与瘟疫摧毁，又一次次在绝境中萌发生机。

人类与蚕食者进行过几次大战，也曾获得短暂的胜利，所以那一段时间无论艺术、科学还是文明本身，都如同烟花腾空般绚烂绽放，照亮了宇宙的夜空。可是那绚烂太短暂了，人们很快因为自己的失误而失去了栖身之所，不得不开始流浪，进行星际迁移……

后来珍贵的史料毁于战争，技术与文明丢失了大半，幸存的人类无力再限制蚕食者的行动，他们自身难保。

于是蚕食者们如同幽灵，闯进了人类的身体，以计时器的方式控制人类，盘踞在他们的血肉里，蚕食他们的时间，分享他们的生命。

这，就是被人们遗忘的历史。

然而，对进化的渴望从未从人类心中消失，与蚕食者的争斗也还在继续。

文明的火种在旷野中失散，微小的星火留存下来，幸存者们手捧火种，在蛮荒的宇宙写下诗篇。

在大坍缩的最后时刻，他们进行了一场决定自身命运的战役。

八

"发射进入倒计时。"

"一切准备就绪，请指示。"

高大的人影站在战舰的舷窗边，战舰外是深蓝色的宇宙，星空像一双巨大的令人沉溺的眼睛，从四面八方拥抱着一座精致的、飘浮的城池。

这座城，是人类的长生殿。

长生殿之外的世界依然存在，却没有任何存在感，像是爆炸后留下的灰白的碎屑。那里的人们每天为着含混不清的目标在冷漠理智地计算，筋疲力尽地奔跑，声嘶力竭地抱怨。人人都很疲惫，但停不下来。

而长生殿里，每一座楼阁都有花朵。人心里也一样。

孩子们在溪水边捕鱼，淙淙流动的水底沉着漆黑的石头，渔网中肥美的鲜鱼就像是更多灵活的水滴。每一片金色的鱼鳞里，都藏着一个完整的阳光温柔的清晨。情侣们也争吵哭泣，但一转身眼泪就会融化彼此；少年人也挥汗如雨，跌得头破血流，但总有人很快伸出手——长生殿里，握手并不是一种仪式，而是不设防的信任。

许多年前有个叫爱因斯坦的人说过，时间和空间不过是人们的错觉。即使宇宙是一场巨大的错觉，长生殿也是真实的。没有人知道它是怎样诞生、从何而来，但所有人都知道它将如何终结。

人类联盟军事委员会下达了指令，动用十七艘一级战舰和万吨级反物质武器。

二十五分钟之后，战舰就将抵达这里。

"一切准备就绪，将军，请指示。"

仿佛没有听到身后的声音，男人仍然出神地望着舷窗外。他的侧脸年轻而温和，像是遥远的星辰，让人很难将这样的一张脸与掌握着人类军事力量的最高统帅的身份联系起来。

有人说他是独裁者，也有人说他是英雄；无数人想暗杀他，也有无数人甘愿为他挡子弹。无论如何，他带领的十七艘战舰所进行的每一场战役都决定着纸牌人的未来。

在高级将领们紧张而不解地望着他的背影等待指示时，他突然回过头来，说了一句让所有人大吃一惊的话："不，再等一等。"

"将军？"副将大惊失色，脸色惨白，"我们已经在离黑洞极限近的位置，这个位置上的时间膨胀到无法估量。"

"梦的尽头是什么？"将军突然问。

副将愣了，一时不知道该如何回答。

将军负手远眺，看见长生殿中遥远的海洋，那里的海面浮着一轮月亮。

海边有静谧的村落，孩子们在溪水边捕鱼，情侣们争吵哭泣，少年人挥汗如雨。

海上生明月，天涯共此时。

这已经是亿万光年之外的宇宙，宫殿、朝代与权势都消失了。

诗人和诗歌却留存下来。

——留在文明最初和最后的美梦里。

"曾经有人问过我，梦的尽头是什么？当时我无法回答，后来我知道了。"将军回过头来，"梦的尽头是时间。"

美梦消失于永恒的时间，他们失去了自己的长生殿。

"你还不明白吗？我们无法摧毁长生殿，也无法拥有它——长生殿只存在于一瞬间。"

"怎么可能？"副将眼中浮现出浑浊的困惑，"长生殿是宇宙已知的最永恒的地方。"

"我们都是时间的囚徒。"将军凝望着星空的某处，"真正珍贵的不是无穷无尽的时间，而是那些转瞬即逝的时刻。"

与爱人拥抱的刹那，那个明月皎洁的夜晚；与命运相搏的刹那，那个风急雨骤的赛场；与朋友并肩的奔跑，那一瞬无拘无束的年少。他们在试图获得永恒的生命和更强的基因时，丢失了那些最珍贵的瞬间。

将军突然落下眼泪。

他的泪水如朝露，凝结起往事，又消散无踪。

世界宏大悲壮的终曲，被人类的死亡翻译成了一首小诗。

身着戎装的将军转过身，一步步朝战舰外走去，璀璨星河之间，一个小小的男孩迎面朝他走来，身上带着战火的痕迹。

"嗨，你好啊！诗人们会雕刻宇宙中最漂亮的恒星，物质与能量是他们的雕刻刀，他们会改变恒星的密度，将它微缩至无限小。"

男孩摊开小小的掌心，一座座新的宫殿拔地而起，春天如烈火燎原，月光流淌在山脊，情侣们亲吻哭泣，孩子在溪水边捕鱼。

"看，这是我给人类最后的礼物。"

红桃J，这个存在于星河之中的幽灵，见证了宇宙生与死的巨人，化身为一个小小的男孩，涉水而至。

他泅渡过无垠的时间的水域，捡起河流中的那些闪光的瞬间，雕刻成了另一座长生殿的模样。

他将宇宙雕刻得轻盈而微小，放进一个全新的故事之中。

"喏，这是我的故事，也是被你们遗忘的历史。"他微笑，"这颗星星还给你们。"

把雨水归还给大地，把果实归还给秋天。

把时间归还那给些失去者。

九

"顾岐！"

顾岐再次睁开眼睛时，发现自己躺在巨大的金色钟摆之下。那破碎的时钟恢复如初，就像从未曾被损坏过。

黑雾消失了，他们手腕上的计时器也消失了。花青蕊惊喜地抱住他，满头青丝与一双明眸恢复如初。

无数四溅的碎末回归成拼图，无数断裂的片段回归完整。

"不可能……"云归璨脸色灰白如死，冷汗涔涔，跟跄后退，"怎么会这样？"

"顾岐以自己为诱饵，进入时间的风暴眼中引来蚕食者，而云未暖在你之前调整启动了机器，导入超新星爆炸的引力能量，只比你快十秒而已。"沈沐宸说，"在最后一刹那，世界没有被毁坏，翘曲空间中的蚕食者被消灭，所有的时间物归原主。"

那十秒的时差，是云归璨的时间拖拽方程式里的唯一漏洞！

云归璨难以置信地后退，他的面孔已然恢复年轻，脊背却仿佛瞬间老了几十岁。

"叔叔，你说得对。没有人生来是错误。"

云未暖站在巨大的时钟前，像是她的祖先们站在星空下一样，她的存在有一种力量。

敬畏，却不卑微。

"原来我不知道自己为何会有时差，现在我知道了。"

一个人是永远无法与其他人真正同步的。她有自己的时钟，就像每一个微小的粒子有自己的时空。它们看似荒谬的舞蹈本身，就是世界的原貌和真相，真理与快乐都隐藏其中。

无法被理解，也不需要注解。

一个人永远无法看到宇宙的全貌，但她可以听到所爱之人的心跳。

正是那些在旁人看来毫无意义的时间碎片，组成了"我"。

十

时间拍卖馆之外，风暴已经止息。城市的街上仍然有无数人低头匆匆行走，走成了河流。

似乎什么都没有改变。

除了风变得柔和了一些，偶尔抬头时，更多人的眼睛里有微笑和星星。

"我在想，我们的命运当真是由某种高阶文明书写的吗？"顾岐理了理衣襟，睫毛抖落了细碎的晨光。

那十秒钟发生了什么？他已经不记得了。

一切命运的巧合都如此精密——当初十五岁的沈沐宸坚持物理学研究，才有时间交易理论问世，云归璨才能制造出时间交易机器。假如制造时间交易机器的过程中没有反物质泄漏，云未暖也不会因此而产生时差。

这是人类命运的孤岛，随时会被无穷无尽的时间的海洋所淹没；这又是人类幸运的绿洲，在无穷的绝境中承载了无穷的希望。

"或许宇宙的真相比想象的还要残酷吧。"

"再黑暗的海洋也无妨。毕竟，生命就是在黑暗中诞生的。"

"我们是不是改写了历史？"

"你想多了。"顾岐打了个哈欠，掸掉身上轻薄的阳光与往事。

历史无法被重写。能被重写和逆转的是他们心中长久渴盼、执着追求的幻梦，那种东西——叫未来！

番外 1

YUAN HUA

原画

过去的阴影与未来的希望,都比不上有某一个人的现在。

一

十七岁的顾岐收到了一件奇怪的快递。他将包裹拆开来，里面是一幅人物肖像画。

肖像中的少年黑发黑瞳，画面上所有的色彩都有种激烈的对抗感，像是很多蠕动的微生物盘踞在颜料间，全都有眼睛和灵魂。线条生动如河流，似乎有无数双跃跃欲试的眼睛在狩猎。

不得不说，这幅画的作者很有天分。

他按照画像上留下的联系方式，找到了一栋宿舍楼，外墙带着经久失修的味道。高年级学生们正在放春假，楼里显得空荡荡的，他敲了敲一间宿舍的门，无人应答。

又过了一会儿，对面的宿舍开门了，一个男生走出来倒垃圾，顾岐展开手中的联系方式："请问，你认识这个人吗？"

"你说崔顿？"男生奇怪地看了他一眼，"他死了。"

"怎么死的？"顾岐愣住了。

"遗传病，就在那间宿舍里，去年冬天，晚上突然发病就走了。"男生说着似乎有点儿不耐烦，看不出什么悲伤，甚至没好气地翻了个白眼，"崔顿自己说的，有人来找他就这么回答。"

顾岐一时无语。这时，宿舍门开了，一个睡眼惺忪的少年笑眯眯地探出脑袋："嗨。"

他的脸和肖像画上的一模一样，甚至更为俊美鲜活，头发蓬乱如草，笑容沾着春天的花魂："你好，我是崔顿。"

为什么要开这种玩笑？顾岐的嘴角抽搐了一下。

"我的确死过一次。"崔顿眨了眨眼，在他身后，雪白的宿舍墙上挂着一幅《纸牌人之战》，"请进来，你想听我的故事吗？"

二

拿到那张诊断通知时，崔顿并不觉得太遗憾。

他的父母很早就去世了，给他留下了大笔遗产，他先后进行了十一次手术，医生们用尽了一切可能的办法延续他的生命，但是仍然无法缓解他的痛苦。

到他十六岁那年，医生终于宣判了他的死刑："已经到极限了，你的身体无法再承受一次手术了。"

"我还有多长时间？"崔顿没有多少意外，反而有种解脱的感觉。

"长则一两年，短则半年。"

崔顿在一所私立学校读书，除了请病假频繁一些之外，与其他同学没有两样。他眉眼精致，是令人过目难忘的美少年。

他没有监护人，年满十六岁之后拥有处置财富的自由。他不缺钱，也不缺时间，如果说缺什么，可能他缺一点儿带来刺激的事情吧。

那年暑假，他走进了一家画室："你们需要人体模特吗？"

少年有天然如玉石的脸庞，略显瘦削但线条优美的肩背，似乎天生就能驾驭最挑剔的画笔。

"你怎么想到要来做人体模特的？"

"我希望留下点儿什么。"崔顿伸展开雪白的四肢，骨骼修长的身体如同早春新绿的树枝，纤弱中有一种力量。

那种力量，叫美。

在最好的年纪，一个养尊处优的灵魂，脊背如春山起伏，琥珀色的眼睛倒映着死神。

崔顿在圈内很快成名，慕名而来的画家不计其数。其中也有不怀好意的炙热的目光停留在他身上，狡黠的眼神投石问路。崔顿轻松看穿他们的把戏，报之以傲慢与轻蔑。

曾经有一次，一位画家由衷地慨叹："我能勾勒出春天的一切，却勾勒不出你的姿态。"画家小有名气，刚拍卖出价格不菲的新作。他特意蓄留着胡须与长发，似乎与俗世格格不入，但语气里有种金钱支撑起来的底气。

"你画画多久了？"崔顿漫不经心地以手撑头，闭目半寐，任由蜜色的阳光铺展在他的身上。

"十年了。"画家换了一支笔刷，在调色盘上蘸满热烈的颜色，"一开始很落魄，挤在最便宜的楼道房里，总是担心交不上房租，被房东赶到大街上。后来时来运转，遇到了识货的买主，卖出了几幅高价画。"说到这里，画家笑了笑，"再后来，换了海滨别墅，也换了很多女人，像做梦一样。但午夜梦回时我还是会想起脏兮兮的楼道里指桑骂槐的吵架声、脚步声，以及难闻的气味。"

尘世是一个烟头，艺术是它烫出的疤。

每一幅作品都藏着世事碾过的伤口，只有结痂和没结痂的区别。有的伤疤被幸运女神吻过，有的则腐烂湮没在尘埃里。画家们会把自己的心事讲给崔顿听，仿佛真的将崔顿当成了可靠的雕塑，觉得对着一座雕塑倾诉很安全。

崔顿有很多不同姿态的肖像画，或浓烈的油画，或清丽的素描，或瀑布般的光线中春神般俊美的脸孔，或孤灯下苍白皎洁的躯体。他偶尔无聊也会去画展，看到那些画里的自己，像是看着一面面镜子，倒映着画家们本人的眼睛。

没有人真正在画他，他们都只想要画自己。

崔顿觉得很无趣，但他也找不到更有趣的事情可做。他的生命只剩下这么多了，知道人生终点在哪里，结果就变得毫无意义。他懒于跋涉，又想要留下些足迹，只能任由别人信手涂抹。

三

大多数时间，他仍然待在学校里。

校园里都是和他年龄相仿的少男与少女，或愁眉深锁，或无忧无虑。他们的忧愁何等浅薄，又何等可贵。眼泪真挚，笑容璀璨，不需要理会遥远的死神。

有一天，崔顿去学校的美术教室拿画具。

午后日光懒洋洋的，他随手揭开海蓝色的绒布，孤独地和衣躺在上面，阳光像波涛一样淹没了他。

这样的寂静温暖很适合画画，崔顿抱着这样的想法，不知不觉睡着了。

等他醒来时，日光已西斜，空荡荡的美术教室里一个金发男人笔直地坐在画架前，正在画着什么。

崔顿伸着懒腰坐起来："你在画什么？"

男人抬起眸子，一张历经时光的脸庞不算太年轻，但仍然俊美，像古雅的油画残卷。"画你。"

没有付钱就画他，崔顿觉得自己亏了。他想了想，朝男人伸出手："付钱。"

"……"

他又想了想："给你打对折吧，毕竟我睡着了。"他报了一个数字，男人皱起眉头："这么贵？"

崔顿有点儿生气，他的起床气简直都被对方撩出来了，这家伙根本不是美术生吧？只要是圈内的人士，哪怕那些初学美术的穷学生们，只要关注近期画展的，肯定见过他的脸。

崔顿傲慢地俯视对方："美，是昂贵的。"

男人点了点头："我同意一半，美不仅昂贵，而且近乎无价。"

（番外1）原画 YUAN HUA

"你不是美术生吧？"崔顿的起床气并没有消。

"我路过画室时看到你，便顺手画了起来。"男人放下画笔自我介绍，"我叫格兰德。"

出于好奇，崔顿随意看了一眼画板上的画作。

可那并不是肖像画，甚至不是人物画。

画面中的风景春意盎然，水中白帆正举，马儿悠闲地行走在绿色的田地上，农夫正享受着春光。所有的一切看上去都那样静好、安逸，甚至不特意去看，都留意不到无人看见的角落里，无垠碧波之中，一双无助溺水的苍白双腿正在绝望挣扎。

崔顿怔了一下。

"你躺在海蓝色的绒布上，让我想到这幅《有伊卡洛斯坠落的风景》了。"格兰德笑了笑。

伊卡洛斯是希腊神话中的人物，他用蜡封的羽毛做成双翼，飞越大海时因为离太阳太近，蜡被融化，坠海而死。在勃鲁盖尔的笔下，这幅画虽然题为《有伊卡洛斯坠落的风景》，画中的主角却并不是伊卡洛斯，所有人都在做自己的事情，没有人理会伊卡洛斯的死亡。

站在空荡荡的教室中，眼泪突然顺着崔顿的脸颊流了下来，他甚至都没有意识到自己哭了。

真正残酷的死亡不是诀别，而是无声无息地消失。所有人都在做自己的事情，死去的伊卡洛斯无人看见。

这才是死亡的真相。

孤独是它的底色。

无数人为崔顿画过画像，可格兰德画的这一幅，甚至没有出现他的脸，却画出了他的绝望、悲伤和……不甘。

"我可不想看到美少年哭。"格兰德耸了耸肩，"你似乎喜欢这幅画？"

"不。"崔顿沉默了一会儿，"不喜欢。"

"但你看它的眼神说明，它一定是特别的。"

"伊卡洛斯不过是个倒霉蛋而已。"崔顿气恼而绝望地转过身去，眼泪掉落在海蓝色的绒布上。

"向火而生，向光而死。坠海的伊卡洛斯是一位了不起的少年，蜡做的翅膀，不坠钢铁的心脏。"格兰德在波涛一般的金色阳光中站了起来，几滴金色的颜料穿过他的身体滴落在地上。

"我想，他从来没有后悔过，那些哀怜都是后人给的。"

四

"崔顿，你一个人在画室做什么？"教室外传来同学的声音，几个路过的男生跟崔顿打招呼。

崔顿愕然地看了他们一眼，又回头看了看格兰德。

只有他一个人能看到格兰德。

哪怕此刻格兰德走到了门口，就站在那几个男生的身边。

哪怕格兰德站在人群中就像一幅油画那样独特。阳光像一罐没盖好的金色颜料泼在他身上，毫无阻碍地穿透他的身体，在地板留下浅浅的痕迹。

崔顿的脸色微微发白。终于，人都走了，四周安静下来。

格兰德无辜地从门外探过头来："怎么这样看着我？"

"你是幽灵？"崔顿僵硬地问格兰德。

"当然不是。"格兰德说，"我只是个画家而已。我不怕阳光，也不怕月亮。"

崔顿无语了，并没有幽灵会怕月亮！

"你是画家？可我并没有听说过你。"崔顿深深疑惑。

"名气这种东西，就跟调颜料的水一样乏味。"格兰德露出索然无味的神情，"很多年前，我曾经在纸醉金迷的巴黎追名逐利，乐在其中。后来我发现，只要你在人群中激荡起了波澜，获得了声名，人们就会把你捧上神坛，又扯下泥沼。他们的声音是随风摆荡的芦苇，狂热地爱、决绝地背叛，然后遗忘。"

他斜倚在门框上说："现在我只想找到一个小女孩，我有一颗星星要送给她。"

也许是光线的缘故，格兰德的神色显得十分温柔。他从怀中摸出一张肖像画。

画中的小女孩有一头金色的卷发、湖蓝色的眼睛，脖子上戴着一颗漂亮的星星宝石，怀中抱着一只卷毛小狗。

"她是谁？"

"不知道。"格兰德一脸茫然无辜，"我不记得了。"

崔顿皱起眉头，从女孩的衣着打扮和背景风貌来看，那是十九世纪的法国北部风格，距今已有三千多年了。

可格兰德并不像在开玩笑。

崔顿叹了口气："有个办法或许能帮你，最近有一场画展，我托人把你这幅画也放进展厅，如果来看展的人多，或许能有人认出这个女孩。"

五

崔顿兑现了他的诺言，几天之后，他把格兰德带到画展。

他们穿过灰色的走廊，经过第一展区，那里悬挂着历史的痕迹，绚烂的色彩像星星一样落在画布上，诸神白皙敦厚，春日秋千明媚，贵妇笑意朦胧，一切都带着初醒的好奇。

格兰德的脚步好奇地停住了。

崔顿也停住脚步，向他介绍："这是星际迁移之前的画作，拉斐尔的《雅典学派》。这幅画里会聚了当时最聪明的人，哲学家、数学家、天文学家。"

蓝天穹顶之下，白袍飞扬，哲人们脸上思辨的神采栩栩如生。

"很奇特，你看到了吗？哲学家柏拉图长着画家达·芬奇的脸，而哲学家赫拉克利特和雕刻家米开朗琪罗的容貌几乎一模一样。"格兰德随口说，"或许，其实他们根本就是同一个人。"

展区分为好几个板块，除了商业画作，还有一些古画复制品。

一位熟识的画家过来与崔顿打招呼："一个人？怎么不带朋友一起来看？"

"带了。"崔顿挑眉，"就在你身边。"

画家左右看了看，满脸狐疑。

"开玩笑的。"崔顿笑了，他的身姿像是从油画中走出来的春神般迷人，站在画前时，好像成为了画中的一部分。

看展的人络绎不绝，不时有男女回头看他。

"他们在看你。"画家眨了眨眼睛。

"看画而已。"崔顿无所谓地耸肩。

画家毫无掩饰地赞美他："你的父母并不是画家吧，他们生出了艺术品。"

"不，他们都是商人。"

"没想过子承父业吗？"

"选择父母的职业，在生物学上不过是对脱氧核糖核酸链上已经存在的基因进行重新组合，从生物繁衍的角度无可厚非。"崔顿走在色彩的丛林里，如鹿穿行于森林，如猎物巡游于刀丛，"但人之所以成为'自己'，不就是源自那一点点冒险的变异吗？"

出色的画家都是敏锐的猎手，他们猎取光彩、生命、激情和短暂的永恒。美，则是猎物。

"走，我们去看看你那幅画。"崔顿用唇语无声地对格兰德说。他把画家带到那幅肖像前："见过这个女孩吗？"

留着络腮胡的画家仔细端详着画面，狐疑地说："这幅画挂错展区了吧？这像是一幅古画。"

崔顿若有所思："能看出是谁的作品吗？"

"有点像格兰维尔的早期风格,但是据我所知,格兰维尔流传于世的作品里,并没有这一幅。"

十九世纪的法国画家格兰维尔,以古怪的风格与丰沛的想象力流传于世。

崔顿诧异地回过头去,这才发现格兰德不在身边了。

他疑惑地朝人群望去,匆匆对画家说:"抱歉失陪一下……我得去找一位朋友。"

格兰德并没有走远。他坐在供游客休息的长凳上,茫然地注视着往来的人群,似乎陷入了沉思。

崔顿来到他身边坐下,人流从他们身边淌过,如同虚影。

这一刻崔顿觉得世界真伪难辨,近在咫尺的格兰德如此真实,男人的痛苦凝结在眉毛上,眼底冰冷干涸。

"怎么了?"崔顿问,"你看到了什么?"他顺着格兰德的目光望去,落在一只随画展出的旧箱子上。

格兰德肩背萎靡,仿佛因为疲惫而把自己缩得很小,如同命运宏大的交响乐中一个单调悲怆的符号。

男人不堪重负般地抬起头,眼底布满血丝:"我想起来了。"

画面上的纸牌跃跃欲试地瞧着他们,既天真悲悯,又狡黠无情。他终于记起了发生在他身上的一切,正是这份记忆使他成为了如今的自己。

"我一直在找这只箱子。"

六

格兰维尔出生在一个艺术家庭。

他的祖父是一名英俊的演员,父亲是一个老派的画家,一直希望他能子承父业。在某种程度上,他也的确迎合了父亲的期待,成年之后以绘画谋生,可惜他对父亲所擅长的人物肖像毫无兴趣,也无意创作传统的油画。

他画的都是一些在众人看来很怪异的东西。

在那些画中,绅士长着秃鹫头颅,女子有花朵的身体,恋人在乐谱上跳华尔兹,屋顶悬挂着巨大的群星……在纸醉金迷的巴黎,他渐渐地因为古怪的边缘画风失去了前途,父亲对他很失望，人们觉得他是个笑话。他夜夜在巴黎的歌舞厅里颓废买醉，直到遇到了一位叫劳拉的棕发舞女。

劳拉气质出众，即使没有歌舞厅的灯光，她的脸庞也仿佛总在聚光灯下被精雕细琢。她跳起舞来有种目空一切的骄傲，凝视着格兰维尔的眼神又充满同情与理解。当格兰维尔受挫陷入自我怀疑时，他能把自己的伤口交托给她。

一年后，他们结婚了。

父亲激烈地反对这桩婚事，甚至拒绝参加他的婚礼。亲朋们也议论纷纷，格兰维尔没有理会他们，结婚之后他带着劳拉离开巴黎，回到了乡下。

两年之后，他们有了一个可爱的女儿苏菲。

苏菲长到五岁时，有一次满头大汗地抱着小狗跑回家。

"爸爸，丽莎的脖子上挂了一颗蓝色的星星，好漂亮！"苏菲仰头期待地说，"我也想要一颗星星。"

丽莎是苏菲的朋友，其父在巴黎有价值不菲的产业，每年只有春夏两季在乡下农场度过，其他时间都在巴黎的富人街区生活。

年幼的苏菲并不知道，她口中的"星星"是一颗昂贵的蓝色钻石。

那是格兰维尔买不起的东西，他的收入只够一家人勉强糊口。他不服从于世俗的审美，也就无法赚大钱。这些年来，他看似玩世不恭地坚持着自己作为艺术家的自尊，却无法履行一个好父亲的义务。

在一旁缝衣服的劳拉看看他们，温柔地摸着苏菲的头说："让爸爸给你画一颗星星吧。"

"好啊！"苏菲开心地拍手，"爸爸你快画！"她似乎想到了什么，又天真地追问了一句，"画里的星星可以拿出来吗？我想拿在手上！"

"等你长大了就可以。"劳拉眨了眨眼睛。

很久之后格兰维尔回想起来，流言蜚语就是从那个春天传出来的。

乡下的林荫小道大多数时候是宁静的，但人们的八卦之心和城里并无区别。

站在一群农妇中间，劳拉哪怕穿着和她们差不多的衣服，也仍然拥有足以引来嫉妒的美貌。

那些对她的攻击和怀疑也就格外醒目。

劳拉的舞女身份早已不是秘密，男人们喜欢用暧昧不明的目光看她，女人则用更直白的厌弃目光疏远她。甚至有人说亲眼看到她背着丈夫趁着夜色驱车往返巴黎，回来时带着镶嵌珠宝的箱子；还有人说她穿着华丽的丝织红裙，随手扔给了沿路乞讨的老太婆一块金子，挥金如土。

这些流言格兰维尔都不信，那个秋天，他一幅画都没有卖出去，全家人只能啃没有黄油的干面包。

有一天傍晚，他提前回家，无意中看到劳拉小心翼翼地从床底搬出一只箱子，从里面拿出了什么，又立刻把箱子锁上，装作若无其事地去做其他事情。

他心中充满疑惑，却没有问出口。

第二天早晨，餐桌摆上了新鲜的牛奶和精致的果酱。

苏菲十分高兴，格兰维尔却高兴不起来。他近乎严厉地问劳拉："你从哪儿弄来的钱？"

劳拉的神色躲闪了一下。

"做缝补时，克拉拉太太多给了我一些。"劳拉轻声回答。她平时会给附近的农场主太太做一些缝补来补贴家用。

她的表情并不能令格兰维尔信服，她那双多情的大眼睛甚至根本没有看他，只是低头躲避。

那次的早餐不欢而散。

冬天很快来临，村庄里开始流行瘟疫。

忧虑蔓延在人们心头，一家人的生计更加艰难。格兰维尔与劳拉许久没有好好说过话，两人之间的气氛比冬天更冰冷。格兰维尔一直在等待，等劳拉主动开口，向他解释床底的那只箱子和来历不明的钱，却没有等到。

半个月后，劳拉也不幸染病了。

她迅速消瘦下去，卧床不起。格兰维尔焦急地带着她四处辗转求医，却一无所获。微薄的积蓄很快用完了，他试图用微贱的价格出售自己的画，却无人问津。

在最绝望的时候，格兰维尔突然想到了当初在巴黎听过的那个传说。

那晚下着很大的雨，他连夜乘着马车到巴黎，塞纳河黑色的怒涛亲吻着冰冷的桥墩，他在桥上等待了几乎一整夜。

"你在等谁？"崔顿好奇地问。

"纸牌人。"

"什么？"崔顿一愣。

"纸牌人隐藏在纸醉金迷的巴黎，在塞纳河畔与人交易。我曾经接到过他们的邀请，他们声称能给人无穷的才华、灵感与富贵。但那时我年少轻狂，对浮世名利并不热衷，没有与他们交易。"

走投无路的格兰维尔在黑暗的雨夜奔赴旧城，试图找到多年前他拒绝的东西，为了救劳拉的命，他愿意做任何交易。

"你等到纸牌人了吗？"

"没有。我一直等到天亮，也没有等到。"

那夜的冷雨让格兰德自己也生了肺病，病情来得很急，他甚至无法乘坐马车再回乡下。事实上，他也没有钱再雇车马了。他躺在廉价的旅馆里，觉得自己的归宿可能是客死他乡。

"奇怪吧？我在巴黎生活了十多年，但仍然觉得自己是异乡人。我从来没有真正地喜欢过这里，就像我的父亲从没有真正喜欢过我一样。"

他在旅馆里躺到第三天的时候，一个信童敲开了他的门。对方把一封带火漆印的信交给他，说是一位先生给的。他打开信封，里面掉出一张红桃J的纸牌，除此之外空无一字。他意识到这是最后的希望，立刻挣扎着爬起来，按照信上的地址前往。那时他已经非常虚弱，虽然距离不远，但他还是在半路上精疲力竭地昏了过去。等他醒来时，发现自己在一艘豪华的大船上。

"侍者长着一双灰眼睛，彬彬有礼，问我是否愿意与纸牌人交易。那时的我几乎一无所有，甚至连生命都要失去，我只害怕自己再没有任何交易的价值，立刻不假思索地答应了下来。对方说，只要我能完成一幅画，纸牌人就能给我想要的一切。"

听到这里，崔顿已经明白了："那幅画就是《纸牌人之战》？"

"是的。"

格兰维尔一生中画过许多作品，但没有一幅能与《纸牌人之战》媲美。

灯火昏暗，那时的他几乎握不住画笔，死神和春神同时吻着他的嘴唇，恐惧、悔恨、仅存的希望交织地折磨着他，对劳拉的爱与失望让他心中刺痛，还有对女儿苏菲的眷念……她那么小，像天使一样可爱，喜欢一切新奇有趣之物，相信所有美丽的童话，一想到要和她离别，他的眼泪就掉落在了颜料里。

画布上有一场战斗，他心中也是。

"那幅画让纸牌人满意吗？"崔顿的好奇心完全被勾起来了。

"是的，交易达成了。"

七

劳拉在前一夜死去了，她的身体已经僵硬冰冷。邻居说，听到她整晚都在呻吟，叫着格兰维尔的名字。备受打击的格兰维尔昏倒在地，醒来后仍然无法接受这个事实，甚至数次想结束自己的生命。

他的头发迅速变得灰白，人也憔悴下去。

他发现，另一件更可怕的事同时发生在他身上：他不再爱与自己相依为命的苏菲了。

或者说，他的灵魂本该爱她，但所有的中枢神经活动都不再配合，他在拥抱那个孩子的时候不再快乐，他听到她的哭泣时不再痛苦，他不再为她的成长而骄傲，也不再为她的眼泪而遗憾。

与其说他失去了她，不如说他失去了自己。

绝望的格兰维尔拿着剩下的金币找到医生，给自己做了细致的身体检查。

"不用担心。"医生说，"你的身体状况很好，非常强健。"

格兰维尔脸色苍白，他对贫穷、病痛、孤独都很熟悉，但他对此刻的自己很陌生。他的双手、面孔、肌肉和眼睛，都变得陌生，它们如此灵活而健康，但与他无关。

格兰维尔觉得恐惧，他感觉皮肤上沾着脏污，不由自主地想要洗手，但是无论如何清洗，也无法将恐惧洗去。

"我是不是得了什么病？"

"你没有病。"医生摇了摇头，"除非是心理上的。"

不是心理上的。

格兰维尔确切地知道，他身体的某个地方被替代了。

他的心不见了，那颗心凭空消失，纸牌人把它取走了。

他们称之为基因改造。

春风温柔轻盈，农场上的羊群在悠闲地吃草，格兰维尔的脚步却沉重如铅。

他疲倦地回到家时，看到五岁的苏菲已经抱着小狗蜷缩在床上睡着了，桌子上还有半罐冷掉的汤。女孩嘴唇紧抿，金色的卷发失去了光泽，下巴瘦得尖细，如同一只被遗弃的小狗。

听到脚步声，苏菲睁开大大的蓝眼睛，却没有说什么，只有小狗朝着格兰维尔欢乐地叫了几声。

"苏菲。"格兰维尔俯身摸了摸她的头。

女孩躲开了。这个动作让格兰维尔愣了一下。苏菲抬起头来："邻居们说，妈妈死的时候，你在巴黎赌博。"

格兰维尔的脸色变得苍白，但他心中奇怪地竟然没有悲伤或心碎的感觉，事实上，他什么感觉也没有。

"我一直在努力想要救劳拉。"他听到自己平静地说。

"可是妈妈死的时候一直在叫你的名字，你没有回来。"苏菲悲伤而厌恶地看着他，"你已经不爱她了。"

格兰维尔的胃轻微地不适，他想那一定不是因为痛苦。

他略显刻板地说："我爱劳拉，也爱你。"

"你的眼神不是这么说的。"苏菲穿着睡衣抱起小狗，走出了房间。

格兰维尔在黑暗中坐了许久，觉得脸颊有点儿冷，他诧异地摸了一下，是不知何时流下的泪水，他竟对此毫无察觉。

那天苏菲带着小狗离家出走，没有回来。

几天之后，邻居们在河边见到狂吠的卷毛小狗，看见了漂浮在河里的小小的尸体。

悲剧并不因人的痛苦而停止。

"从那时候开始，我在人们眼里成了一个疯子，因为失去妻女伤心过度而疯狂的可怜男人。我开始自残，被关进了疯人院，无法再作画，只能浑浑噩噩地度日。等我再次清醒时，世界已经变了模样，我也不再记得自己是谁。"

八

格兰维尔的故事讲完了，夕阳西下，画展已经快要闭馆了，游人变得零落。崔顿许久无法回过神来，他问出了一个自己最难以理解的问题："纸牌人到底对你做了什么？"

格兰维尔沉吟良久："他们改造了我的身体，也改造了他们自己的。"

"我不明白。"

"纸牌人是与我们不同的另一种'东西'，他们以时间为食，居无定所。"

"也就是说，纸牌人是外星人？"

"可以这么说吧。"格兰维尔倦怠地说，"他们只改造那些最孤独的人，这些人身上的时间最悠长。"

"可是你的时间非但没有变少，反而变多了，你一直活着。"崔顿说到这里，突然愕然地打住了。

这一刹那，他似乎明白了什么。

因为他意识到，格兰维尔的时间在延长，孤独也在延长——那不是赐福，而是刑罚。

时间总是相对地流动，对一些人来说，时光飞逝；对另一些人来说，他们却感到度日如年，如陷牢狱。

"我的时间一直在被吞噬，我的身体也越来越透明，直到完全不可见。"格兰维尔说，"最近这几百年里，即便我拼命地大声说话，也没有人听得到我的声音。他们对我视若无睹，我也听不见他们，只看到他们嘴唇开合，高谈阔论。直到我看到了你，看见你躺在阳光中。

"这一百年里，你是唯一一个能听到我、看到我的人。"

格兰维尔笑了笑，崔顿伸手想要碰触他，却发现自己只触到了虚空，如同穿过牛奶色的薄雾。

"你……要消失了？"

"是的。"格兰维尔微笑,"我忘记了很多事情,谢谢你带我来这里,让我把一切想起来。"

崔顿的手微微发抖,孤独如同虫子在他的皮肤上爬过。

"苏菲想要一颗蓝色的星星宝石,我曾经满世界为她寻找宝石,却不知道宝石就在家中的旧箱子里……当年劳拉去世之后,我清理她的遗物,打开了那紧锁的箱子,发现了一些钱和那颗蓝宝石。

"箱子里还有我父亲写给劳拉的一封信。我和劳拉结婚时,父亲没有来参加婚礼,我们几乎断绝了关系。或许正是因为他太过了解我,知道我绝不会接受他的救济,才会在小苏菲出生之后的第五年,让中间人把我的妻子请到巴黎,与她深谈,给予她一箱金钱,纾解我们的穷困。

"我一直以为父亲以我为耻,但他在信里说,他认为我的画是特别的,虽然没有任何一个人会接受这种怪异的风格,但这些画仍然是特别的。

"这封信封着火漆,劳拉遵守承诺没有把它拆开。那个秋天我们三餐无继的时候,她从箱子里取过几次钱,但自从我表现出对她的怀疑,她就没有再打开那个箱子,哪怕是在她病重时。

"很久之后,我想起那时苏菲说想要星星时劳拉温柔微笑的样子。星星已经有了,她早就知道,只有我不知道。

"如今我找到了星星,却找不到她了。"

格兰维尔把手深深揉进金色的卷发中,阳光像水从他的脸颊上滑过,留下暗影。

过去的阴影与未来的希望,都比不上有某一个人的现在。

九

崔顿起身走上前,轻轻拨开"禁止入内"的栏杆,从那口破旧的箱子里取出蓝色宝石。警报器意外地没有响,四周静悄悄的。

崔顿将那颗宝石放在格兰维尔的手心里,男人捧起宝石,像是捧起了一颗昂贵滚烫的太阳。

"谢谢你。"格兰维尔说。

一大颗眼泪从男人深陷的眼窝里流下来,崔顿想对他说什么,却感到一阵眩晕窒息,眼前所有的景物像是骤然打翻的颜料,旋转搅拌成一片模糊……

他知道自己发病了。

警报声终于在耳边尖锐地响起，保安们神色惊慌地冲了过来，包围了崔顿和那个他们看不见的男人。

崔顿倒在了地上。

不知过了多久，等崔顿醒来时，他发现自己躺在医院。

"你把美术馆里展出的蓝宝石拿过了警戒线。"私人律师站在他床前，轻描淡写地说，"他们试图以偷窃罪起诉你，但已经摆平了。"

崔顿没有问怎么摆平的。在俗世里，金钱可以摆平一切。

他环顾四周，没有看到格兰德。

"现场没……有抓到其他的什么人吧？"

"什么人？"律师扶了扶眼镜，奇怪地问。

崔顿沉默了一会儿："我想买下那颗蓝宝石。"

"那是一位画家的遗物，很漂亮的蓝宝石。不过至少要到秋季，才会有拍卖会。"

"我能活到那个时候吗？"

很遗憾，还没有到秋天，崔顿就已经不行了，比医生当初预计的时间还早了两个月。他躺在病床上，身上插满各种仪器。

"叫律师过来吧。"崔顿虚弱地笑了笑。

他早已立好了遗嘱。他没有亲人，也没有朋友，曾经他渴望能留下点儿什么，在见到那幅《有伊卡洛斯坠落的风景》之后，他才意识到，一个人能留下的全部东西就是他在某个人心里的回忆。

朋友、恋人或是亲人，无论是谁。

每个人的生命都是画布，只要有人还愿意记得他，他就在那张画布上留下了油彩。即使他死去了，色彩仍然在。

"把画拿给我。"崔顿吃力地伸出手，抚摸着那幅《有伊卡洛斯坠落的风景》，缓缓坠入了死神的怀抱。

他的心脏停止了跳动，四肢开始僵硬，他甚至能摸到自己冰凉的皮肤开始失血。黑色

（番外1）**原 画** YUAN HUA

的波涛淹没了每个细胞，让一切缓慢停止、放弃，归于寂静。

十

"连医生也无法解释，在他们已经放弃抢救之后四个小时，我的心脏竟然再次恢复了跳动。"

崔顿的目光陷入了回忆。

六个月前，原本已经没有希望的他奇迹般地恢复了健康。

秋天到来时，他进入拍卖场，高价购得了那颗蓝宝石，以及与宝石一起拍卖的画作《扑克牌之战》。

"我想当时出现在你面前的并不是格兰维尔本人。"听完了他的故事，顾岐若有所思，"而是携带有他记忆的某种微生物。"

"微生物？我更愿意称之为幽灵。"崔顿笑了，"毕竟，人们对自己看不见和无法理解的东西，要么不屑一顾，要么恐惧至深。"

他端详着自己的双手，肌肉与掌纹都熟悉而陌生。

顾岐是对的。那种微生物可以携带已故者的记忆进入另一个人的身体。当他被感染时，他的基因已被完全改造。

如今的崔顿已经是全新的崔顿。

"我已经做出了选择，它让我的生命得到了延续。"崔顿拉开窗帘，任由蜜色的阳光亲吻他的皮肤。

他突然想起，那时在空荡荡的美术馆里，男人把手深深揉进金色的卷发中，阳光就像水从他的脸颊上滑过："如今我找到了星星，却找不到她了。"

无论在生命的哪个角落，爱情、幸福、痛苦与死亡的车轮终究会碾压而过，碾压过那些无法停止的柔弱的思念与热爱。

画纸已经泛黄。

故事还来不及说，结局已经匆匆而过。

番外 2

ZHUI GUANG

追光

他无法跑过光,但他可以跑向前方。

一

顾岐出生在战争年代，他是星际之战的孤儿。

当他还是一个柔弱的婴儿时，曾被装在黑色塑料袋里，扔到街边的垃圾桶。提着塑料袋的是他年轻的母亲，除了脸色略显苍白之外，这个女子美丽刚毅的脸上丝毫看不出刚刚生产的痕迹。她面无表情地把塑料袋扔进垃圾桶时，恰好有工人路过问他："这么大一包是什么东西？""死掉的小猫。"顾岐的母亲回答。

那是星际迁移之战爆发之初。

地球联合委员会在世界各地紧急征召军人，告示贴满了大街小巷，很显然，哺乳期妇女不在征召行列。顾岐的父亲那时只有十九岁，也参军了。少女们纷纷前往星际战舰，前往宇宙的前哨，顾岐的母亲和她们一样年轻，甚至比她们更美丽，她不愿意被排除在这项任务之外。

从表情上看，她对自己初生的婴儿并没有多少感情，眉眼平静，毫无留恋，那些属于母亲的本能在她身上失效了——在星际迁移前的最后一个世纪，这些都被视为贵族的特征。基因技术让人类变得更加聪明、理智，他们冷静得仿佛一台台拥有生命的人工智能，拥有超凡的智力，摒弃了感情这种多余的东西。

那位路过的脏兮兮的老工人救了顾岐的性命。老人太穷了，还没有机会接受基因改造，还保留着那种叫作善良与软弱的东西。他把顾岐从垃圾袋里抱出来，因为婴儿的哭泣而心软，连夜把他送到警察局。顾岐的母亲很快被警察找到，遗弃幼儿是不被法律允许的，尽管她前往战场的心志如此坚决。

直到顾岐三岁时，她才终于如愿以偿，带着年幼的顾岐一起奔赴战场。

数光年之外的战场上，千艘巨型战舰列队。

战争旷日持久，顾岐的父母在战场上重逢，基因改造之后的恋人与普通伙伴唯一的区别，是他们会一起繁衍后代。几年后，顾岐的父母又有了一个孩子，小婴儿看上去红红的、丑丑的，可顾岐抱住弟弟时，心突然软成了一潭春水。按照规定，弟弟将被送到婴儿舱中养育，从小与父母分离。

战舰上供给生存的资源与食物有限。顾岐和其他孩童一样，在六岁的时候参与了名为"丛林幸存者"的竞争。

竞赛者都是刚满六岁的孩子，有的还懵懵懂懂，有的已经有了与年龄不相符的野悍与成熟。比赛规则很简单，小孩们比赛谁跑得最快，最快抢到赛道上预设的玻璃罐子里的星星的人可以获得食物。

顾岐知道在奔跑中落后意味着什么，每一秒速度，都关乎生存。

那些在第一轮竞赛中没能胜出的孩子得不到食物，饥饿会让他们的体能下降，在第二轮的比赛中胜出的概率就更小。

人太多了，而食物太少，生存权需要争抢。一些曾经在顾岐身边出现过的稚嫩脸孔消失了，又有一些新的面孔出现。顾岐跑得很快，幸运地一直能得到食物，每天听到发令枪响，他就会像箭一样冲出去。周围的每个孩子也都在疲于奔命，一直不停地跑，日复一日。

从小到大顾岐都跑得很快，他积攒了很多的星星，但不知道从什么时候起，他对拼命奔跑这件事的意义产生了疑问。当他停下来思考的时候，下一轮奔跑却又开始了，让他来不及困惑。

直到有一天，顾岐正在奔跑时，脚下突然微微晃动，像是有一只手微弱而拼命在地摇晃……

战舰被敌军的武器击中了？

顾岐的脊背上出了一层冷汗，他愕然环顾四周，光线以奇怪的弧度弯曲着，世界仿佛

（番外②）**追 光** ZHUI GUANG

上下颠倒过来，天花板延伸向无垠的远处。

剧烈的震动伴随而来，四周仿佛随时会轰然倒塌。

"啊——"地面晃动得更加剧烈，顾岐本能地抱头蹲下，任由自己被吞噬在黑暗中。

不知道过了多久，顾岐吃力地睁开眼睛，一刹那他好像看到了上下颠倒的人，他们站在天花板上。不对……那不是天花板。

顾岐的嘴唇微微颤抖，视线从模糊变得清晰。

——那是镜子。

黑洞形成的镜子，被扰乱的时序，纷繁的乱码与杂音……

四周狭窄而黑暗，感受却变得敏锐而透明，也许黑暗与死亡反而是最接近生命本质的存在。

顾岐举目望去，在黑暗尽头看见了一点儿橘色的灯光，一个小女孩站在温暖的光源处，疑惑地歪头看着他："你……你是谁？"

她的打扮和神态都是顾岐所不熟悉的，说话磕磕绊绊。

"我是……"顾岐心头涌起奇异的感觉，"我叫顾岐，来自第五战舰。"

小女孩显然没有听懂，又或者是四周的杂音太大，她根本无法听清。她看上去太弱小笨拙了，像一头被狩猎的幼鹿。

可这个弱小的孩子小心翼翼地走到他身边，担忧地看了顾岐一眼："小哥哥，你受……受伤啦？"

顾岐低头看去，发现自己的膝盖擦破了皮。

他早已习惯了奔跑、摔倒、再爬起来，这点小伤根本不算什么，但女孩却一脸紧张的表情，掏出一块手帕为他止血："你要去看医……医生……"

她这么慢吞吞的，是怎么活下来的？顾岐侧头，一股刺目的火光在远处冲天而起，像是什么东西爆炸了。

"反物质武器交火了，快跑，跑到逃生舱里！"顾岐厉喝一声，抓起她的手跑起来。

他经过无数的奔跑训练，就是为了在战争中遇险时能幸存下来。他跑得很快，女孩才几步就气喘吁吁跟不上了："我跑……跑不动了……"

"跑不动就会死，必须跑。"顾岐毫不迟疑地说。

"为什么？"女孩一脸快要哭出来的表情。

为什么要跑？怎么会有人问这种蠢问题？顾岐愕然，这女孩不会是个傻子吧？可是渐渐地，他也发现哪里不对。

战火与爆炸声越来越远，远到好像它们本来就是一种幻觉而已。

顾岐愕然四顾，这到底是什么地方？

这里不是他熟悉的战舰，他们跑到了一间全然陌生的屋子。

女孩瞪着他片刻，突然一脸恍然大悟的表情，拉着他的手开心地笑了："这是新游……游戏吗？"

游戏？

顾岐只知道每一秒都关乎生存，他从没有把拼命奔跑和游戏扯上什么关系，也从不觉得有人会有这种愚蠢而天真的想法。

小女孩的脸算不上多好看，但是她的笑容很温暖。这是顾岐第一次看到小孩在跑完之后会笑。

"你不用跑吗？"顾岐终于意识到了他们的不同与认知的沟壑。

"我想跑就跑啊。"女孩不解地说。

顾岐心中微微震撼，他意识到这是一个截然不同的世界，是一个没有被战火浸染的世界。

在这个世界里，不需要奔跑。

孩童们像食草的幼兽一样天真，她可以跑，也可以随时停下，只要她愿意。

"小哥哥，你怎……么了？"

"没什么。"顾岐放慢了脚步，打量这间摆设陈旧的屋子，看得出这里的科技还很落后，人们甚至还需要用电能与核能这些原始的能源，反物质的提取远未成规模，更不用说开采太阳了。

这是哪里？如此原始、荒芜、宁静而美丽。

"许清渠！许清渠！"一个焦急的声音从头顶传来，听上去也是个小女孩。

"是我的朋友在找我了！"女孩眼前一亮，大声喊，"云未暖，我在这里！"

声音就在耳畔，可她们看不到彼此。

他们身处一个奇异的折叠空间中，仿佛一步之间，就可以从宇宙的一端走到另一端。

顾岐能意识到周遭的危险，也意识到他与女孩之间的距离。

他们远没有肉眼看上去的那么近。

女孩显然一无所知，压根儿不知道自己站在悬崖边上，一步踏空就会永坠黑洞。她从口袋里摸出一颗糖，甜甜地笑着踮起脚捧给顾岐："这个给你。"

顾岐接过她的糖，有些羞赧地找遍身上的口袋，只找到了他刚在奔跑中赢得的一颗星星，微微的光芒如同海面灯塔的暖光。

"这个送给你。"

"好……漂亮的蓝宝石！"女孩结结巴巴地说，"谢……谢你。不过它太贵重了，我不能要……"

星星只是比赛中赢得的东西，每天都会有，顾岐并不认为它贵重。

食物，要贵重得多吧？

两人来不及再说话，脚下的大地再次晃动起来，周遭所有的东西都上下颠倒过来，刺耳的爆炸声再次清晰。

然后，顾岐看到了熟悉的战舰。

火光冲天，碎片四溅，这艘战舰曾被誉为坚不可摧的堡垒，可是被反物质毁坏的瞬间，它柔弱得仿佛不堪一击的玻璃。

一股热浪冲击而来，顾岐的头重重地撞到舱壁，晕了过去。

二

"这是奇迹。"负责救援的军人说，"战舰全毁，这孩子是唯一的幸存者，在最后的时刻转移到了救生舱。"

顾岐得救了，他是整艘战舰中唯一的幸存者。

许多战士在这场大战中牺牲了，包括顾岐的父母。

很长一段时间，顾岐都沉浸在失去亲人的痛苦中，虽然从小父母给予他的关爱、交流过的眼神屈指可数，但他还是无法接受失去他们的事实。痛苦仿佛来自基因本身，他们这批孩童没能接受基因改造,他们本能地依恋家人,依恋给予自己生命的父母。

唯一令顾岐感到温暖的是,他继承了母亲的权利,得到了定期探视弟弟的机会。

婴儿舱在另一艘战舰中,弟弟顾云琮已经有两岁大了,会摇摇晃晃地走路,像一头憨态可掬的小熊,朝他咧开没有牙的小嘴,说:"哥,哥。"

顾岐把弟弟抱在怀里,感觉那暖意一直蔓延到胸腔,直冲眼眶。

那次探视结束后,顾岐走出舱门,只见一名白发苍苍的军官在等他:"你就是顾岐?"

对方长得高大而威严,看上去军衔不低。顾岐说:"我是。"

"孩子,我想知道,你是怎样跑过光的?"老军官半蹲下来,看着他的眼睛问。

顾岐一愣,没有明白对方的意思。

"我们计算过了,从攻击抵达到反物质湮灭发生的时间,除非超过光速,否则任何人都无法转移到逃生舱,你是怎么做到的?"

"我不知道……"顾岐一直跑得很快,但他绝不可能比光还快。

他知道自己被一小块扭曲的空间庇护了。在那里,他遇到了一个眼睛像小鹿、说话结结巴巴的幼小的女孩。

顾岐把自己的遭遇讲给老军官听,对方耐心地听着,询问了他许多细节,当听到他说星星时,老军官沉吟片刻:"你说,你们交换了礼物?"

"嗯,她给了我一颗糖,"顾岐说,"于是我给了她一颗星星。"

"好孩子,我知道了。"老军官双手握了握顾岐的肩膀,虽然他并没有笑,但顾岐总觉得他的眼睛里露出了笑容。

"爷爷,"顾岐忍不住问,"我们能打赢吗?"

老军官眼睛里的笑容渐渐消失了,露出磐石般的威严:"战争没有赢家,但我们必须要让它结束。"

三

战争终于结束了,在一年之后。

人类仅剩的三艘战舰安全返航,一个时代也随之终结。

所有的幸存者进入了冷冻舱休眠,等他们返回后方的行星,旅途已经过了近千年。

对人类来说，这是漫长、寒冷而充满希望的千年，就像季节中微弱的早春。

人们引以为傲的科技被战火摧毁，基因革命的计划在漫长的时光中被人们丢失。在某种程度上，他们重新回到了刀耕火种的时代。值得欣慰的是，那些曾经被视为贵族特征的绝对理智亦不复存在，感情再次回到了人们身上。

从冷冻舱醒来，走下战舰时，顾岐只有七岁，但他经历过为了生存而拼命奔跑的童年，是残酷丛林的幸存者。如今身处温室，他仍带着战时淬炼的苍松般的骨骼。

和同龄的男孩一样，他进入了学校。

新的学期，学校组织了一场科技畅想会，让孩子们想象未来世界的科技，校长说："尽管去想象吧！孩子们，不需要考虑可行性。"

"我的方案是'新人类进化方案'，人类或许能进化成一棵树。"有个男生开心地说，"为了应对能源危机和环境问题，通过基因算术改善人类现有的基因结构，让人类也能够制造氧气。"

"像树一样吗？"老师感兴趣地问。

"对，就像树一样。"男生天真地回答。

"那么我想我的减肥计划可以取得成效了。"一位肥胖的老师风趣地表示，"这么多年来，我减掉的体重就像我家的鲍勃（狗名）一样，不管你把它扔在哪里，它都会自己回来。如果我不需要食物，哦，我想我会更英俊！"

旁边另一位秃顶的老师接口："我最关心的是，我三十岁时脱落的头发会在明年春天像树叶一样长出来吗？"

会场传来阵阵笑声。

总体来说，他们并没有将这场科技畅想会当真。

如今人类仍有欲望，却已对宇宙毫无威胁。

四

弟弟顾云琮渐渐长大了，很爱笑，一张能拧出水的白皙脸蛋、乌黑的眼瞳，很招人喜欢。大多孩子都不记得自己三岁之前发生的事情，顾云琮也一样，在哥哥的保护下，他拥有普通孩子的童年与好奇心。

在一个寻常的黄昏，顾云琮像往常一样出去玩，回来后却开始皮肤溃烂、双眼红肿流泪，送医后查出二氯乙基硫中毒。

这一场意外终究将顾岐兄弟的命运引向了岔路口。

"只有细菌疗法，还有一线希望。"医生将一些资料放在顾岐面前，"根据我们的了解，你是战争孤儿，对吗？有一位老将军在他的回忆录里提到过你，你是一场舰船毁灭的灾难中唯一的幸存者。"

顾岐抿紧干裂的嘴唇，抬起眼睛。

对方似乎被少年冷峻的眼神微微震慑，停顿了一下才继续说："令弟遇到的意外令人遗憾，我们也在全力救治，只是除了目前还处于临床实验阶段的细菌疗法，我们无计可施。"

"二氯乙基硫中毒真的是意外吗？"顾岐突然问。

医生愣了一下："我不明白你的意思……"

"他是在一处建筑工地捡到画筒中毒的，所有在星际战争时期研制的毒气都有厌氧性质，暴露在空气中会使它们迅速失效，而这些毒气却在接触空气后得以迅速传播，只有一种解释，这根本不是星际战争时期的毒气，而是现代毒气。"

医生的脸色有些发白，但他还是吞吞吐吐地说："你恐怕有些误会……"

"你们想从我身上得到什么？"顾岐冷冰冰地打断他。

一阵脚步声从他们身后传来，顾岐没有回头，医生却立刻站了起来，朝着来者的方向看去。

来者的眼睛泛着一种厌世的灰色，肩膀有一股迷人的匀称，像是古罗马的雕塑家刻刀下的美男子。

"我们组建了一个纸牌人俱乐部，发现了被现代人遗忘的秘密。"他对顾岐说，"作为战争的幸存者，想必你知道的比我们更多。"

顾岐没有说话。

他见过被绝大多数人类遗忘的科技，见过反物质武器在宇宙中摧枯拉朽，记得战时人类对基因跃迁的狂热。

"我希望你能帮助我们，而不是与我们为敌。"对方眼中浮起极淡的笑意，"毕竟只有这样才能救令弟的性命。"

顾岐别无选择，他接受了纸牌人俱乐部的条件。八岁的弟弟接受了细菌实验，而十二岁的顾岐，才是真正的实验品。

在弟弟脱离危险之后，他选择独自离开。

五

顾岐开始经常转学，像候鸟一样辗转于不同的地方，长久地漂泊迁徙。

他的身体开始发生一些奇异的变化。他渐渐忘记了一些事，不是突然的遗忘，而是近乎于自然的忘却，很多记忆的场景缓慢褪色，他甚至无法确定，那究竟是不是细菌实验的后遗症。

他的性格也发生了一些变化。以前他极少笑，习惯于坐得笔直。如今寒冰般的冷意慢慢从他身上消退了，属于少年的青葱萌芽出来。拼命奔跑的丛林、战争的伤痕，仿佛都不再能羁绊他，他的唇角不知何时挂起了一缕轻松的戏谑与潇洒。

他努力提醒自己去记住一些脸孔，但春去秋来，所有面容都化为了雾气中的林木，无法辨识。

十七岁那年，顾岐来到一所新的学校。

冬日的校园学生稀少，他慢慢地走在树林里，看到一个低年级的女同学在看书。

女孩其貌不扬，抱着书本独自沉思，像是一头天真孤独的小鹿。顾岐走到她身边："你在看什么？"

她抬起头来，一双小鹿般的眼睛："汉密尔顿函数。"

顾岐愣了一下。

他见过这双眼睛。

在战火还未消散之前，他曾在黑暗尽头看见了一点儿橘色的灯光，小女孩站在温暖的光源处，甜甜地笑着踮起脚，捧起一颗糖给他："这个给你。"

顾岐突然想起那时老军官问他的话："孩子，我想知道，你是怎样跑过光的？"

这一刻，他心中有了答案。

他无法跑过光，但他可以跑向前方。

前方还有无数星辰与奇迹重燃，终能照亮重逢之路。

附录

向你借一颗太阳

我曾向你借了一颗太阳,承诺付给你一千年的时光。

我曾带着月亮碎片的心伤,轻吻在你沉睡的眉睫之上。

我曾见过无数颗星星的地老天荒,

在你脚步停驻的刹那,花香满径的小路旁。

你赤足走过我心柔软的河床,

泥沙绵长,河流向远方。

河流之上,云朵是岁月的新娘,洁白地流浪。

风是远方,你是远方。

一滴水墨的思念,融入海洋;一寸蒹葭的微光,指尖丈量。

落月沉沦于蒹葭苍苍,星轨擦伤了思念和远方。

光年久远,抬睫相忘。

忘掉你给我的太阳,忘掉你给我的月亮碎片与心伤,

忘掉星星的地老天荒。

忘掉花香满径的小路，忘掉你赤足走过我心柔软的河床，

忘掉远方。

可我一直在你身旁，可你一直在我胸膛。

在每一个黑夜的银河清波荡漾，在每一个清晨辞别远山和朝阳。

为你无声守望。

为你终生流浪。

星辰半书

时间交易者

作者
李惟七

封面绘图
霜林醉

内文插图
霜林醉

封面设计
杨小娟

内文版式
周沫

图片总监
杨小娟

特约编辑
陈晓琛

出版社
中国致公出版社

总出品
湖北知音动漫有限公司

制作出品
知音动漫图书·漫客小说绘

官方微博
https://weibo.com/xiaoshuohui

平台支持

图书在版编目（CIP）数据

星辰半书·时间交易者 / 李惟七著. —— 北京：中国致公出版社，2020

ISBN 978-7-5145-1606-7

Ⅰ. ①星… Ⅱ. ①李… Ⅲ. ①幻想小说－中国－当代 Ⅳ. ①I247.5

中国版本图书馆CIP数据核字(2020)第035922号

本书由李惟七授权湖北知音动漫有限公司正式委托中国致公出版社，在中国大陆地区独家出版中文简体版本。未经书面同意，不得以任何形式转载和使用。

星辰半书·时间交易者 / 李惟七 著

出　　版	中国致公出版社
	（北京市朝阳区八里庄西里100号住邦2000大厦1号楼西区21层）
出　　品	湖北知音动漫有限公司
	（武汉市东湖路179号）
发　　行	中国致公出版社（010-66121708）
作品企划	知音动漫图书·漫客小说绘
责任编辑	徐　慧
特约编辑	陈晓琛
装帧设计	杨小娟　周　沫
印　　刷	中印南方印刷有限公司
版　　次	2020年12月第1版
印　　次	2020年12月第1次印刷
开　　本	787mm×1092mm　1/16
印　　张	14.5
字　　数	200千字
书　　号	ISBN 978-7-5145-1606-7
定　　价	39.80元

版权所有，盗版必究（举报电话：027-68890818）
（如发现印装质量问题，请寄本公司调换，电话：027-68890818）